8

ようこそ実力至上主義の教室へ2年生編

Welcome to the Classroom of the Second-year

衣笠彰梧 × トモセシュンサク

「一之瀬さんって誰か付き合ってる人とかいる？」
「んん？　え、ええっ⁉」
思ってもみなかった質問が飛んできたことで、大慌てする一之瀬。

近色んなクラスの男子から、
瀬さんがフリーかどうか聞かれるんだよね」
い、いないよいないよ！」
「そうなんだ。
じゃあ好きな人とかはいるの？」

あやのこうじ きよたか
綾小路清隆

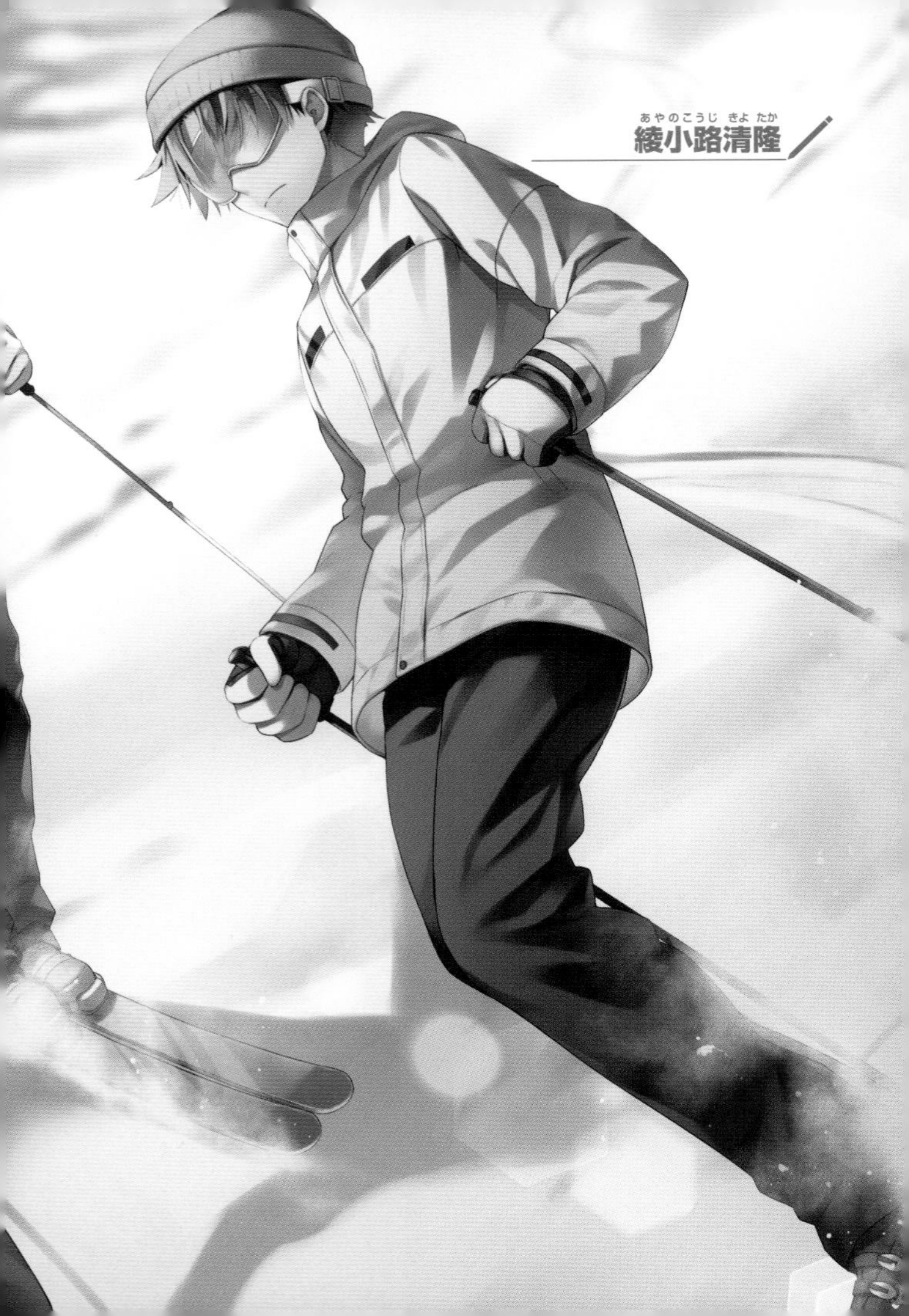

櫛《くし》田《だ》桔《き》梗《きょう》
龍《りゅう》園《えん》 翔《かける》

『そんなの――』
その直後両腕を広げ、
手のひらをパーの状態にしてから
思い切り壁に手をつく。
『大丈夫、大丈夫……』
ぶつぶつとそんなことを言い出し、
動きをぴたりと止めた。

8
ようこそ実力至上主義の教室へ2年生編
Welcome to the Classroom of the Second-year

ようこそ
実力至上主義の教室へ
2年生編8

衣笠彰梧

MF文庫J

ようこそ実力至上主義の教室へ2年生編 8
Welcome to the Classroom of the Second-year

contents

神崎隆二の独白 P011

敵を知り己を知れば百戦危うからず P015

読んで字のごとくの修学旅行 P078

修学旅行2日目 P154

修学旅行3日目 P217

修学旅行4日目 P269

暗闇の先に灯る光 P310

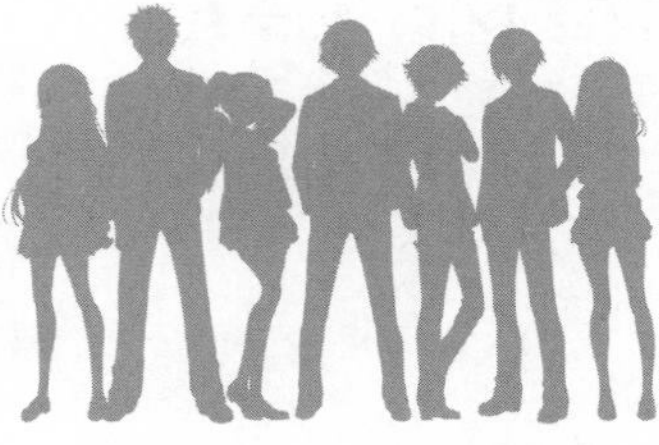

口絵・本文イラスト：トモセシュンサク

○神崎隆二《かんざきりゅうじ》の独白

君子危うきに近寄らず。

俺は幼い頃から人との距離を比較的保って過ごしてきた。

どうしてそんな選択をしたのか。

その方が楽だったし、何よりトラブルに巻き込まれることもなかったからだ。

親友を作らず、敵を作らず。

付かず離れずの関係が楽だった。


だがある時、子供同士の他愛《たあい》もない喧嘩《けんか》に巻き込まれてしまった。

ただ近くにいたという理由で。

俺を除く4人のうち3人は、執拗《しつよう》に1人を責め立てていた。

3人は態度こそ横柄ではあったがそこまで理不尽なものではなく、発端は嘘《うそ》に始まっている。

責められていた子供は3人に対して誰の目にも明らかな動揺を見せ、嘘を吐《つ》いていた。

本当に些細《ささい》な内容のものだったはずだ。

有名人にサインを貰《もら》ったか貰っていないか、そんな内容だった気がする。

嘘《うそ》を認めて全員に詫《わ》びろというのが、３人の希望。

一方、嘘を吐《つ》いてないと言い張り謝罪しようとしない１人。

その場に偶然居合わせた俺は客観的に分析し、嘘を吐いた子供に嘘だと認めるように促したが、結局その子供は最後まで嘘を突き通そうとした。

薄っぺらい嘘。無意味な意地だ。

エスカレートして危害を加えられるかも知れないと思ったが、俺は何もしなかった。

そもそも悪いのは無駄な嘘を吐いたことだ。

見栄《みえ》のためなのか何なのか知らないが、本当にくだらない。

助ける必要なんてない。

俺には関係が無い。

本心からそう思った。


いや、むしろ１度殴られて学ぶべきだとさえ思った。

だが――結局、その嘘を吐いた子供は事なきを得た。

窮地に陥った状況で突如として第三者が現れ、機転を利かせてその子供を救ったのだ。

仲間だからという理由だけで、嘘を非難することなく守った。

納得はいかなかった。それは正義じゃない。

正しいのは嘘を吐いていない3人だったはずだから。

もやもやした俺の心は晴れなかった。

何が正しいのか。

真実を話しているが横暴な態度を示した3人なのか、嘘を突き通した1人なのか。

嘘と知りつつ、仲間を助けた第三者だったのか。

そんなトラブルの一部始終を見ていた1人の大人がいた。

その人は俺の頭に手を置きながらこう言った。

『助ける力を持っていないのなら、逃げることも無視するのもいいだろう。しかし、力を持っていながらそれを使わないのは愚か者のすることだ』

あの時は分からなかった。

結局それは、あの嘘《うそ》つきを助けろということだったのだろうかと。
しかし自分が大人へと成長していくにつれて理解できた。
助ける、とは必ずしも嘘を吐《つ》いた子供だけを指すわけじゃない。
場を支配する力があれば、どの視点に立っても状況を収められたのではないかと。
自分にはないと思っていた、熱い、くすぶるような何かが動き出した瞬間だった。
初めて会ったその人の言葉が今も忘れられずにいる。

俺は高度育成高等学校に入学してから、苦手な人付き合いをすることを選んだ。
困っている者がいれば、少しだが協力することも覚えた。
クラスのリーダーとして認められた一之瀬《いちのせ》の傍《そば》で、支えられればと思った。

だが、結局上手《うま》くはいかず心が折れてしまった。

そんな俺を——綾小路清隆《あやのこうじきよたか》の言葉が救ってくれた。

綾小路……。本当に、縁とは不思議なものだ。

○敵を知り己を知れば百戦危うからず

11月も下旬になり、ついに待ちに待った修学旅行の日が近づいていた。

快晴だが肌寒い朝の通学路、オレは前方に波瑠加《はるか》を中心に歩く3人の小グループを見つける。大きな笑いこそ起こらないが、ここ最近の空白を埋めるように、何らかの話題に花を咲かせているようだった。

「声かけなくていいの？」

隣を歩いていた恵《けい》が、そんなことを言う。

「構わない。愛里《あいり》が退学した時から決まっていた流れだ」

あのグループに、もう俺は不要の存在。また、そうでなければならない。

「じゃああたしはもう言わない。清隆がいいなら、それが正解だって分かってるから」

他人事《ひとごと》であると考える恵にしてみれば、元綾小路グループのことなど深く気に留めることじゃないだろう。

「それに？　その分あたしが清隆を独占できるわけだしー？」

迷いのない、心からの笑顔を向けてくる。

ここまでの長い時間をかけ、恵にとってオレが完全に精神的な柱になったことは疑いようがなさそうだ。

「次の修学旅行超楽しみだね。どこになると思う?」

「京都《きょうと》の夢は諦めてない」

「そう言えばそんなこと言ってたっけ。あたしは京都以外ならどっちでもいいかなぁ」

何故《なぜ》か熱望する京都だけは即除外されてしまう。

「京都はそんなに嫌なのか?」

「えー、だって寺とか文化財ばっかりのイメージ。ちっとも楽しくなさそうじゃない?」

むしろそれこそが醍醐《だいご》味《み》の1つだとオレは思っているんだが……。

確かに恵《けい》にしてみれば、寺や神社を巡るのは楽しみにはならないのかも知れないな。

「あたしが今気になるのはまさにそれだね、うんうん」

「旅行の行先も大事だが、期末テストの結果は気にならないのか?」

「今更結果を気にしたって点数は上がらないでしょ? まああたしにしてはそこそこできたかなって感じはあるし。これも清隆《きよたか》のお陰だね」

その自信過剰な部分に少し問題はあるが、事実でもある。

高得点は期待できそうにないものの、恵の底は上がっているとみていいだろう。

あやふやな中告でしかないが自己採点をしていて成長は確かに感じられる。

「あたしも須藤《すどう》くんみたいに、もっと清隆との勉強時間増やそうかなぁ」

人差し指の先端を唇に当てながら、そんなことを呟《つぶや》く。

同じだけの時間勉強をすれば、須藤のように学力が向上するわけじゃないということを、恵は理解できていないだろう。本人のモチベーションはとても重要だが、それと同じくらい教える側の技量も大切になってくる。

目を見張るほど須藤が成長したのは、紛《まぎ》れもなく堀北《ほりきた》に教育者側の才能があるからだ。

これは同等の学力を持つ啓誡《けいせい》よりも優れている部分だろう。

オレの教育の場合はそういった土台の上には立っていない。

徹底した教育を施し強制的に恵の学力を引き上げるのは簡単だが、それはオレの役目じゃない。クラス内の他の生徒に託さなければならない部分だ。

オレがやるべきは最低限だけ。また、勉強に取り組める姿勢だけ作り上げておくこと。

いずれ然《しか》るべき生徒が、後をスムーズに引き継いでいけるように。

1

今日は午前の2時間を使って、修学旅行に関する時間が設けられている。普通の学校ならもう少し早い段階で説明を受けているかも知れないが、この学校の生徒たちにはその前の期末テストの方が重要だからな。まずその結果を知らなければならない。

修学旅行の予定を伝えられた後、期末テストで退学してしまいましたでは笑えない。

「それではこれより2学期、期末テストの結果を発表する」

ピリッとした空気。緊張と不安。しかし、絶望している生徒は今のところいない。

去年の今頃はペーパーシャッフルというこの学校独自の期末テストが実施された。

櫛田《くしだ》の画策、龍園《りゅうえん》の影。堀北《ほりきた》の戦略と特色も強かったが今年は違う。

ルールもスタンダードで、学校側の作成したテストに挑み、明確な赤点を下回れば退学というもの。またクラス別の戦いにもなっており、1位が50クラスポイント、2位が25クラスポイントを得る。3位がマイナス25クラスポイント、4位がマイナス50クラスポイント。純粋なクラスポイントの奪い合いと言っていい。

赤点は全教科の平均点で39点以下を取ること。内容を精査した結果は、どの科目でも授業を真面目に受けていれば難なく赤点回避が出来るレベルだった。

「今回の期末テスト。まずは下位の生徒から発表していく」

気の緩んだ様子はなく、茶柱《ちゃばしら》先生の表情は固めだ。

それが生徒たちを煽《あお》っているように感じられるが、適度な緊張感は必要だろう。

「まず最下位を取った生徒だが――」

上位の成績よりも重要と思われる下位の成績。

「平均点で53点を取った本堂《ほんどう》、おまえだ」

「うわえ!?　俺!?　あぁでも53点だし悪くないよな!?　え、喜んでいい!?」

赤点でなかった喜びと、最下位だった現実とが混在した奇声をあげる。

いつも下位組ではあったが、本堂が最下位を取ったのは初めてではないだろうか。

その後も順次下位から発表されていき、やがて上位組の名前が呼ばれ始める。

下位グループの底上げは確実にされていると言っていいだろう。

彼女である恵《けい》も、平均56点と想定よりも悪くない結果だった。

これらの要因の筆頭は間違いなく満場一致特別試験で愛里《あいり》が退学したこと。

あの試験以来、OAAで最下位の生徒は常に切り捨てられる危機感が芽生えているため、どんな試験でも全力で挑むことを怠らなくなった。

オレとしか勉強したがらない恵も、着実に成績は向上しているように。

ただ、この問題は早めに解決させないといけないだろうな。俺は本当に最低限のことしか教えていないため、伸びしろの差で他の生徒に離されてしまうリスクがある。しっかりと計画立てて教えてくれる堀北や啓誠《けいせい》、あるいは洋介《ようすけ》にでも教えを乞うべきだ。

モニターには順次名前を呼ばれた生徒の各教科の点数、合計点、平均点も追加されていく。オレは12位。緩やかに、そして着実に順位を上昇させていく。

そしていよいよクラスのトップ10の発表へと移った。

10位は須藤《すどう》。少し懸念していたものの、結果は前回と似通っており手堅く点数を取って上位陣に食い込んで来た。順位の上昇は1つながらまた自己ベストを更新したな。

そして最後、1位は珍しく平均点が同点の93・5点で堀北《ほりきた》と啓誠《けいせい》の両名だった。

「学年での順位だが、一之瀬《いちのせ》クラスの平均点を越え2位を獲得した。よくやったな」

1位坂柳《さかやなぎ》Aクラス、2位堀北Bクラス、3位一之瀬Dクラス、4位龍園《りゅうえん》Cクラス。

これでクラスポイントは25ポイントを上積み。ただ、坂柳のAクラスは下位の生徒も総じて成績が良く、今回も1位獲得とはならなかった。僅《わず》かだが差は開いたことになる。

「さて——おまえたちが修学旅行を楽しみにしていることは期末テストの頑張りからもよく分かっている。が、まずは話し合いの前に1つやってもらうことがある」

そう言い、モニターに映像が映し出された。

茶柱《ちゃばしら》先生の指示に従い、生徒たち1人ずつのタブレットにズラッと見知ったクラスメイトたちの名前が書かれた図が表示された。前方のモニターと同じものだ。

氏名、性別、番号の3項目があり、そのうち氏名と性別は既に埋まっている。

これが茶柱先生の言うようにクラス全員分記載されている。

番号だけ空白、ということはここに数字を当てはめていくのだろうということは分かる。

大体の表は見た瞬間に理解できるものだが、何を基準とした番号かが不明だ。

席から窺《うかが》える範囲に限られるが、同じく理解している生徒は1人もない。

「その表には2年生Bクラス、つまりこのクラスの生徒一覧が載っている。名前と性別の横の小さな番号と書かれた項目に空欄があるのは分かるな？　番号は1番から始まりクラスの人数である38人から自分を除いた37番までを振ってもらう。同じ番号は2回使えない。まずは自分の名前の番号欄に分かりやすく『本人』と打ち込むように」

2年Bクラスは退学した山内《やまうち》、愛里《あいり》を除いて38人。

自分を除き37番まで、それぞれの生徒に番号を割り振れる、そんな具合らしい。

問題は、この番号の意味するところだろう。

適当に意味もなく割り振るなんてことは考えられない。

全員がタブレットを操作し、指示通り本人の文字を打ち込んだ。

それを確認したところで、茶柱先生が番号についての説明を始める。

「今から付けてもらう番号の意味だが、これは自分から見た相手への評価と捉えてくれて構わない。単純に能力が高く尊敬しているから1番、仲が良いから1番、面白いから1番。とにかく自分の基準に照らし合わせ、プラスの評価を下してもらうことが重要だ」

つまりはクラスメイトに順位を付ける、ということか。

いや——表をスライドさせると、この表はクラスメイトだけではなく他の3クラス分存在しているようだった。

「既に気づいた者もいるだろうが、この順位付けをクラスごと2年生全体に向けてやってもらう。他クラスの生徒となると、もしかしたら話すらしたことのない生徒もいるかもしれないが、それもまた当人の持つ基準だ。分かる範囲で番号を割り振ってもらいたい」

生徒が生徒を評価する。多少似たようなことを去年やったが、それとはまた大きく異なると言えるだろう。

しかし一体何のために、生徒に通信簿の真似事《まねごと》をさせるのだろうか。

「もちろん、ここでどんな番号を割り振ったのか一切生徒たちに情報は漏らさない。私たち担任教師もどのように評したかを知ることはないので安心しろ」

つまりこの表を管理するのは学校を運営する上の者たちということ。

「それからこの表に記入をしてもらっている間の私語は禁止、またOAAを見ることも禁止する。記憶している部分は別として、思考も推量もなく学校の評価を参考にして順番を付けるのは目的に反することになるからな」

何かを頼りにして、機械的に番号を割り振ることも制限されるらしい。

「マジで話したことない女子とか結構いるし、OAAとかも全然分かんないから適当になってしまうんですけど、いいんですかね……?」

幅広い交友関係を持つ一部の生徒たちと違い、自信なく本堂《ほんどう》が呟《つぶや》く。

「ああ。極端な話、関係性の薄い者たちの番号は適当に書いても構わない。ただし、学校側はこのリストをある目的で使用するため、どんな結果になろうとも自己責任だ」

基本的には総評の順番にしておくべきだが、結局は記入する個人に裁量を託すということとだろう。その代わり先々もたらされるであろう影響に不平不満を言うなということ。

各生徒を適切に採点できるかも、これまでの関係の積み重ねのうちに入るからな。

適当にやってしまうと後悔するだろうから真剣に挑め。そういう話だ。

「これを今から制限時間1時間以内に終わらせてもらう。万が一、時間内に終わらなかった場合は修学旅行の説明時間を削って続けることになるので気を引き締めて行え」

まさか修学旅行の前にこんなことをやらされるとは誰も思っていなかったはず。

戸惑いながらも、茶柱《ちゃばしら》先生はすぐに始めるように指示を出してきた。

全員まだ頭の準備ができていないままスタートする。

しかし——総評か。

オレは一番時間のかかる自クラスを後回しにし、Aクラスから処理することを決める。

単純な能力だけなら坂柳《さかやなぎ》を1番に推すところだが、今回求められているのは総合評価。

単純な人としての好き嫌いで全てを決めてしまってもいいわけだ。

人付き合いしやすい人間、気に入っている人間を1番にするのも個人の裁量次第。

何にせよ明確な基準を以《も》ってして、数字を割り振っていくべきもの。

すぐに記入を始めるつもりだったが、存外に難しい。

やはり無難なのはオレから見た現時点での能力総合値か。

一切交流の無い生徒に関しては記憶しているOAAから算出して構わないだろう。

方向性を定めたところで1番から振っていく。

これは多くの生徒にも共通することだろうが、やはりAクラスは坂柳《さかやなぎ》を1番に据えるのは既定路線と言っていい。そんな感じで20分ほどかけて3クラス分、全員の評価を書き終えた。残るはオレの在籍するBクラスだけ。

このクラスはOAA以外に様々な情報を得ているため、単純な採点とはいかない。隠されたポテンシャルや、コミュニケーション能力、成長性も含めていく。ある種OAAと似通った部分も出てくるが、現時点の1番は洋介《ようすけ》だろうか。単純な総合値だけでなく、これまで貢献してきた日々も計算に入れるなら一択だ。洋介なくしてこのクラスの協調はあり得ない。

そして2番には高円寺《こうえんじ》を選んだ。秘めたポテンシャル、そして2年生無人島試験での貢献、体育祭での意図しない貢献などクラスにもたらした具体的な恩恵は極めて大きい。癖のある性格や協調性のない部分をマイナスしても、妥当な評価だろう。

現状のBクラスという地位を築いたのは紛《まぎ》れもなく高円寺の功績だ。

勉強面で常に好成績を収める堀北《ほりきた》、啓誠《けいせい》、みーちゃんなども高評価。

そして抜群の身体能力と侮れない学力を得た須藤《すどう》には9番を記す。2年生以降だけなら高円寺の次、3番手、4番手くらいの評価と言ってもいいだろう。

こうして全ての生徒の評価を書き終えて顔をあげる。

合計で40分近く経過していたが、オレ以外の生徒はまだ書き終えて――。

そう思ったが、生徒たちを観察していた茶柱《ちゃばしら》先生と目が合ったことで、横に座っている高円寺が先に終えていたことを知る。

決めつけることは出来ないが、十中八九何も考えずに番号を割り振ったんだろうな。

既にタブレットを見直すこともなく、自分の爪に軽く息を吹きかけていた。

この番号を用いて、グループ作り以外にも何らかの特別試験に採用される可能性がある、と考えた場合、どんなパターンが想定できるだろうか。

学校側が俯瞰《ふかん》してみた時、たとえば各クラスの総合1位2位に選ばれた生徒たちだけで試験を行うといったようなことがあるのだろうか。逆に総合力の低い生徒たちばかりが集められることで結果的にバランスの取れた課題に挑ませられる。

だが、それならもっと事前に能力の優劣で番号を割り振るように伝えるべきだし、そもそも生徒たちに評価させるまでもない。好き嫌いで番号を割り振った結果、歪《いびつ》な対決になってしまうリスクの方が遥《はる》かに高いだろう。

2

予定時刻まで残り数分というところで茶柱先生が声をかける。

「よし。全員が終わったようなので以上でリスト作成作業の方は終わりとする」

全員が無事、時間内に全生徒の評価を終えたようだった。

「こちらの想定よりも少し早いが、これから修学旅行について話を始めよう」

「待ってました！」

堅苦しいリスト作成から解放され、池《いけ》たちが手を叩《たた》く。

以前と違いそんな池を注意しなくなった茶柱《ちゃばしら》先生は、タブレット操作を始めた。

オレたちは修学旅行があることこそ聞かされているが、未《いま》だ行先を知らない。

満場一致特別試験で出された選択肢は3つだった。

北海道《ほっかいどう》、京都《きょうと》、沖縄《おきなわ》。

この3箇所の候補地を各クラスから1票ずつ投じて最も得票数が多かった場所が修学旅行に選ばれることになっている。

ちなみに、オレは堀北《ほりきた》や啓誠《けいせい》と同じ京都を希望していた少数派だった。

このクラスでの投票権は北海道に流れてしまったが、まだ希望がないわけじゃない。

3クラスのうち2クラスが京都に投じてくれていれば望みは叶《かな》う。

果たして結果は――――。

「まずは先の満場一致特別試験の結果だ」

勿体《もったい》ぶるかのように、数秒間だけ間を取る茶柱先生。

「――各クラスの選択の結果、3票を獲得した北海道が修学旅行先に決定した」

聞いた直後の歓喜と落胆。同時に入り混じるような結果だ。

しかし堀北クラスの1票が北海道に投票していたことからも多数は喜んでいると言って差支えない。そうか北海道に決まったか。

堀北の背中から見える様子ではガッカリしているようには見えない。

啓誠にしても、特に不満そうにしている感じは全く見られなかった。

逆に沖縄派だった須藤《すどう》たちだが、最初から受け入れているのか気にした素振りはない。

状況共有は認められていなかったはずだが、風の噂《うわさ》程度耳にしていた可能性ある。

少し残念な気もするが京都は京都、北海道は北海道だ。

オレにしてみればどこになっても未知なる世界であり、楽しみに変わりはない。

「分かっていると思うが、修学旅行は読んで字のごとく学問や知識を学び修めるための旅行であることを忘れるな。一般的な高校とは違い、守ってもらうべきルールは多い」

茶柱先生は浮き立つ生徒たちに遊びと混同してはいけないと軽い注意を行う。

「まさか特別試験なんてあったりしません……よね？」

確信が持てるはずもなく、生徒を代表して確認したくなるのも無理はない。

本堂《ほんどう》の恐る恐るな確認と生徒たちの様子を見て茶柱先生は少しだけ笑った。

「安心しろ、クラスポイントを競うような特別試験はない」

ハッキリと言い切ったその言質に、クラス一同から安堵《あんど》のため息が漏れる。
「詳しい説明に入る前に4泊5日のスケジュールについて触れておこう」

修学旅行スケジュール

1日目
学校を出発↓羽田《はねだ》空港↓新千歳《しんちとせ》空港↓スキー場到着、講習↓スキー↓旅館へ

2日目
終日自由行動

3日目
札幌市《さっぽろし》中心街にて観光スポット巡り↓旅館へ

4日目
終日自由行動※条件有り

5日目

帰路

2日目は終日、4日目も条件付きらしいが自由行動が取れるようだ。

「警戒してたけど全然普通じゃん！　いや普通よりいいじゃん！　自由最高！」

どうやら他校のモデルケースと比べても遜色ないのか、普通の修学旅行スケジュールに生徒たちはほぼ全員が好感触なようで、異様に盛り上がりを見せる。

確かにこの学校なら、もっと変則的なスケジュールでもおかしくない。

「浮き立つのは結構だが、私が言ったことをもう忘れたのか？　自由行動が約束される反面おまえたちは高度育成高等学校の生徒としてやるべき課題も少なくない」

特別試験は無いとのことだが、一体何が求められるのだろうか。

「敵を知り己を知れば百戦危うからず。今回の修学旅行のテーマだ」

「は？　なん、え？　なんて？」

先生の言った『孫子』の兵法の名言が理解できず首を傾《かし》げる本堂《ほんどう》。

「戦う相手の実情を理解して自分の実力を知る。そうすりゃ負けない戦いが出来るようになるって意味だよ」

誰よりも早く、ことわざを分かりやすく噛《か》み砕《くだ》いて説明したのは須藤《すどう》だった。

「お、おぉやるじゃん……そんなことまで分かるのかよ」

「別に凄《すご》くねえよ。そもそも言葉通りの意味だしな」

1つの知識に対し、驕《おご》りを見せない姿にも好感が持てるようになったな。

「通常、修学旅行では複数名でのグループを形成し行動するのが一般的だ。これはおまえたちも変わらないが、他の学校とは明らかに違う点がある。それは、グループの結成はクラス内だけで完結せず学年全体から行う点にある」

「え？　ええ？　えええ？　じゃあ、もしかして仲良くないヤツと一緒になる可能性めっちゃ高いんじゃ!?」

まだ見ぬ北海道《ほっかいどう》に浮かれていた生徒たちが、一気に現実へと引き戻される。

それを示すかのように茶柱《ちゃばしら》先生は詳細の説明を始めた。

「その通りだ。交友関係と組み合わせ次第ではほぼ全員が初めまして、ということもあるだろう」

オレは他クラスでの友達付き合いが広いとはお世辞にも言えない。

グループの人数次第では、十分茶柱先生の言った通りの展開だって考えられる。

「通常の学校なら、学年で最大160人しか生徒が存在しない場合もっと交友関係が広がっている可能性が高いだろう。しかしこの学校の仕組みが弊害となりそれを邪魔している」

1年半以上も同じ環境で学び続けているのだから友人の数は増えていくもの。

この学校の仕組みがそれを邪魔していることは今更想像に難《かた》くない。

「おまえたちにとって最も重要なのはAクラスで卒業することが出来るかどうかだろう。それはつまりクラス別の戦いだ。その座組はこの先も変わることはなく続いていく。当然友人として接する機会以上にライバルとして意識することが多いからな」

その環境が広い友人作りに向いていないということだ。

「そのため、日頃の学校生活では他クラス生徒の実生活、また実情を知る機会はおのずと限られてしまっている」

確かにオレたちは、この1年半以上の時を経てクラスメイトについて詳しくなった。

しかし、他クラスの状況は当然上辺だけしか知らない者が多い。

下手に弱みを見せればそこに付け込まれる恐れもあるからな。

全く違う方向としては、倒すことに躊躇《ちゅうちょ》が生まれるようなこともあるだろう。

他クラスの親友にもAクラスで卒業してもらいたい。

そんな感情が生まれてしまえば、戦う上で大きな迷いが発生するかも。

意図して知ろうとしない部分も少なくないのではないだろうか。

「今回の修学旅行ではあえてその弊害を取り除くことが目的だ。他クラスである以前にこの学校の生徒として、そして1人の人間として相手を知る絶好の機会だ」

4泊5日は短いようで長い。

その期間グループ行動の時間が多ければ多いほど、距離が縮まる可能性が高まる。

ただ逆に、一切距離が縮まらない場合もあるのではないだろうか。

学校側が障害を除いても、生徒自身が壁を作ってしまえばどうにもならない。

「なんか……気を遣う修学旅行しか想像できなくて、楽しめる気がしないんですけど！」

学校が決めたルールを変えられるはずもないと分かっているが、池《いけ》のように反論している生徒は複数名見られた。

気心の知れた仲間と過ごすこと。それは譲りたくないものの1つなのだろう。

特に彼女が出来て日の浅い池にしてみれば、詳細次第だが篠原《しのはら》とグループを組むチャンスが無くなってしまったかも知れず、慌てるのも無理はない。

喧騒《けんそう》が伝染していく中、それを阻止するために1人の男が席を立つ。洋介《ようすけ》だ。

「僕は学校側の考えに賛成だよ」

反対ばかりの意見が飛び交う中、先陣を切るように賛同を表明する。

「そりゃおまえはいいよな平田《ひらた》。他のクラスにも仲の良い奴《やつ》が多いだろうし、自慢なら結構だって」

確かに交友関係が満遍なく広い洋介にしてみれば、誰と組まされても問題は少ないように見える。ただ、そんなことを自慢するために洋介が発言するはずなどない。

「そういうことじゃないよ。僕だってクラスメイト以上に理解できている生徒は他クラスに1人もいないんだ。下手に踏み込み過ぎるのは良くないと思っているからね」

まず洋介は、自分も本来は池たちと同じ側であると主張する。

「だったらなんで賛成なんだよ」

「そこに確かな意義を感じたからかな。部活動なんかを除けば、この学校は明らかに横の繋《つな》がりが薄いし、他クラスの生徒とは仲良くなるキッカケは少ないと感じていた」

それも必然と言えば必然だ。

幾つかの特別試験では一時的に味方になるようなこともあるが、基本的にクラスが競い合う性質を持つ以上、洋介も語ったように下手な深入りは避ける傾向にある。

心の優しい人間にしてみれば、余計にやりづらくなるだろう。

「だったらやっぱり賛同するのって変じゃない？　ライバル同士、それなりに距離が空いてる方がやりやすいんだしさ」

「んー……でも私はクラスに関係なく友達は友達だと考えてるけどね」

女子たちの中でも意見が分かれる。これは見方の問題だ。

「鶏が先か卵が先か、行きつく先はそんな話だと思う。友達である前にライバルなのか、ライバルである前に友達なのか。きっと、そのどちらも正解なんだ。先生が言ったように修学旅行はそれを学ぶ良い機会なんじゃないかな。選択肢は1つじゃない。増えれば増えただけ可能性も広がると僕は思うよ」

「平田《ひらた》の言うこと、何となく分かるぜ。それによ、ここで足掻《あが》いたって学校がルールを変えてくれるわけでもねえんだろ？」

不満を垂れて融通を利かせてくれるのなら、抵抗する意味もある。

しかし、そうでないことはクラスの生徒たちもよく分かっているだろう。

「議論で白熱するのは悪いことじゃないが、まずは話を続けさせてもらおうか。おまえたちも具体的な流れを聞いてからの方が話しやすいはずだ」

そう言って、タブレットは日程画面から切り替わる。

「修学旅行4泊5日の間、可能な限りクラスの生徒を平等にグループ分けすることが決まった。１つのグループは基本８名で構成される。シンプルに各クラス男女２名ずつと思ってもらって結構だ。ただし２年生全体の人数は本日時点で１５６人。８人グループでは割り切れないため、８人グループが18、６人グループが２つ作られる。性別の比率も可能な限り平等になるよう調整する」

退学している４名は男女２人ずつで均等だが、所属しているクラスが異なる問題は生じるため、８人グループは綺麗《きれい》に分けられるが、６人グループはどうしてもクラスに多少の偏りが生まれてしまう。

しかし、これは避けられない点なので仕方がない。

もちろん修学旅行当日までに新たな退学者もしくは体調不良などによる欠席者が出なけ

ればの前提付きだ。

「どこからどこまでグループで行動してもらうかだが、北海道《ほっかいどう》に着き次第だ」

言葉だけでなく、モニターにもグループでのルールが表示された。

グループ行動が必要な状況

・現地において学校が指定する場合

・自由行動

グループ行動が不要な状況

・宿泊先施設内

クラス別に乗車したバスで学校を出発し、羽田《はねだ》空港へ。それから新千歳《しんちとせ》空港に飛行機で降り立つ。その後、空港内で決められたグループに分けられる流れになるようだ。

それ以降は、バスで学校に戻ってくる最後の移動まで、グループ行動が原則となる。

学校から空港までの移動、北海道に入ってからも集団行動によるバス移動は多い。就寝の時間も含め、ほぼ全ての時間をそのグループメンバーで過ごすことになるようだ。

「自由行動も、個人が好き勝手していいわけではない。あくまでグループ内で話し合いが必要で、グループ行動は絶対だ。話し合いで行先がまとまらない場合、旅館から出ることは許されない」

親しい間柄なら譲り合いも簡単だが、中々厄介かも知れないな。

主張の強い生徒たちが集まってしまうようなことになれば、意見はまとまらない。

その結果どこにも行けないような展開も起こり得るわけだ。

「宿泊先館内では基本的にグループ行動からは除外される。好きな時間に大浴場に行くもよし、ロビーでくつろぐも良し、食事に関しても規定内の時間なら自由にして構わない」

唯一の例外は宿泊先の旅館。

部屋こそ男女別のグループで同室が続くが、朝食や夕食、入浴やそれ以外施設内での散策は個人で自由にしても構わないらしい。

「旅館は4泊とも同じ場所にお世話になるが、道内でも非常に有名で立派な宿泊先だ。飽きることなく快適に過ごせると思う」

「うう、旅館だけが癒《いや》しの空間になったりして……」

「改めて言うが、今回の旅行では、他クラスの生徒のことを深く知る良い機会だ」

茶柱《ちゃばしら》先生からの説明を受け、洋介《ようすけ》は別の疑問を感じたようだ。

「大勢と触れ合うなら、旅行中ずっと同じグループなのは少し違和感を感じます」

「おまえの指摘ももっともだ平田《ひらた》。我々としても、日替わりローテーションでのグループ分けも検討していた。しかし無為に大勢と触れ合えば相手を知れるわけではない。１日足らずでは上辺の付き合いだけで過ごすことも難しくないだろう。しかし４泊ともなれば状況は大きく変わってくる。本心を相手に見せた上で過ごすことが出来なければ、貴重な旅行も楽しく行うことは出来ない」

１日程度なら、確かに我慢を重ねるだけでいい。

気に入らないグループだったとしても翌日には総入れ替えされるのだから、いずれは過ごしやすいグループが形成されるタイミングまで我慢することも出来る。

一方でグループが固定だと分かりきっているなら、その中でうまくやるしかない。

「平田や櫛田《くしだ》のように他クラスに大勢友人のいる人間にしてみれば、どんなグループを組まされても仲良く過ごすかも知れない。逆に友人の少ない者にしてみれば、どんなグループ分けになっても苦しむ、そんな展開もあるだろう。しかし、けして後ろ向きに捉えず良い機会だと思え」

無論、言葉でいうほど人間関係は簡単ではない。

友人が作りたくて作れないようなタイプなら、茶柱先生の言うように前向きになる材料かも知れないが、友人を不要と考えている者たちには多少重い修学旅行になる。

まあ、そういった後者の人間は最初から修学旅行の存在そのものを鬱陶しいと感じているかも知れないが。

「もし仮にグループ単位での行動が守られていないことが判明した場合には自由行動の剥《はく》奪《だつ》もあるだろう」

自由行動の剥奪、そんな事態になれば修学旅行の半分以上が意味を失うことになる。

つまり結成されたグループでの行動を守ることは絶対厳守ということだ。

規律を守る生徒が大半だが、中にはそうはいかない生徒もいるからな……。

生徒たちの視線が一斉に最後尾の高円寺《こうえんじ》へと向けられた。

「何だね諸君。私に対して羨望の眼差《まなざ》しを向けて。どんどん向けてくれて構わないよ」

茶柱《ちやばしら》先生の話など聞いていない高円寺が、そう言い爽やかな笑顔を見せる。

色々と空気が読めない男ではあるが、こうして学校には来るし大人しくしていることもまた事実。修学旅行のグループでも案外大人しくしている……かもしれない。

どちらにせよ全く先行きが不透明なため、出来れば高円寺と一緒になりたくないと考える生徒の方が多いだろう。

「グループ分けの方法だが、ランダムではなく先ほど作ってもらった表を基に作成する」

わざわざ修学旅行の説明を始める前に時間を使って行った作業。

それが修学旅行のグループ分けに関係していたようだ。

「また普段使用している携帯電話だが、修学旅行中も問題なく使用できる。ただし電話をかけていい相手の範囲は変わらない。2年生及び在校生、そして緊急時の警察や救急への発信は認められるが、それ以外家族や学校外の者への連絡は引き続き禁止だ。学校側は発信履歴も管理しているのでくれぐれも注意するように」

この修学旅行のテーマと言っていた話。

これは単純に生徒を仲良くさせるためだけのものとは考え辛《づら》い。

この先の学校生活を見据えた、その布石の1つとして見てもいいのではないだろうか。

その後も茶柱先生からの修学旅行に関する話が続けられたが、他所《よそ》とは異なる大きな点は学年全体を通したグループ作りくらいなものだった。

それ以外に多少気を付ける点としては現金の扱いがあるだろうか。

プライベートポイントしか持たないオレたちは、敷地外で買い物をする手段を持たない。そのため、事前にプライベートポイントと現金の交換を学校側に申請し、現金を支給してもらう仕組みのようだ。そして現地で不足した場合、最大1万円まで交換してくれるらしい。修学旅行が終わって戻ってきた後は、また現金をプライベートポイントに戻せるらしいので、多めに換金しておくのがベターなやり方だろう。

3

昼休みになると、オレはここ最近の日課である恵《けい》とのランチに出向いていた。

ただ、珍しくゲストが複数名いる。洋介《ようすけ》と佐藤《さとう》だ。

「なんかダブルデートみたいだね綾小路《あやのこうじ》くん」

そう言って近くに立つ佐藤が少しだけテレながら呟《つぶや》く。

「ちょっとちょっと、麻耶《まや》ちゃん。そういうのは清隆《きよたか》に言うことじゃないでしょ」

喧嘩《けんか》のような仲良しなような、よく分からない会話を女子同士しながら歩いている。

「あたし北海道《ほっかいどう》初めてなんだよね。清隆は行ったことある？」

「いや、無い」

ホワイトルームにいたオレにはほとんどが未経験の領域だ。

カリキュラムの過程で様々な地に赴く疑似体験をしたことはあるが、北海道にはその経験も無い。広大な大地を持つ寒冷地という認識と、後はテレビや教科書などを通じてしか知らない世界だ。

やはり話題の中心は修学旅行に関することになりそうだ。

「っていうか、高校の修学旅行ってこんな自由なものなの？　自由過ぎない？」

「僕も驚いたよ。大抵は1日の一部、1時間とか2時間自由時間が与えられるくらいだと思うんだけどね」

「別に自由時間が多い分にはよくない？　資料館とか現地の人の話とか、そういうのを正座して長時間聞かされるよりも全然いいと思うんだけど」

洋介はその反応に笑い、佐藤もまた同意するように激しく頷《うなず》く。

オレとしては……そういうオーソドックスな日程も悪くなかったんだけどな。

自由が過ぎるほど、それは修学旅行どいう本来の形からは逸脱してしまう。

「グループのことについては少し気になってるかな。他クラスと仲良くする、そんな方向性を僕は歓迎しているけど、その先に何かがある気がして仕方がないんだ」

「仲良くなったその先？」

洋介は頷き、その答えを求めるようにオレへと視線を送ってきた。

「たった1つのAクラスの席を賭けて争う以上、情けという感情は足手まといになる」

「やっぱりそういうことが考えられるよね」

既にその方向性を強く感じている洋介には複雑に感じられるだろう。

仲良くしたいと思う反面、仲良くなりすぎることへの弊害が付き纏《まと》ってくる。

「僕は少し怖いんだ。他クラスの誰かに絶対にAクラスで卒業しなければならない人たちがいて、その事情を知ってしまうことや、親しくなってしまうことが」

「うーん……なるほど。平田《ひらた》くんの言ってることも、ちょっと分かるかも。同情的な」

佐藤も想像を膨らませたのか、やや納得する。

「あたしは別にそんな風には考えないけど？　だって自分がAクラスに上がることの方が大切だし。……あたし冷たい？」

恵《けい》は真っ向からその感情を否定する。

それは冷たいわけではなく、至極真っ当な大多数の本音だ。

「人の感情は誰にも本質は見えない。ただオレ個人の考え方を伝えるとすれば、人はその場限り、一瞬だけに限定すれば表面上幾らでも簡単に優しくなれる生き物だ。そして嫌な感情を持っていることを他人に見せることを嫌う」

この愛好と嫌悪は非常に厄介だ。

「洋介《ようすけ》の言ったようにAクラスで卒業しなければならない生徒が他クラスにいたとしよう。その生徒はAクラスになれなければ、後々命を絶つ恐れがある」

「ええっ？　それはちょっと大げさじゃ……」

「もちろんオーバーな表現だ。だが絶対に100％ないという話じゃないのも事実だ」

人の感情の限界線がどこに置かれているかなど、その者以外には分かりはしない。

「もしその事情を知っていて、自分たちの手元に2000万ポイント以上のプライベートポイントがあったとする。ただし、そのプライベートポイントは自らのクラスを守るためにも使わなければならない。無くても戦えるが大切な保険だ。そんな状況でクラスの誰か、洋介のような人物が命を絶つ生徒だけでも救ってあげたいと言ったら？」

「え……それは……」

「内心では冗談じゃないと思いつつも、クラスが助けても良いと発言するような場になっていたらどうだ？　一部の生徒が表面上では手を貸してもいい、という顔を見せる可能性も出てくるんじゃないか」

反対すれば他人の命など軽く見ていると軽蔑の眼差《まなざ》しを向けられるだろう。

実態は、軽蔑する者も内心ではどう考えているか分からないが。

「少し大げさな話を続けたが、敵を知ることはメリットばかりじゃない」

「じゃあどうして学校は仲良くさせようとするわ――」

合点がいったのか、恵の言葉が止まる。

「何かこの先に……たとえば特別試験とかに関係してくるかも知れないとか……？」

「否定できないだろうな」

少なくとも今のオレたちなら、他クラスの大半、誰が退学をしても気に留めない。

親しい者以外がいなくなってくれる分にはAクラスに向けて有利になる。

「あの表も修学旅行も、もし舞台装置の1つでしかないなら、本命は学年末試験かもな」

「だとしたら、厄介なことになるかもね……僕は純粋に怖いよ」

「同感。なんか嫌な感じだね」

洋介も佐藤《さとう》も、話を通じて先々に対する不安を理解し始めた。

退学者が絡むかどうかは現段階では一切分からないが、去年よりもハードなものになることだけは間違いなさそうだ。

4

修学旅行に思い焦がれる生徒たちの熱量が下がらぬまま迎えた放課後。

オレの下に立て続けにある人物からメッセージが届いた。

その人物は、ケヤキモール近くのベンチでこれからオレに会いたいとのことらしい。

彼女である恵《けい》は、今日は佐藤《さとう》たち女子数名と寮で遊ぶ約束をしていたはずだ。

相手のメッセージをもちろん無視する、あるいは日を改めさせることは出来るが、このタイミングはこちらにとっても好都合だな。

様子も気になっていたことだし、会っておいた方がいいだろう。

すぐに会えるとの返事を返して、オレは約束の場所に向かうことにした。

予定よりも10分ほど早く到着したため、ベンチに腰掛けて待つことにする。

放課後になったばかりということもあって、ベンチの前をケヤキモールへと向かう生徒たちが通り過ぎていく。

しかし気になるのは、何故《なぜ》待ち合わせ場所をこんな目立つところにしたかだ。

こちらが警戒して会わない選択を選んでくることを恐れた線もないわけじゃないが、相手の性格上らしくはない。

わざわざ事前に連絡をしてきたのも、普段の行動とは齟齬《そご》がある。

単純に精神的な問題からかあるいは別の力が働いているのか。

それからしばらくの間、ケヤキモールに向かう生徒の群れを見届けていたが……。

約束の時間を迎えるも、その人物はまだ到着していないようだ。

多少前後することもあるだろうと、気にせずネットサーフィンを続けることに。

「やっほー」

携帯でネットにアクセスして時間を潰していると、遠くからこちらに向けた女子の声が届く。顔をあげると、メッセージを送って来た人物、天沢一夏《あまさわいちか》であることが確認できた。

天沢の隣には他クラスであるはずの七瀬《ななせ》も同席している。

笑顔の天沢とは対照的に、七瀬はちょっと驚いているようにも見えるな。

手を振りながら近づいてくると、目の前数十センチほどで足を止める。

「お待たせしましたぁ」

「七瀬も一緒なんだな」

目の前にいて無視するわけにもいかないので、形式上触れておく。

「はい。お伝えもせず同席することをお許しください」

「いや、別に謝る必要はない。ちょっと意外ではあったけどな」

今日の呼び出しは、天沢と1対1の話し合いになると踏んでいたからだ。

その疑問は天沢《あまさわ》の言葉によってすぐに解消されることになる。

「遅刻しちゃったのは七瀬《ななせ》ちゃんに足止めされてたからなんですぅ」

そう言って、責任は七瀬にあると指先を向けた。

「しかもついてくるってきかなくって　そんなに綾小路《あやのこうじ》先輩に会いたかった？」

「え、そうなのか？」

「あっ、いえ――」

七瀬はちょっと慌てたが、すぐに天沢の言葉を訂正する。

「天沢さんの行動が気になったのでついて来ましたが、ここで綾小路先輩と待ち合わせをしていることは知りませんでした」

「えぇ～？　言わなかったっけ？　言ったと思うんだけどぉ」

「綾小路先輩と目が合ったタイミングで、ですよね」

「あははは、そうかも」

だからオレと目が合った時、慌てていたような態度だったんだな。

状況説明をする1年生2人の話を聞かされる。

ただ立ち去ろうとしないところを見ると七瀬なりに同席している理由があるんだろう。

ひとまず七瀬は措《お》いておいて、天沢に意識を向ける。

「学校をしばらく休んでたんだって？」

「よく知ってますね。やっぱりあたしのことが気になって調べちゃいました？　綾小路先輩ならストーカーでも歓迎しちゃおっかな」

文化祭が終わり休日を挟んでから、天沢は学校に姿を見せていなかった。

体調を崩していたわけではないだろう。

「私が綾小路先輩にご報告していましたから」

「ってことは、ストーカーは七瀬ちゃんだった⁉」

わざとらしくオーバーにリアクションして、両手をあげる天沢。

「女の子かぁ。まあ、今は多様性の時代だし？　七瀬ちゃんは可愛《かわい》いし？　ありかも」

「勝手な誤解はやめてください」

テンションの高い天沢に対し、七瀬は冷静にそう伝える。

「私が今日天沢さんに声をかけたのは、まさにその件です。八神《やがみ》くんが退学となってからずっと学校を休まれていた。それが体調不良ではなく精神的な面であることは明白でしたし、突然復帰してきたのに不信感を抱くのは当然のことです」

突然登校を再開したホワイトルーム生の動きを注視するのは自然な流れか。

八神拓也《たくや》。何度か絡んだことはあったが、あの生徒が天沢と同じホワイトルーム出身の生徒だったことは、退学の一件からも間違いないだろう。

同じ仲間として天沢には強い思いがあったことは想像に難《かた》くない。

「綾小路《あやのこうじ》先輩に会うと分かって、帰るわけにもいかなくなりました」

「なんか先輩を守るナイトみたいだね」

「そんな偉そうなものではありませんが、今の天沢《あまさわ》さんの精神状態なら何をするか分からないと判断します」

偶然の流れのようでもあるが、七瀬《ななせ》なりに憶測は立てていたんだろう。

休み明けの天沢が、学校へ授業だけを受けにきているとは考えにくいものだ。

「ってことみたいですぅ」

ここまで明るく振舞ってみせる天沢だが、いつもの元気の良さはまだ感じられない。

「ちょっと邪魔ですけど、まあいいかなって思いまして」

「まだ学校に残っているってことは、自分で答えを出したってことなんだな？」

そう問いかけると、天沢の笑みがスーッと静かに引いていく。

瞳には揺らぎのようなものが見て取れたことから、どうやらそうでもないらしい。

「どうして先輩は、あたしを連れて行くように指示しなかったんですか？　拓也《たくや》と共に退学させることだってついでにできたと思うんですけど」

「おまえはオレを退学させるよりも自分がこの学校で楽しむことを優先していた。少なくともオレはそう受け取っていたからな。無理に退学を強いるつもりはなかった」

いや、そもそも八神《やがみ》にしてもそうだ。

直接腹を割って話し合うことこそなかったが、学校に残ることを優先してくれたなら退学させる必要はなかっただろう。

「先輩が想像してるよりあたし、まだ答え出てません。どうせ戻っても居場所はないんだろうなって……そんなこと考えてるうちに時間が経《た》ってたってだけだから」

そう言った後、自嘲気味に笑う。

つまりまだ留《とど》まり続けるのか、先に進むのかは決まっていない。

あるいはオレに対し牙を剥《む》く選択肢もあるだろう。

「それでも何かしらの方向性は見出《みいだ》した。だからオレを呼び出したんじゃないか？」

「まあ、そうだね。折角《せっかく》残れるんだったら残ってもいいかなって思い始めてる。ホワイトルームには戻れないし、だからって退学しても両親がどこにいるかも知らないし。当てがないからって如何《いかが》わしいバイトとかしないといけないパターンは嫌じゃない？」

路頭に迷う以上、生きていくためにはどんな手段でも取らなければならない。

だがこの学校に留まる限りは、退学しない限り卒業までの生活が約束されている。

しかも、プライベートポイントは最終的に学校側が買い取ってくれるシステム。

事前の話では等価交換にはならないが、仮に半値でも相当な収入になる。

ある程度のお金を手に入れつつ、真っ当な就職先を見つけることも可能だろう。

あるいは第三の道。天沢はどこにいるか知らないため考えてもいないようだが、実際は両親を探し出し元に戻る選択肢がある。

ただ形式上ホワイトルームからの脱落生となれば、基本的に扱いは保証できない。

つまりその選択肢が選べるかどうかは天沢《あまさわ》の両親次第だ。

第一に天沢の両親が資産家、著名人など権力を持つ親であること。

ホワイトルーム側も名のある子供だと知っていれば、丁重に扱う可能性が高まる。

そして、両親が娘の一夏《いちか》を必要としていること。

この2つの条件を満たせば普通の女の子として新しい生活をスタートする線もあるか。

それでも、その選択肢を今無理に選ぶ必要はない。

こちらが沈黙していることが気になったのか、控えめな声で天沢が言う。

「あたしがこの学校に残る。それを綾小路《あやのこうじ》先輩が嫌でなければ……だけどね」

「もしオレが退学しろと言ったら？」

「退学する」

縋《すが》ったり怒ったり、あるいは悲しんだり。

どんなリアクションを取るのだろうと思ったが、天沢は即座に言い切った。

「迷いがないな。八神《やがみ》の復讐《ふくしゅう》をしようとは思わないのか？」

「これ以上迷惑をかける気はないし」

それだけ天沢なりに、この場へは覚悟を持って来ているってことだな。

「好戦的な天沢さんには似つかわしくない言葉ですね」

「それは正解だね。こんな特別待遇をするのは綾小路先輩だけ。それ以外の相手には今後も一切遠慮する気はないかな」

これは嘘偽《うそいつわ》りのない本心だろう。天沢はこちらが思っている以上に八神を同郷、同胞のホワイトルーム生として評価しているようだ。八神の退学に関係した人間は、今後天沢のターゲットになっていく可能性は十分に考えられる。

「オレが嫌がる理由はどこにもない。残りたいのなら天沢の好きにすればいい」

どれだけの励みになるかは分からないが少しだけ嬉《うれ》しそうに頬《ほお》を緩めた。

「あたしの実力なんて先輩には遠く及ばないから脅威にもならない？」

「そういうことじゃない。オレもこの学校に残り続けている1人なだけで、天沢が同じ選択をするのなら応援したいと思うのは自然なことだろう」

味方であるか敵であるかなど些細《ささい》な問題だ。

もちろん、オレの計画に支障をきたすようなら放置することは出来なくなるが。

それは八神の件からも、重々理解していると思いたい。

「……そっか」

「本心から天沢さんがそう仰《おつしや》っているのなら、私も応援します」

七瀬《ななせ》の表情はまだ警戒を完全に解いたわけではなさそうだが、そう答える。

「あれ、なんか目から水が……これ、なんだろ……初めての気持ち」

「いやどう見ても涙は全く出ていない」

「あはっ、ふっしぎー。こんなに感動してるのに」

いつものような態度だが、無理して自分を鼓舞させるための演技に見えた。

「聞かれたくないかも知れないが、八神《やがみ》はどんな奴《やつ》だったんだ」

「私も気になります。綾小路《あやのこうじ》先輩を退学させる以前に、何故《なぜ》回りくどいことをし続けていたのかも分からないままです」

リスクが高いと分かっていながら篠原《しのはら》たちのグループを傷つけたのは何故か。

無関係な1年Cクラスの生徒を退学に追い込んだのは何故か。

学校側も八神の不祥事として告知したため大勢が知るところとなった。

七瀬《ななせ》としても、やはり気になることは多いだろう。

「そうだなぁ……」

少しだけ考える素振りを見せたが、すぐにポツポツと話し始めた。

「拓也《たくや》は怖かったんだと思う。綾小路先輩と戦うことが。だけどそんな怖《おそ》れの感情はきっと自分でも自覚がないくらい心の奥底にしまってたんじゃないかな」

誰よりも八神を知るであろう天沢《あまさわ》の分析。

オレが口を挟んで詳しく聞くまでもなく、それが正解なんだろう。

「恐怖心から逃れるために、自分でも気が付かないうちに遠回りして遠回りして……」

それが最終的に、自らの墓穴を掘る結果になってしまったと。

「もうちょっと、あたしはいつものあたしに戻るまで時間がかかるかも知れない。でもすぐにまた……元気になれると思う」

無理に急ぐ必要はどこにもないだろう。

まだ天沢の学校生活は始まって1年も経《た》っていないのだ。

これからゆっくりと、自分の進むべき道について考えていけばいい。

「それだけ伝えたくって。じゃあ、今日のところは帰りますね。七瀬ちゃんは？」

一緒に帰る？　と誘っているようにも見えたが、七瀬は首を振る。

「すみませんが、少し先輩とお話ししていきます。構いませんよね？」

「そっか。じゃあ今日は特別に貸してあげる」

オレはお前のモノではないが、これが今は精一杯の空元気アピールだろう。

長くこの場に留《とど》まろうとはせず天沢は寮に向かって歩き出した。

それをオレと七瀬の2人で、見えなくなるまで黙って見送る。

七瀬の横顔は厳しい顔つきだった。

「彼女の発言や態度、仕草を観察してどう思われましたか」

「どうとは？」

「この先、天沢《あまさわ》さんの行動に問題が起こらないか、私はまだ少し心配です」

手厳しい視線を向け続けていたのは、それを危惧してのものだったようだ。

「信用できないか？」

「天沢さんを信用したくないわけではないです。でも、やっぱり油断は出来ないかと」

表現こそマイルドにしたが、信用していないということは間違いない。

「油断はしない。というよりいつもと変わらずにいるだけだ」

オレがこの学校にいるのは学生生活を送るため。

近い遠いに関係なく敵対者に左右されるようなことはしない。

「余計な私の取り越し苦労……ですね」

「気持ちはありがたい。1人でも味方が多いに越したことはないからな」

こちらの考え方にある程度は納得がいったようだが、七瀬《ななせ》は続けた。

「しつこいと思われるのを覚悟でもう1度だけ。綾小路《あやのこうじ》先輩の実力、そして天沢さんの改心の可能性。それらを理解しつつも、やはり気を付けてください。天沢さんがホワイトルームの生徒であることは紛《まぎ》れもない事実です。どんな手段を使うかは分かりません」

万が一の事態には備えておいてほしい、そんな七瀬の強い要望だ。

「綾小路先輩にはこの学校に残り続け、そして卒業して欲しいんです」

無関係とは言わないが、自分のこと以上に七瀬は心配してくれているように見える。

「もし困ったことがあればどんな些細《ささい》なことでも、いつでも相談してください」

「言いたいことはよく分かった。心に留めておく」

ここまでやり取りをしてやっと七瀬も満足したのだろう。

「では私はこれで」

これ以上は邪魔になると思ったのか、背を向けて寮へ戻ろうとする七瀬。

繰り返し天沢への警戒を怠るなという割に、妙に引っかかることがある。

オレはそれを確かめるため、少し踏み込んでみることにした。

「言い忘れていたが、今週は修学旅行だ」

「あ、そうか。そうでしたね。先輩、存分に楽しんできてください。修学旅行はまさに学校生活の醍醐《だいごみ》味ですから」

「そのつもりだ」

やはり違和感がある。修学旅行の一件を知っていても知らなくても、オレに言うべきことがあるはずだ。なのに七瀬はこの流れでその素振りすら見せない。

まるで、そのことが頭から完全に失念しているかのように。

「何か土産で欲しいものはあるか？」

オレは七瀬に足を止めさせ、修学旅行について掘り下げてみる。

「そう言えば行き先はどこなんですか？」

「北海道《ほっかいどう》だ」

「へえ、いいですね北海道。北海道といえば……何でしょう？　バターとか？」

「バター単体をお土産にするのは、ちょっとな」

それが一番の希望なのなら否定する気はないが、そんな感じでもなさそうだ。

「あ、ではチョコレートがコーティングされたポテトがいいです。有名ですよね？」

「……知らないな」

お互いにチグハグな感じの会話になってしまう。

「チョコのポテト、ちょっと後で調べてみる。向こうで見つけたら買っておこう」

「ありがとうございます」

そう言い再び帰ろうとする七瀬《ななせ》に対し、オレは強く呼び止めることに。

「七瀬。1つ聞いてもいいか」

「はい？　なんですか？」

天沢《あまさわ》の件と修学旅行の件。

普通の生徒には関連性を見出《みいだ》すことは出来なくても、七瀬には出来る。

いや、出来なければおかしいことがある。

「オレを心配する割に、修学旅行での心配事には一切触れないんだな」

「え……？」

まるで、何を言っているんだというように首を傾《かし》げた七瀬。

「分からないか？」

よく考えてみろ、そう促すような一言を発した直後七瀬の柔らかな笑みが一瞬固まる。

「この学校はセキュリティも厳しく、24時間外部からは守られているといっていいような施設だ。実際、月城《つきしろ》が自ら内部に入り込んで退学させようとしたように。しかし修学旅行ともなれば話は大きく変わってくる。教師の目は行き届かず、無人島の時以上に警戒しなければならない時間と機会は多くなる」

そう、そのリスクは牙を抜かれた天沢以上になって然《しか》るべきもの。

「連中のことを知っているのなら無理やり車に連れ込むような強引な手法だって取れることも想像がつく。あれだけ天沢のことを警戒しているのなら、尚《なお》のこと一言くらい足してもいいはずだ。気を付けてください、と。違うか？」

天沢がどんな行動をするか分からないと、登校してくるまで様子をチェックしていた。

そして接触すると読みこの場にまで姿を見せるほどだ。

そんな七瀬が、修学旅行の危険性を察していないはずがない。

「八神《やがみ》くんや天沢さんを退けた綾小路《あやのこうじ》先輩を私なんかが心配するなんて──」

「それはおかしいな。だったら今日、ここで天沢の傍《そば》について見張る必要なんてない。それにしつこいくらいに警告していたことにも矛盾する。大人が大勢大挙してくる可能性のある外と違って、ホワイトルーム生と言っても天沢《あまさわ》は1人だ。危険度で言えば比べるまでもない」

戸惑う七瀬《ななせ》だが、すぐに口を開きかけ……しかし言葉は出てこない。

「言い訳が思いつかないか？」

「何を言っているんですか？　綾小路《あやのこうじ》先輩は何か勘違いされているようです」

直前まで明らかな動揺があったことは窺《うかが》えるが、今の七瀬は冷静だった。

「勘違いかもな。なら、修学旅行に対しての見解を改めて聞かせてくれ。自暴自棄になっているかも知れない天沢を心配して見張ってくれたおまえが、どうして修学旅行に対して一言も不安を口にしなかったのか」

「恥ずかしい話ですが危険性の認識が甘かったんだと思います。考えれば、綾小路先輩の言うように外の世界は危険なことだらけなのに……」

単なる認識の甘さだったと答える七瀬。

確かに、それなら話の流れとして理解できなくはない。

だがそれで結論を出すことは、生憎《あいにく》とオレにはできない。

「おまえと出会ってからずっと疑問だったことがある。月城《つきしろ》とホワイトルーム生と、そして七瀬の関係についてだ。おまえは月城に色々指示されていたはずだが、どうして具体的なことを何も聞かされていなかった」

七瀬翼《つばさ》は、松尾栄一郎《まつおえいいちろう》の仇《かたき》を取るため、その感情を利用される形で月城に従った。

一方で月城からホワイトルーム生の正体については一切明かされていなかった。

「私が一般人だから……ではないでしょうか。ホワイトルーム生のような実力を持たない以上信頼されていなくても不思議はありません」

「オレは最初月城という男の評価をそれほど高く設定しなかった。それは、もっと効率的な方法で退学に追い込む手法があると考えていたからだ。だが、接触していくうちに考えを改めた。あの男ならオレを退学に追い込むことは出来たんじゃないかとな」

あえて手を抜いていた、そう答えを出してもいいと思えるほどに。

「結果的に先輩は退学しませんでした。それは綾小路先輩の実力が月城元理事長代理の想定を上回っていたからでは？」

「単純な話で終わるならそうかも知れないな」

つまりこの一連の流れはそう単純な構造になっていない可能性がある。

「話を少し戻すが、天沢を警戒して外の世界の危険性を警告しなかった理由は、別にあるとオレは考えている」

「私の認識不足が真相です。それ以外にどうお考えに？」

「今日時点の天沢が、どんな行動に出るかおまえにも推測できなかったからじゃないのか？　そして修学旅行中に対する危険性を警告しなかったのは、ホワイトルーム側にその意図や意思がないと知っていたからじゃないのか？」

仕掛けてくる確率が皆無なら、七瀬《ななせ》が心配しないのも無理はない。

「よく分かりません。どうしてその可能性がないと言い切れるんですか？」

「それはこっちが聞きたい話だな」

「私はこの話を聞いて、修学旅行中のリスクを強く認識しました。今は天沢《あまさわ》さん以上に警戒をして頂きたいと思っています」

こちらが何度か問い返すような真似《まね》をしても、七瀬は一貫して認識不足を貫く。

「これは仮説でしかないが聞いてもらえるか？」

「もちろんです」

「月城《つきしろ》には、オレを退学させる意図など最初からなかった——それが仮説だ」

今までの前提が覆ることにはなるが、この仮説が様々な繋《つな》がりを示唆する。

「それは変ではないですか？　天沢さんや八神《やがみ》くんの存在はどう説明します？　八神くんは特に綾小路《あやのこうじ》先輩を退学させるために動いていた、それは天沢さんとの会話からも分かることです」

「天沢や八神が本気だったのは上の連中から本当の目的を知らされていなかったからだとしたら辻褄《つじつま》は合う」

「しかし月城理事長代理は？　絶大な立場を利用して強引な手段を幾つも用いていました」

「本気なら、オレは退学していただろうな」

実力がどうとかという以前に、無数の選択肢から強制的に葬り去れたはずだ。

「先輩のお考えは分かりました。もしかするとそういった意図が本当に隠されているのかもしれません。でも、私までその一連に組み込まれるのは……少し心外です。修学旅行の危険性を見逃していただけで、敵と思われたくはないです」

「ならついでに聞くが文化祭はどうだ？　まさにホワイトルーム関係者が近くまで接近していたが、おまえはオレの前に姿を見せることもなかった。これも認識の甘さか？」

「……それは……」

「単に自分のクラスの出し物に忙しくて手が回らなかったか。心配は二の次で」

「ち、違います。その、もちろん心配していました。先輩の様子も時折見守って――」

「いいのか？　見守っていたなんて言い切って。もしそう口にすれば、オレは次に何時にどこでオレの様子を見ていたかを聞き返すことになる」

七瀬がどんな立場の人間であれオレのことは十分に理解しているはずだ。

嘘《うそ》の供述など安易にすれば、すぐに露見することは避けられない。

こちらはまだ文化祭の一日の流れを、事細かに記憶している。

「文化祭でも、ヤツらはオレを強制的に退学させようとはしなかった。自主的な促しこそあったが、あんなもので退学することなど無いと、考えるまでもなく分かっているはずだ。

だからこそ七瀬《ななせ》が姿を見せなかったことにも繋《つな》がってくる」

感情を抑えながら、七瀬が静かに息を呑《の》む。

「文化祭も修学旅行も、ホワイトルーム側はオレを退学にする気はなかった。いや、そもそも最初からそんな計画はなかった。この仮説が正しければ、おまえの存在は極めて奇妙に映るんだ七瀬」

「…………」

「本当に松雄《まつお》は自殺したのか？　そしてその息子である栄一郎《えいいちろう》は死んだのか？　第三者と思っていた七瀬の発言で松雄の死に関して真実味《しんじつみ》は増したが、おまえが最初から計算の上でこの場にいるのなら信憑性《しんぴょうせい》は全て失われる」

無人島で語ったことも、敵として立ち塞がり味方についたことも、保証を失う。

「全て本当のことです綾小路《あやのこうじ》先輩。と言っても、仮説だと前置きされてもそんな風に疑われてしまっては、きっと疑念は晴れないと思いますが」

これが真実かどうかを確かめるには、それこそ戸籍謄本などで調べるしかない。

もちろん、ホワイトルーム側が関与していればそれすらも怪しくはなるが。

「その仮説だと、私がこの学校に来た理由は何なのでしょうか？　説明がつきません」

「いいや説明はつく。七瀬はオレに対する補助と考えれば一致する。万が一にも八神《やがみ》、天沢《あまさわ》のホワイトルーム生に退学させられないようにサポートする役目だ。松雄の件でオレと

1度揉《も》めたのも、警戒心を解かせるためと考えればいい」

敵として戦い味方に転じた者。時と場合、事情によっては短期間で信頼を築ける。

「まさに天沢が言ったナイトの役割を与えられていた——という話だ」

月城《つきしろ》は七瀬、八神天沢陣営に退学させるための役割を与えた。

七瀬には敵対するフリをしてオレの実力を確かめさせ、味方となる役割を与えた。

その役割の中には、意図的にホワイトルーム生の情報を与えないことで、オレと共に本気の推理をしていくことも可能になる。

「ただの仮説だ。実際は本気で退学を目論《もくろ》んでいる可能性も十分残されている。それにどちらにしてもオレに損はない。この仮説が当たっていれば七瀬は純粋な味方ということになるし、外れていてもこれまで通り味方であることに変わりはない」

コインに表裏の概念はなく、どちらにも同じ絵柄が描かれてあるだけのこと。

しかし頭の片隅には置いておこう。

あの男は、オレを退学させるために動いているわけではないかも知れない可能性。

では何のために？

一体どの段階から？

松雄の生死、その息子の生死。

これは真実でも嘘《うそ》でも、状況には然程《さほど》影響がない。

これまでの全てがひっくり返るのだとしたら……。

オレがこの学校に入学することは、全て最初から決まっていたことなのかも知れない。

「この場では私が何を言っても綾小路《あやのこうじ》先輩には受け入れて頂けそうにないですね。時間をかけて疑念を晴らすしかないと思っています」

「疑念を晴らす方法があるのかは不明だが、そういうことになるな。むしろオレとしてはこれまで通り接してもらって構わない」

「そうはいきません。それでは私が……納得できませんので」

七瀬《ななせ》は手早く頭を下げ、足早に帰路に就くため歩き出した。

七瀬はホワイトルーム生に匹敵するほどに身体能力が高いわけではない。

学力の程は見えないが、頭の回転にしても天沢《あまさわ》たちには今のところ一歩劣る。

しかし———。

七瀬翼《つばさ》には、まだ何かがある。

その予感だけは確かに感触としてあった。

5

午後7時を過ぎてすっかり陽《ひ》も暮れた頃、須藤《すどう》が部屋を訪ねてきた。

「連絡もなしに突然悪《わり》ぃな。……すんっすんっ……今日はカレーか？」

玄関先まで香っていた、夕飯の匂いを嗅いで須藤が呟《つぶや》く。

そんな須藤が、ふと視線をやったのは玄関に並べられた2つの靴。

「誰か来てんのか？」

「ああ、恵《けい》とカレーを食べようと思って準備してたところだ」

「軽井沢《かるいざわ》か……」

そう答えるなり、リビングに通じる扉を開けて私服の恵が顔を出してきた。

「あたしがいたら悪い？」

「い、いや別に悪くないっての。んだよおまえらっていっつも一緒にいんのか……？」

誰もいないと思い訪ねてきたであろうことはこの反応からも予測できる。

「いつも一緒にいるに決まってるでしょ。カップルなんだから」

「カップルって四六時中……いるイメージが無くもないわ」

反論しようとした須藤だったが、身近で幾つかカップルを想像したのかげんなりとした様子で認めた。池《いけ》と篠原《しのはら》なんかは、ここ最近は人目も憚《はばか》らず手を繋《つな》いだり彼氏の膝上に乗ったりと目立ったことをしているしな。

今日も、放課後になった途端2人でカラオケに行くと言っていた気がする。

「須藤は部活帰りみたいだな」

大体いつも、これくらいの時間に帰ってきている印象だ。

「彼女もいない俺にはバスケしかねえからよ」

それは……なんと答えていいのか困る言葉だ。

「つか、飯の前に悪いんだけどちょっといいか？　そんなに時間取らせねえからさ」

早い段階で靴を確認していた事からも、何か内密な話なんだろうか。

「先に食べててくれ」

「え～？　待ってるし。すぐに終わるんでしょ？　時間取らせないって言ってるし」

問い返され、改めて少しだけ考えた須藤《すどう》だったが、5分もかからないと答えると恵《けい》は満足したのか扉を閉めた。

オレは靴を履いて須藤と共に廊下に出る。

どんな話でも恵が第三者に洩《も》らすことは考えられないが、この方が安心できるだろう。

「綾小路《あやのこうじ》おまえさ……いや、まあ、なんていうの？　やっぱ……もう軽井沢《かるいざわ》とは？」

濁し濁しそんなことを曖昧な表現で確認してくる。

「それは想像に任せる」

「う……それ、もう実質答え言ってるようなもんじゃねえか……」

どう受け取るかは受け取り手次第だ。

「それで？　一体何の用なんだ？」

「お、おうそうだな。おまえがモテても別に不思議じゃねえし、俺はそんなこと気にしてる場合でもないからな」

邪念を振り払うように首を振って、須藤は周囲を確認する。

「実は最近、小野寺《おのでら》の押しっつーの？　それが結構強くってさ。戸惑ってんだよ」

嬉《うれ》しそう……ではなく困惑した様子でそう話す。

文化祭でオレの発した言葉が、連日須藤には重くのしかかっていることが分かる。

だからこそその責任がある身としては、この手の話には真剣に耳を傾けないといけないだろう。とは言え、訂正しておくべきことは訂正しておくべきだ。

「小野寺の押しがというが、傍目《はため》に見てる分には体育祭の直後から大して変わってないけどな。恐らく、須藤の見方が変わったからそう感じるんだろう」

小野寺にしてみれば、自分が須藤に好意を寄せていることを悟られているとは微塵《みじん》も思っていない。表面上は普通に友人を食事に誘ったり、遊びに誘う感覚でしかないはずだ。

「……それもそうかも知んねえな」

ボリボリと頭を掻《か》いて落ち着かない素振りを見せる。

「おまえに小野寺のことを言われてから、どうも落ち着けないっつーか、居心地が悪くなったっつーか。話してても、本心はどう思ってんだろうとかずっと考えちまうんだよ」

須藤としては単純に、スポーツマンとしての印象と波長の合う良き友人としてしか見ていなかったはずだからな。

小野寺《おのでら》が自分に好意を向けているかもしれない、そんなことを知れば変わるのも無理ないことだろう。ここで須藤《すどう》の会話が止まる。そして10秒ほどの沈黙が流れた。

「それで？　オレに話したいことって言うのは？　続きがあると思ってるんだが」

こちらからそう促すと、須藤は覚悟を決めたのか再び話し出す。

「そんな小野寺といるとよ……俺の中で悪い感情みたいなのが出てくるんだ。いっそのこと付き合っちまえば、初めての彼女をゲットできるかも知れない、どうせ鈴音《すずね》に振り向いてもらえねえなら、それもいいんじゃないかってよ。今ちょっと客観的に見れてるかは分かんねーけど、小野寺も十分可愛《かわい》いしさ」

それに加えて須藤とは話のネタも合う上に、どちらもストイックなスポーツマン。

相性だけを考えれば、身近な存在では最も良さそうな組み合わせだ。

「別にそう考えるのは悪いことじゃない。そもそも異性への好意は必ずしも向かい合ってるわけじゃない。一方通行であることも多いはずだ」

そうは言っても、それを全員が素直に受け止められるわけでもないが。

ここにいる須藤もまた、それに悩んでいる。

「かもな……それによ、別のことも考えるんだ。そもそも綾小路《あやのこうじ》の見立てそのものが間違ってて、あいつは単に俺のことを友達としてだけしか思ってないかも知れねえだろ？　だとしたらこの思い上がりほど恥ずかしいものもねえし、頭がごちゃごちゃしてんだ」

小野寺が須藤に好意を向けていることはほぼ間違いないだろう。

しかし、確かにそれが思っている通りである保証はどこにもない。

明日には向けられている矢印が、どこか別の誰かに向けられてしまうこともある。

「おまえもやっぱ色々悩んだのか？　軽井沢《かるいざわ》って平田《ひらた》と付き合ってたし」

「まあそうだな」

実態は全く異なるが、この場はその方向で話を合わせておく。

「もし、もしも小野寺が告白して来たら——それが怖《こえ》ぇんだ」

「今告白されたらどうするつもりだ」

「……分からねぇ……。いや、違う……な。多分俺は、その告白を受けられねぇ」

幸せを掴《つか》むチャンスを自らふいにしてしまう、そう須藤は答えた。

「やっぱ、好きなんだわ。鈴音のことが」

それが須藤の、今持っている確かな答えの1つ。

「拒否することであいつが傷ついた姿を想像するだけで苦しくなるんだ」

「進むべき道が分からなくてここに来たということか」

「いや……。おまえにアドバイスをってわけじゃねえ。これは俺の気持ちの問題だ、誰かに答えを求めても、それは間違ってるからな」

この場に、救いを求めに来たわけではないようだ。

「俺なりに1つの答えを出した。それを聞いてもらいたくてよ」

「聞かせてもらおうか。どんな答えを出したのか」

「俺は――修学旅行で鈴音《すずね》に正式に告白する。真剣に、俺と付き合ってくれって」

「なるほど」

今なら勝算が有るとか無いとか、そういう話ではないんだろう。

この状況を打開するためには自分が動くしかないと判断した。

「やっぱり俺は鈴音が好きだし、今はそれ以外のヤツと付き合うって考えはどうしてもしきれないからよ。どんな結果になるとしても、ハッキリさせておきたいんだ」

ここまで須藤《すどう》はメキメキと成長を見せてきた。

それを堀北《ほりきた》自身も高く評価していることは間違いない。

「確率は低いかも知んねえ。恥を掻《か》くだけかも知んねえ。それでも……」

想《おも》いを伝えなければ須藤は前に進めないと考えた。

だからこその決意表明だろう。

「もし振られたからって、それであっさり小野寺《おのでら》に行きゃいいなんて思ってないぜ？　むしろ諦めきれない気持ちが強くなることだってあるかも……」

そう言い、須藤はグッと拳を握りしめる。

「今日綾小路《あやのこうじ》のところに来たのは、俺のその覚悟を見届けてもらいたいからなんだよ」

「見届ける？　まさか告白するところをか？」

「普通告白なんて外野に見せるもんじゃないんだろうけどよ、多分俺には必要なんだ」

それは勇気を振り絞るための、自分への必要な後押しなのかも知れない。

退路を断つことによって、堀北への想いを口にできるようになる。

「付き合ってくれって、手を差し出すつもりだ。もし付き合ってくれるなら、俺のこの手を握ってくれって……」

そう言って、自らの右手を予行演習のように差し出した。

まだその段階ではないのに、既に高い熱量が込められているのがよく分かる。

堀北の前ではその想いをすべて言葉にしてぶつけるだろう。

現段階で評するなら、勝算はけして高いとは言えない。

だが――あるいは――そう思わせるだけの力強さと熱意、そして決意が伝わる。

堀北のことだ、即恋人関係にとは答えないかも知れない。

それでも友達からスタート、という前段階での返答は十分に考えられる。

「分かった。時と場所によるとは思うが、出来る限り見守る。それでいいか？」

そう言うと安心したのか、須藤はホッとしたように胸を撫《な》で下ろした。

「おう悪いな。こんなこと頼んでよ。んじゃ、そういうわけだからよ……連絡するから頼むわ。軽井沢《かるいざわ》との時間邪魔して悪かったな」

これ以上時間を使わせるわけにはいかないと、須藤《すどう》が部屋に戻っていく。

見送ってからオレも部屋に戻ると、恵《けい》はテーブルの前でクッションの上に座っていた。

カレーも盛り付けず待っていたらしい。

「お帰り〜。何話してたの？」

「色々とな」

「色々ぉ？　なんか気になるじゃない、教えてよー。内緒にしとくからさ」

「教えてもいいが、その前にちょっと立ってみてくれ」

「ん？」

オレは不思議そうに首を傾《かし》げた恵を立たせ、クッションの表面に手で触れる。

するとひんやりとした感触が伝わってきた。

「やっぱり聞いてたんだな」

「……バレてた？」

もし座って待っていたのなら、クッションは温かくなっていなければおかしい。

「あたしの演技下手だった？」

「演技は完璧だった。ただ、恵なら聞き耳を立ててそうだと思っただけだ」

「う――――なるほど」

「それと、もし誤魔化《ごまか》すならクッションの指摘くらいサラッと避けるべきだ。直前まで冷蔵庫に飲み物を取りに行ってたとかな。水以外にも牛乳やお茶だって入ってる」

「ええ〜？　でも、まだカレーも食べてないのにおかしくない？　コップに水も入ってるしさ。清隆《きよたか》なら冷蔵庫を見に行って飲み物の残量とか確認しそうだし」

「バレずに盗み聞きするのなら、それくらいは必要ってことだ。水は飲めば解決するし、身体《からだ》に入らないのなら台所で流してもいい。台所は調理の過程で水浸しだしな」

流して捨てたとしても見分けることは不可能だ。

もし台所が濡《ぬ》れていなければ、トイレを使う手もあるだろう。

「そ、そんなことよりさ、ほら、修学旅行の話しようよ」

話題から逃げるように恵が前のめりになりながらそう言った。

今の話題を続けてもこれ以上意味はないので、話に合わせることに。

「恵としては、修学旅行の日程はどう思ったんだ？　自由行動が多いってことでクラスでも話題になってたよな」

「そうみたいね。だけどあたしとしてはデメリットって感じ。だって同じグループの人としか過ごしちゃいけないわけでしょ？　清隆と一緒になれる確率低そうだし。だよね？」

その確率は5％ほど。ただし、これは純粋な確率だけで決まるのであればの話だが。

「うう神様、どうか一緒になれますように！」

両手の指を交差させ、天に祈るようにお願いする恵《けい》。

「自由行動は一緒になれなくても、旅館滞在中は制限がない。むしろオレとしては他クラスの生徒のことを良く知る絶好の機会だと考えてる」

恵と一緒のグループになれば、当然四六時中同じ時間を過ごすことになるだろう。

それが悪い時間だとは言わないが、それは少し勿体《もったい》ない気がする。

共に過ごすのは、この場でもそうしているように幾らでもチャンスは訪れる。

「なんか、あたしとは同じグループになりたくなさそうな感じ」

「そんなことはない。ただ、同じグループになれなかったときにも楽しめるように気持ちを作っておいた方がいい」

頭では恵も分かっているのだろうが、素直に受け入れられないようだ。

「だって……」

拗《す》ねるように頬《ほお》を膨らませると、オレの肩に抱きついてくる。

「清隆《きよたか》いないと、寂しくて死んじゃうかも」

「それは言いすぎだ」

「でもでもぉ……」

ここは、多少恵にやる気を出してもらうため工夫が必要かもしれない。

「オレが恵と別々のグループでも良いと考える理由がある。Aクラスに上がるために、各クラスの情報が必要になってくる段階に来てる。修学旅行では多くの生徒も無防備になるだろうからな」

不満げな恵に対し、オレはさらに続ける。

「修学旅行のスケジュールやグループのことを聞いて、ネットで他校のことを少し調べてみた。ほぼ丸2日自由行動っていうのは、相当珍しい例だってことが分かった。ここから考えるに、学校側は今のうちに他クラスとの関係に変化を与えることが目的なんじゃないかと考えた」

「何のために？」

「それはまだ分からないが、2学期末か、3学期末か。とにかく近いうちに、修学旅行での情報が生きてくる可能性がある」

「だからあたしに、武器になるような情報を集めてほしいってこと？」

「おまえの能力には目を見張るものがあるからな。折角《せっかく》なら有効活用したい」

頭を撫《な》でながらそう言うと、不満が完全になくなったわけではないものの、満更でもない様子に変わっていく。

「ま、まぁ？　あたしに頼りたくなる気持ちも分からなくはないけどー」

「もちろん一緒のグループになれば楽しむつもりだ。ただ、そうならなかった時もやる気を失《な》さずに楽しむ反面、クラスのために役立ってくれ」

「……うん。清隆《きよたか》がそう言うんだったら、あたし頑張る」

繰り返し頭を撫《な》で、オレは話題をずらしていくことにした。

「さっきの須藤《すどう》のことなんだが――」

「あ、須藤くんが堀北《ほりきた》さんに告白って話ね？　うん、それはちょっと興味あるかも」

食いつく自信はなかったが、思ったよりも気にしていたらしい。

「他人の告白話が好きそうだからな女子は」

「そりゃそうでしょ。まあ絶対断られると思うけど」

「そうか？」

「え？　清隆は上手《うま》くいくと思ってる？」

「可能性はあると感じたな。友達以上の関係からスタートしても成功扱いで構わないのなら、オレは成功する方に賭ける」

「うっそホント？　ならあたしと勝負しようよ。成功するか失敗するか賭けてさ」

「何を賭けるつもりだ？」

「ん～。じゃああたしが勝ったらクリスマスのプレゼント、ちょっと高い物おねだりしちゃおうかな～」

そう言って、早くもアレコレと妄想を始める。

「分かりやすいな。じゃあオレが勝ったら？」

「その時は何でも言うこと聞いてあげる」

「いいのか？　そんなに大盤振る舞いな賭けをして」

「だって絶対無理でしょ。須藤くんが良いとか悪いとかじゃなくて、相手は堀北さんなんだから。恋なんて興味ないだろうし」

「どうかな」

確かに、一見すると堀北が恋をするような様子はない。

まして特定の誰かを今の時点で好きかと言われれば大きな疑問が残るだろう。

しかし相手に好意を抱いていないため告白が成功しないとは言い切れないのではないだろうか。

堀北もまた、今は多くを学習している段階にある。

オレと同じようにそのステージに一歩上がってくる可能性は否定しきれない。

相手が須藤なら、堀北も印象として悪くないだろう。

「あ～クリスマス楽しみ～。何買ってもらおうかな～」

「ならオレは恵《けい》に何をしてもらうか、ゆっくりじっくり考えておくことにする」

「わ、なんかちょっとイヤらしい感じする！」

それは恵の勝手な想像の致すところだ。

○読んで字のごとくの修学旅行

修学旅行当日の朝。全部で4台のバスが集まり、私服姿の2年生が全員整列する。

今朝の気温は5度を下回っていて、冷たい風が時々肌を刺すようだった。

ただ、これから向かう北海道《ほっかいどう》は更に気温が下がる。

そのため学校側も念入りに生徒たちに手袋やコートなどの忘れ物が無いか確認を取らせていた。衣類を含めた荷物の最終チェック、携帯などの必需品のチェックが完了する。

「まずは全員、体調不良もなく修学旅行を迎えられたことに安堵《あんど》している」

乗り込む前の挨拶として2年Aクラス担任の真嶋《ましま》先生がそう声を張り上げた。

2年生を受け持つ担任の先生たちは4台のバスそれぞれに乗り込むようで、1号車が真嶋先生、2号車が茶柱《ちゃばしら》先生、3号車が坂上《さかがみ》先生、4号車が星之宮《ほしのみや》先生。

要はクラスのAからDの順ということだろう。

乗車までの間、オレは携帯でこれからのスケジュールを確認する。

バスは羽田《はねだ》空港へ向かい、飛行機で新千歳《しんちとせ》空港に降り立つ。

それから現地のバスに乗り込んで、初日のスキー場へと向かう決まりだ。

オレは、静かにグループの一覧ページを閲覧する。

グループ番号6番に配属されたオレを含め8人のメンバーたちの名前が表示された。

Aクラスからは鬼頭隼《きとうはやと》、山村美紀《やまむらみき》。Bクラスからオレと櫛田桔梗《くしだききょう》。

Cクラスから龍園翔《りゅうえんかける》と西野武子《にしのたけこ》。

そしてDクラスは渡辺紀仁《わたなべのりひと》と網倉麻子《あみくらまこ》となっている。

学校側が選んだグループ分けに不満などないが、多くの生徒にとって一番厄介な存在に受け取られるであろう龍園と同じグループになるとは。

鬼頭、山村、渡辺、西野、網倉に関しては交流が殆《ほとん》どないため詳しいことは分からないが、それもグループを組んでいるうちに分かっていくだろう。

修学旅行、4泊5日の間ずっと行動を共にするメンバーが決まる。

関係性が強いようなそうでもないような判断の難しい、絶妙なグループだ。

ちなみにオレはそれぞれの生徒に対し付けた番号は櫛田が6番、渡辺が18番、網倉が14番、龍園が6番、西野が18番、鬼頭が9番、山村が14番だ。個人的に親しい親しくないなど関係なく学校が導き出しているOAAを主な基準として順位を付けた。

この中では櫛田と龍園に最も高い評価をつけた。

しかし他の7人もオレと同じような評価を付けた——とは限らない。

特に龍園に関しては嫌っている生徒も多く極端に下位の番号を書かれてもおかしくないからだ。特に坂柳《さかやなぎ》の傍《そば》に立つ鬼頭が龍園に良い番号を付けるだろうか。

いや、それも結局は想像でしかない。

龍園《りゅうえん》がリーダーとしての資質と素質を兼ね備えていることから、上位、あるいはそれなりの順番を与えていても矛盾はないからだ。

完全なランダムでないことは先日の番号決めから分かっているが、ここから先は幾ら妄想を張り巡らせたところで答えは出せないかも知れない。

「7人のうち5人も分からないのか……」

しかも分かるうちの1人に龍園を入れてもいいのかどうか。

これまでの1年半自分なりに交友関係を少しずつ広げてきたつもりだったが、やはり他クラスとなるとそうはいかないな。

さて、そろそろ乗車の時間が近づいてきているようだ。

生徒たちは思い思いに、仲の良い生徒たちのところに集まり始めた。

これから乗るバスは、誰がどこに座るかが決まっていない。ひと昔前のオレだったら、座席位置が決まってくれている方が個人的にはありがたいと思ったことだろう。

今は彼女という立場で恵《けい》がいるため、必然的に隣に座る者が決まっているのは楽だ。

示し合わせたかのように、恵が手を振ってオレの隣に立つ。

ところがそんな恵とほぼ同じタイミングで、洋介《ようすけ》が姿を見せた。

「清隆《きよたか》くん、ちょっといいかな」

「ん？」

「バスの席のことなんだけど、良かったら空港まで僕が隣に座ってもいいかな？」

「オレの隣？　どうしてまた」

まさに特等席に位置する洋介の隣。

それをオレなんかが奪うことは、反感を買うことにも繋《つな》がるだろう。

櫛田《くしだ》の暴露のため、洋介に恋していることを周知されたみーちゃんなんかは、堂々と誘う勇気はないと思われるが、虎視眈々《こしたんたん》と狙っているのは彼女だけではない。

それを裏付けるかのように女子たち数名の熱視線が送られているのが分かる。

洋介は目を見て訴えかけてきていた。

席の奪い合いによる火種を懸念しての、最善の策ってわけだな。

「大変だなモテるってのも」

「僕はモテてるつもりはないよ」

自惚《うぬぼ》れるわけでもなく、ただ淡々とそう答えた。

クラスの不文律を察知する能力はずば抜けているからな。

自分のことでも他人事《ひとごと》のように心配し、争いを避けようとしていると思われる。

「ってことで、洋介を隣に座らせてもいいか？　恵」

「え〰〰？　って言いたいところだけど、それなら仕方ないよね。オッケー」

恩義のある洋介《ようすけ》に対しては恵《けい》も懐が深いようで、了承する。

「その代わり清隆《きよたか》は通路側ね。あたしがその反対の通路側に座るからさ」

ま、それが無難な対応になるだろうか。結果オレたちはバスの中程より少し後ろの1列四席、左端から洋介とオレ、通路を挟んで恵と佐藤《さとう》が座る形で収まりがつく。

数分後、4台全ての乗車が完了したため空港に向けて出発する。

バスの移動中、席を立つことは許されていないが雑談は自由で、また持ち込んだ食べ物や飲み物も自由に摂取して構わない。

そのため一部の生徒は早速と言わんばかりにスナック類を取り出し始めた。

「なんだか旅行って感じがしてきたね」

そんな周囲の様子を感じ取った洋介が、嬉《うれ》しそうに呟《つぶや》く。

他人の幸せが自分の幸せであるこの男にとっては、そんな生徒の浮ついた気持ち一つが心地よく感じられるのだろう。

「あ〜あ。これでグループが清隆と一緒だったら最高だったのになあ」

恵がクラスで一緒になった男子は明人《あきと》で、普段は全くと言っていいほど接点がない。

「だからこそ良い機会なんじゃないか？　他クラスと交流が持てる機会は少ないしな」

「あたしは別に求めてないけど……ちぇ」

こっちも寂しがることを期待していたのか、少し不満そうに唇を尖《とが》らせる。

それでもオレが先日言ったことはしっかりと分かっているはずだ。

他クラスの状況を知る意味でも恵の目は大切になってくる。

ちなみに洋介は松下《まつした》と同じグループで、佐藤は沖谷《おきや》と一緒だ。

「ねえねえ綾小路《あやのこうじ》くん、最近恵ちゃんとはどうなの？　上手《うま》くいってる？」

「ちょっと当たり前でしょ〜？　そんなこと確認するまでもないの」

「気を遣ってるだけだったりしてぇ」

「バカ言わないで。あたしたち超ラブラブなんだから。ね〜？」

そんな他愛《たあい》もないやり取りは、空港に到着するまで続いた。

1

新千歳《しんちとせ》空港に降り立ったオレたちは、空港のロビーで整列を始める。

羽田《はねだ》までのバスはクラス別に乗り込んだが、ここからはついにグループ行動が始まる。

1番から5番までを真嶋《ましま》先生が、6番から10番までのグループを茶柱《ちゃばしら》先生が、11番から15番までを坂上《さかがみ》先生が、16番から20番までを星之宮《ほしのみや》先生が担当する。

「グループが全員揃《そろ》ったところから、席決めを行うように。それぞれに割り振られた席を話し合って決めてくれ」

6番グループのオレたちには、バスの中で8席の指定席が割り当てられている。

この8つの席のどこに座るかを話し合いで決めるというもの。

ちなみに2号車の先頭から左右2席ずつの2列に位置する。

6番グループのオレは茶柱《ちゃばしら》先生の先導するエリアへと足を運ぶ。

「一緒のグループになったみたいだね、綾小路《あやのこうじ》くん」

そう声をかけてきたのは同じクラスの櫛田《くしだ》だ。

「みたいだな。櫛田はやっぱり誰とグループを組むことになっても平気なのか？」

「基本的にはね。まあ……龍園《りゅうえん》くんはちょっと歓迎してないけど」

どの程度まで本性を見せていたのか具体的には分からないが、龍園と櫛田は一時手を組んでいたはず。そういう意味ではやりづらい相手なのかも知れない。

「もう怖い相手でもないだろ。元々櫛田は誰かに物怖《ものお》じするタイプじゃない。仮に不用意な発言をされたところでクラスメイトに対する影響はないからな」

「分かってる。Aクラスを狙う龍園くんだもん、いつか私に脅しをかけてきてもおかしくないからね。どう対処しようか迷ってたけどその辺は気楽になったかも」

本性を暴露されたとしても、大勢に影響はない。

そういった覚悟を櫛田の方でもしっかりと作っていたようだ。

「桔梗《ききょう》ちゃーん」

生徒たちの群衆から抜け出てくるように、一之瀬《いちのせ》クラスの男女が手を挙げた。

渡辺紀仁《わたなべのりひと》と網倉麻子《あみくらまこ》の2人だ。当たり前のように櫛田は網倉とも仲が良いらしく、同じグループになったことを手を取り合い喜び合う。表面上は親友のように振舞っているが、櫛田の内心は無なんだろうと思うとなんだか凄《すご》い光景を見ている気になってくる。

「今日から5日間よろしくな」

渡辺に声をかけられ、オレは軽く手を挙げて答えた。

これまで交流は皆無だっただけに、個性を知る良い機会になるだろう。

これで半分。次に姿を見せたのは西野《にしの》、それから少し遅れて龍園だった。

「おはよう西野さん。それから龍園くんも」

先陣を切るように櫛田が笑顔で声をかけに行く。渡辺と網倉もそれに続いた。

「……よろしく」

女子の西野だが、櫛田や網倉とはそれほど交流がないのか少し気まずそうだ。

一方の龍園は特定の誰かに返事をすることもなく、距離を保ったまま足を止めた。

「あとは鬼頭《きとう》くんと山村《やまむら》さんだね」

「その2人ならもう来てる」

「え？」

オレが櫛田の後方を指さすと、静かに合流していた2人が並んでいたことに気づく。

鬼頭《きとう》は姿を見せるなり龍園《りゅうえん》の方を無言の圧を混ぜつつ睨《にら》んでいる。

一方の山村《やまむら》は、誰を見るでもなく視線を落としながら近づいてきた。

「全員揃《そろ》ったみたいだし、早速だけど席を決めないとね」

こういう時率先してくれる存在がグループ内にいるのはかなり大きい要素だ。問題があるとすれば、Ｃクラスのリーダーを務める龍園の発言が少し気にかかるところだが……。

だが意外にも、特に口を挟む様子はなかった。

他クラスを統率する意思はないということなのか、あるいは席決め程度のことに出張る必要性などないと考えているのか。

「やっぱり男子は男子、女子は女子で固まるのがいいんじゃないかな？」

率先して発言した櫛田《くしだ》に便乗するように網倉《あみくら》がそう提案する。

「皆《みんな》はどう？　異論ないかな？」

男女別に座ることに対し、異議を唱える者は誰もいなかった。西野《にしの》も山村も興味なさそうにしている。一方の、男子は網倉の発言に僅《わず》かな文句も言えないだろう。下手に反論すれば、女子と座りたいと思っている男子、という構図が出来上がってしまう。

「じゃあ女子は女子、男子は男子で話し合ってもらう方向性でいいかな？」

そう言って櫛田が上手《うま》い具合に男子サイドを切り離しにかかった。

仕切れる櫛田に決めてもらった方が楽だったんだが……仕方ないか。

オレと渡辺《わたなべ》が自然と近くまで集まったが、龍園と鬼頭は一歩も動こうとしない。

「どうする綾小路《あやのこうじ》。厄介な問題って雰囲気が凄《すご》いよな」

「だな」

「俺は別に誰でもいいんだけどさ、龍園や鬼頭と話が弾むビジョンは見えないんだよ」

「それはオレなら見えるのか？」

「え？　……えっと……まあ……あの２人よりは？」

比べられる対象が対象だけに素直に喜ぶことは出来なかった。個人的に渡辺の隣である方が、トラブルには巻き込まれずに済みそうだが……。このままシレッとそんな感じで決めてしまおうかと考え始めていると、音もたてず鬼頭が近づいてきた。

「俺は龍園の隣でなければ文句はない」

一番困るような発言をボソッと呟《つぶや》いて、また元の位置に戻ってしまう。

「……どうする？」

「無理やりあの２人を横並びにすれば大変なことになりそうだな」

その姿は渡辺にも容易に想像できたようで、げんなりした様子で頷《うなず》いた。

「じゃあ、俺たちがバラバラになるしかないか。おまえどっちがいい？」

「どっちでもいい。渡辺が好きな方と座ってくれ」

「好きな方……ねえ？」

頭を抱えたくなるような2択を迫られた渡辺《わたなべ》は、しばらく悩んだ結果答えを出す。

「とりあえず鬼頭《きとう》にする。ほらあいつ普段は大人しいっぽいし。こっちから敵意を向けなかったら何もしてこないと思うんだよ」

確かに鬼頭は見た目ほどおっかない感じはしない。

敵対する者以外には人畜無害なイメージがあるのは確かだ。

さて、こっちも一応挨拶を済ませておくか。

修学旅行は4泊5日と長い。

「不本意かも知れないが、修学旅行中は問題が起きない限りオレがおまえの隣だ。一応出来る限りの配慮として窓際を譲ろうと思うんだが、それでいいか？」

「好きにしろ」

今のところ借りてきた猫のように大人しいな。

よくよく考えれば無断欠席してもおかしくないような修学旅行というイベントに、こうして真面目についてくるんだから龍園《りゅうえん》も偉いものだ。

「おまえ何か勘違いしてんじゃねえだろうな、綾小路《あやのこうじ》」

「勘違い？」

「既に俺と坂柳《さかやなぎ》の前哨戦《ぜんしょうせん》は始まってんだよ」

そう言い、龍園は鬼頭に対し一瞥《いちべつ》をくれた。

一方の鬼頭もまた、そんな視線が来ることを予期していたのか睨《にら》みつけてきている。

「なるほど。他クラスと必然交流が生まれる修学旅行。互いの隙を探すのには絶好の機会ってことか」

「鬼頭がどれだけの奴《やつ》かを確かめるいい機会だ。場合によっては今のうちに潰す」

これから嬉《うれ》し楽しい北海道《ほっかいどう》旅行とは思えないほど物騒な発言だ。

ただの旅では終わりそうにないな。

そう言えば坂柳の方はグループ4番だったたか。

4番に割り振られていたメンバーを頭の中で思い返す。

龍園クラスからは時任裕也《ときとうひろや》と諸藤《もろふじ》リカだ。

まだ2学期は終わっていないが、既に学年末に向けた探り合いが始まっているのは悪いことじゃない。臨戦態勢となった2クラスとぶつかることになれば、手強《てごわ》そうだ。

グループでの話し合いが終わったと判断した学校側は、先導を始める。

バスの窓際を龍園に譲り、オレはその隣に座る。

クラス単位で移動していたバスの車内は活気に溢《あふ》れていたが、それが嘘《うそ》のように静まり返ってしまっていた。他クラスを交えた学校の指定するグループ。

仲の良い生徒ばかりでない以上、打ち解け気軽な話が出来るようになるのには多少時間がかかるだろう。それを証明するかのように、バスに乗り込んだ半数近くは男女で別にするよりもクラスで固まることを優先していた。

櫛田《くしだ》のように率先して誰の隣に座るかを決められないと、必然そうなるという例だ。

それでも、生徒たちが楽しもうとする気持ちは全員が同じ方向を向いている。

バスが走り出してから30分ほど経《た》った頃には、改めての自己紹介も大体終わり、グループの雑談が自分のクラスメイトだけではなく少しずつ広まり始めていた。

そしてカラオケが使える説明を受けると、男子の1人がマイク片手に歌い始める。

「あの1年には少しだがテメェと同じ気配を感じた。どういう知り合いだ？」

移動中、龍園《りゅうえん》に話しかけられることなどないと思っていたが、前触れなくそんな言葉が横から飛んできた。

肘をついたままの姿勢は、特にこちらを見ることもなく独り言のようでもある。

「全くの無関係だと言ったら？」

「それはねえだろ。教師を殴り飛ばしてでもテメェのところに行こうとしてたぜ」

確かに、それでは無関係と思えるはずもないか。

「ちょっとした知り合いだ。それ以上でもそれ以下でもない」

「だから気にかけるなって？　こっちとしちゃ面白そうな臭いがしてるんだがな」

「1年に目を向けても仕方がない。大切なのはAクラスに上がることじゃないのか？」

「俺はやりたいようにやる。いずれテメェをぶち殺すのに役立つかも知れないだろ」

なるほど。八神《やがみ》に興味があるというより、その後ろにいるであろうオレに対するウィークポイントになるんじゃないかと睨《にら》んでいるわけか。

まあ、弱みにこそならないが、面倒な要素なのは否定できない。

「ヤバそうな連中が1年を引きずっていくくらいだ。しかも、学校側はそれを黙認するような態度を取ってやがった。きな臭いテメェの正体を一瞬見た気がするぜ」

「だが残念だったな。八神はもういない」

「確かにあいつは退場したようだが、もう1人天沢《あまさわ》って1年の女が残ってるらしいじゃねえか。そっちと遊んでやってもいいんだ」

どうやら、八神はちょっとした情報の置き土産をしていったらしいな。

オレが沈黙を貫けば龍園が天沢にちょっかいを出す可能性は十分考えられる。

1対1の戦いなどであれば、天沢が後れを取ることはないだろう。

ただ龍園の場合、それで終わりにはならない。

執拗《しつよう》に張り付き隙を狙い、そして繰り返し接触を試みる想像は容易につく。

もちろん、平常時の天沢ならそれでもある程度対応する実力を持っているが、今は八神が退学し不安定な状況にある。

「まあいい。どの道おまえとやるのは少し先だからな」

こちらの思慮を見てそう答える龍園。

言いたいことは色々あるが、いつ戦いが実現するかも分からない堀北《ほりきた》クラスよりも、学年末で当たることが確定している坂柳《さかやなぎ》クラスに注力すべきなのは事実だ。

「ところで龍園《りゅうえん》、１つ聞きたいことがある。実は今朝から気になってたことだ」

「あ？」

オレは手を伸ばし、前の席の後部に取り付けられた網ポケットに手を伸ばした。

そしてセットされている黒いビニールを取り出す。

「この袋は何に使うのかずっと気になってる」

「あぁ？」

怪訝《けげん》そうに眉を寄せて、鼻で笑ってくる。

「酔って吐くときに使う袋だろ。ふざけてんのか？」

「なるほど。確かに車酔いした場合、嘔吐《おうと》する可能性があるのか」

これが俗にいうエチケット袋なんだな。

「無人島試験等のバスには設置されてなかった。常に用意されてるわけでもないのか」

これまで何度かバスに乗ったが、こんな風にポケットに入っているのは初めて見た。

バス会社の配慮と同時に自分たちのためでもあるんだろう。

下手に座席や床に嘔吐物《おうとぶつ》を撒《ま》き散《ち》らされると、清掃はかなり大変だろうしな。

色々と勉強してきたつもりでも分からないことは無数にある。

学校の外に出れば、未知との遭遇もよくあることだろう。

「相変わらず変わってんな。バスにも乗ったことのないボンボンだってか？」

「そんなに多く経験してるわけじゃないのは確かだな」

三半規管の乱れで吐く子供たちは沢山見てきたが、こんな袋に吐かせてもらえるような環境じゃなかった。吐いても大丈夫、という前提で考えていないので無理もないが。

オレも多少は酔いの感覚を経験したことがあるので、世の中にはこんな便利なものもあるのだと、よく覚えておこう。

2

スキー場に併設された大型の食堂で昼食を取った後、いよいよ2年生はスキー講習を受けることに。また紛失や故障のリスクが高いことから、ゲレンデに携帯を持っていくことは禁止との指示が出された。

携帯に依存している生徒や扱いになれていると主張する上級者からは不満の声も聞かれたが、学校の指示を破ることは出来ないため仕方がないだろう。

幸い翌日以降、自主的にスキー場へ行く場合は携帯の持参が認められるとのお達しも同時になされた。ただし紛失や故障の場合は相応のプライベートポイントが必要になるが。

その後レンタルされたスキーウェアに袖を通しスキーブーツも受け取る。

外側はプラスチックでできているようだ。指示に従いバックルを外し、インナーを広げ足を入れていく。かかとをついてフィットさせ、インナーを真っすぐにしてバックルを下から上へと絞めた。最後にパワーベルトを絞めてパウダーガード。

これで最低限の準備が整ったということになるらしい。

普通に歩こうとしてみるが、どうやら正しい動きではないらしい。

インストラクターに従いかかとから着地して歩くと、スムーズに移動ができた。

準備が済んだところで外へ。

上級者、中級者、初心者の3つに分かれレッスンを受けることになっている。

スキーの経験が無いオレは、迷わず初心者講習希望者の塊に合流した。

予《あらかじ》め本やネットなどで調べることもできたが、折角《せっかく》なので現地で学ぼうと余計な情報は一切耳に入れていない。

学年全体のうちこの初心者講習を希望したのは全体の約6割といったところだった。

これが多いのか少ないのかは不明だが、中級者以上が4割ほどいるのは少し驚きだった。

関東圏では中々滑る機会もなさそうだが、何かしら経験しているものなんだな。

第6グループのメンバーでは龍園《りゅうえん》、鬼頭《きとう》、西野《にしの》と櫛田《くしだ》が中級者以上のためか不在で、残りのメンバーが初心者のようだった。

人数の多い初心者講習は、更に10人ずつほどに分かれインストラクターから滑り方について1から教えてもらう。

オレは初めて触るスキー道具に強い興味を抱きながらも、その説明に耳を傾ける。

一方で、数が一番少ない上級者は簡単な説明だけを受けた後は即座に自由に滑って構わないようで、早くもゲレンデに出て滑る準備を始めていた。

その中には龍園の姿もあった。

ブーツ裏の雪を払い、その後ブーツを前、後ろの順でビンディングに合わせかかとで踏み込む。なるほど。両足に嵌《は》めた状態で歩いていくんだな。

意外と歩いてみると転ばないものなんだなと思いつつ、初めての感覚に戸惑う。

そうだな……とりあえず――。

オレはポールを使いながら、やや強引に滑りだそうとしわざと重心を左に傾けた。

すると両足の板が前に進むのとは反対に体が倒れこむ。

「……大丈夫ですか？」

近くで見ていた山村《やまむら》が、そう小さく声をかけてきた。

「ああ平気だ。ちょっと転んでみたかった」

「はあ……」

周囲では少しだけ笑いが起きていたが、気にすることはない。

まずはこけて失敗してみることが重要だ。

既にリフトの方へ向かったと思っていた龍園《りゅうえん》だったが、そんな転んでいるオレを見て僅《わず》かに口角を挙げると、満足したかのように歩き出した。

もしかするとオレが失敗するところを見たかったのかもしれない。

「そこ気を付けて！」

注意をされたオレは軽く頭を下げて謝りつつ、インストラクターの指示に従う。

それから実際にこの場で軽く滑ってみることになったが、意外と大勢が転んでいる。

意図しない転倒が2回ほどあったが、よし、大体コツは掴《つか》めてきた。

講習を受けること30分ほど。

全ての行程を終えたことで自由にして良い時間が訪れる。

「よし行くか」

3

講習を終えた渡辺《わたなべ》たちは、揃《そろ》って傾斜の緩い初心者用コースに向かうらしい。

「綾小路《あやのこうじ》？　行かないのか？」

板を持って歩き出した渡辺が振り返り、不思議そうに口を開けた。

「オレはちょっと別のところで滑ろうと思う」

「そっか。じゃあまた後でな」

彼らの背中を見送りつつ、オレはオレで移動を始めることにした。

「おい綾小路。テメェはあっちの初心者用コースだろ、こっちは上級者用だ」

その上級者用コースに向かおうとする龍園が、鬱陶しそうに指を差した。

「いや、まあいいんだ。何となくチャレンジしようと思ってる」

「あぁ？　さっきまでペンギン歩きしてたヤツが言うセリフかよ」

「やめておいた方がいいと思うよ綾小路くん。ハードなこぶ斜面と急斜面が7割くらいで、私もちょっと怖かったから」

と櫛田《くしだ》が言う。どうやら2人とも1度滑ったらしく、そう言って警告してくれた。

「そうだな――――」

折角《せっかく》の警告なので、従おうと思ったが……。

視線の先、上級者用のリフトに落ち着きなく乗り込んだ山村《やまむら》が上がっていく。

本人が意識して上級者コースを選んだとは思えない。

やや前のリフトに鬼頭《きとう》の後ろ姿が見えていたことが原因か、周囲に止められることもなく、間違えて乗り込んでしまったんだろう。

「バスの中で山村が自分で影が薄いと言ってたのは伊達《だて》じゃなさそうだな」

「え？」

「山村《やまむら》だ。多分、上級コースだと分かって乗ってないと思うぞ」

オレが上がっていくリフトに座っている山村のことを伝える。

「わ……追いかけた方が良さそうだね」

その流れでオレは人生初のスキーリフトに乗り、一緒に上級コースへと向かう。

リフトは同時に２人まで乗れるため、櫛田《くしだ》と共に乗り込む。

止まることのないリフトは徐々に上昇を始め、足が地面から離れていく。

「面白い乗り物だな」

「初めて乗るんでしょ？　怖くないの？」

「怖くはない。まだこの高さなら落ちても大したダメージにはならないからな」

「え、そういう問題……？」

「ん？　落ちた時の衝撃、その危険性から怖がるものなんじゃないのか？」

「それは、うん、そういうことなんだとは思うけど……」

言葉のどこかに引っかかり戸惑った様子を見せるが、その理由はよく分からない。

「まあいいや。綾小路《あやのこうじ》くんのことって考えるだけ無駄だと最近思ってるから」

ふーっと息を吐き、少しだけ素の櫛田が顔を覗《のぞ》かせる。

リフトとリフトの間には比較的距離もあり、またやや風も吹いているため雑談は前を行く龍園《りゅうえん》や後ろの者たちには聞こえる心配はないと判断したのだろう。

「あんまり嬉《うれ》しくはない表現だな」

考えるだけ無駄と言われて、喜ぶ人間はまずいない。

「仕方ないでしょ。実際に私はそう感じてるんだから」

そう言ってから、櫛田は遠くの山々に視線を送る。

「私は場の空気とか相手の考えることを読むのに自信がある。これは堀北《ほりきた》さんや龍園くんだって同じ。そりゃ、別の要因で上回られて負けることはあるけどね」

相手の考えを読めたところで絶対に勝てるわけではないからな。

「綾小路くんに関しても、前の私は読めてる気でいた。だけどそれは完全に違ってた。ここまで何を考えてるか見当もつかない人は初めて」

「参考までに、それはどんな気持ちなんだ？」

「え？　それ聞きたい？」

こちらを見ず、顔を前に向けたままそう問い返してくる。

「やっぱり聞かないでおこうか」

不本意に思っていることだけは、雰囲気が強く物語っている。

「ところでさ」

パッとこちらを見た櫛田の表情は阿修羅《あしゅら》……にはなっておらず、いつも通りだった。

「重要なことだから今ここで確認しておきたいんだけど、私を退学させようなんて思ってないよね？」

「随分ハッキリと聞いてきたな」

「綾小路《あやのこうじ》くんの考えが読めない以上、私の思考で考えるしかない。私が綾小路くんだったらどう考えるのか、どう行動するのか」

「その結論が退学を狙っているんじゃないのかってことか」

櫛田《くしだ》は迷わず頷《うなず》き、そしてオレの目を覗《のぞ》き込《こ》んでくる。

揺さぶりをかけて本心を引き出そうとしているようだ。

オレはあえて、ここで視線を逸《そ》らして退学を狙っているといった空気感を出してみる。

普通の者が見れば図星を突かれ動揺が走った末の目線逃がし。

どんな風に櫛田が考えるのか面白そうだと思ったからだ。

「ふざけてんの？」

「すみません……」

隠れていた闇が顔を出し、笑顔のままなのに猛烈に睨《にら》まれたと理解し即時謝罪する。

「ていうか、絶対私のことからかってるでしょ。そんなことして面白い？」

「いや、全く面白くない。悪かった」

本人としては不本意だろうが、今のは見事に櫛田に心を読まれる形になったな。

「退学にする意思はない」

「……ホントに？」

「堀北《ほりきた》がおまえを残すと決めた段階で、オレが退学させるという線は消えた。もし今もその可能性を残すくらいなら、堀北を言いくるめる選択を取っていた」

櫛田の疑いは晴れないだろうが、これは紛《まぎ》れもない事実だ。

「満場一致特別試験……ね」

当人にとって満場一致特別試験は忘れがたい屈辱の時間だっただろう。

ただし櫛田が今後、今までと同じ過ちを繰り返さないことが大前提だが、そんなことはわざわざここで口にするまでもない。

そもそもクラスメイト全員が知ってしまった以上、もはや現実的じゃない。

「全員を消せなくても、私がこのクラスを見捨てる可能性はあるよね。クラス移動チケットかプライベートポイントを貯《た》めるか。そんな方法で抜けることだって出来る。そんな危険因子に目を瞑《つぶ》れる？」

自分で自分のことを危険因子だと答えられるのも、櫛田の面白いところだ。

「それは裏切りでも何でもなく、単なる個人の戦略の範疇《はんちゅう》だ。実際に制度として学校側が用意しているように、勝てるクラスに移動するのは悪いことじゃない。むしろ自分のクラスに勝ち目がないと思うなら機を見て移籍を進める」

沈んでいく船に乗り続けろと、誰にそんなことを言う権利があるのか。

「やっぱり綾小路《あやのこうじ》くんは読めないな。本心で話してるのかどうかも全然分からない」

「顔には出ない方なのかもしれないな」

「そんなレベルじゃないけど……」

呆《あき》れながら、櫛田《くしだ》はもうすぐ近づいてくるゴールに目線を向けた。

「なんでだろうね。絶対に隠し通したかった自分の秘密が暴露されたのに、悔しくて辛《つら》くて、もう全てがどうでもよくなったはずなのに……私は、修学旅行に来てスキーやって楽しんでる。そしてそれが悪いものじゃないとさえ感じてる」

「修学旅行は大勢の学生にとって楽しいイベントではあるだろ」

「大勢にとってはね。だけど私はこれまで、どんなイベントも苦行でしかなかったから」

自分を偽《いつわ》り続けることの労力。

それは、こういったイベントでこそ必要とされるってことだな。

「あのさ……八神《やがみ》くんと天沢《あまさわ》さんのこと少し聞いてもいい？」

「1年生の2人だな。天沢とは少し絡みもあったが、八神についてはほとんど知らない」

一応そんな風に念を押しておいたが、櫛田はただ内に秘めていた疑問を吐き出したかっただけなのかも知れない。

「綾小路くんに分からないなら仕方ないと思ってるから」

「それならいい。それで？　その２人がどうかしたのか？」

「八神くんが退学したことは知ってるよね？」

「無人島試験で暴力を振るったことが明るみに出たとか。しかも教師を殴ったって噂《うわさ》もあるくらいだ、退学になるのも無理はないだろうが……おまえの後輩なんだろ？　仲良くしてたようだしショックだったんじゃないか？」

八神はホワイトルーム生だった。つまり、櫛田と過去に何ら接点はない。

月城《つきしろ》サイドから与えられた情報をもとにそれを装い、櫛田もまた過去を知るリスクを思慮した上で後輩であることを偽らせたのだろう。しかしそれを部外者のオレに推理できる要素は存在しないため、ここはこの回答をする他ない。

「違う。八神く……あいつは私の過去を知ってた。中学が同じだったのは堀北兄妹《ほりきたきょうだい》だけ」

「ならどうして過去を知ってると？」

「直接言われたからね。だから私は当然、堀北さんや綾小路くんを疑った。龍園《りゅうえん》くんも私の本性は分かってるけど過去までは知らないから除外できる」

確かに本性と過去は全くの別物だ。

「だけど堀北さんじゃ辻褄《つじつま》が合わないでしょ？　私の過去を話すメリットが無い。だとしたら消去法だと綾小路くんだけになる。そのことは、ずっと引っかかってる」

「なるほどな」

確かに、オレは櫛田《くしだ》の過去を知った数少ない生徒の1人だ。

満場一致特別試験で敵意を向けられるのは必然だったが、その中の1つには、そんな疑いの色もあったのかも知れない。しかも天沢《あまさわ》も一枚櫛田に噛《か》んでいたことは明白で、その天沢と繋《つな》がりのあったオレはますます怪しい人物になる。

ここで安易に否定したところで、じゃあ誰が教えたのか、という疑問は櫛田につきまとうだろう。疑念が払拭されるかは別問題だ。

「どっちでもいい。私は真実が知りたいの」

「オレが八神《やがみ》たちと繋がっていたとしても許すと？」

「ええ？　許すわけはないでしょ。ただ……だからって綾小路《あやのこうじ》くんをどうこうしようとは思わないってだけ。むしろ、余計に敵《かな》わない相手だと再認識できると思う」

今は大人しく内包されている牙。それを更に奥へと引っ込めるだけだと話す。

「ううん違うな。綾小路くん以外に思い当たる人物はいないんだけど、綾小路くんじゃないんじゃないかって思ってる。あいつは綾小路くんを退学させたがってた。それはフリなんかじゃなく本心から。矛盾が生じるでしょ？」

オレが八神サイドと繋がり情報を流す意味そのものに疑問も生まれるからな。

わざわざ櫛田をそんな形で追い詰めるのは手間なだけだ。

この疑問を抱えたまま学校生活を送らせていくのは、少々酷かも知れない。

かといって、ホワイトルームの具体的な話は出来ない。

「八神とは昔……学校は違ったが面識があったんだ。近所に住んでいたからな」

「え……？」

「そして天沢もそうだ。あの2人には勘違いをさせたようで、ずっと恨みを持たれていた。天沢とは誤解を解くことが出来たが、八神はそうはいかなかった。無視することで対応していたんだが、知らない間に櫛田に接触してたとはな」

「待って？　だとしても変だよ。私のことが分かるわけないよね？」

「どうやって調べたかは分からないが、オレのクラスメイトに櫛田がいて、その櫛田のことを調べたんじゃないか？　オレに復讐《ふくしゅう》する機会を狙っていたんだろう。つまり、櫛田は単に巻き込まれたってことだ」

オレは軽く頭を下げて櫛田に謝罪する。

「知らなかったとはいえ、オレのせいで巻き込んで悪かった」

「……綾小路くん」

完全にすっきりするとは言わないが、オレとあの2人が過去繋がっていたことが明るみに出ることで、櫛田の中で幾つかの疑問に答えが出せるのではないだろうか。

「もしかして八神くんが退学したのは……綾小路くんがやったの？」

「放っておけばクラスに協力する選択を選んだ櫛田にまた危害が及ぶ可能性が高い。天沢がおまえに接触していたのも、八神《やがみ》がおまえに何かすると分かったからだろう」

ここは素直に認める方向で答えておく。

南雲《なぐも》、龍園《りゅうえん》、それに堀北《ほりきた》。複数人がオレの関与を知るか疑うかしている。

否定した事実が後になって明るみに出ると余計に面倒なことになる。

「天沢《あまさわ》は学校に残したが、さっき言ったように彼女の誤解は解けてる。今後櫛田《くしだ》に対して邪魔をすることはないはずだ。多少言動には問題が残るかもしれないけどな」

ここからの学校生活で櫛田が自分の実力を最大限に発揮できる環境作り。

それはこの意外な話し合いから作り出すことが出来たかもしれない。

「私は――――」

強い風が吹き、櫛田の浅く被《かぶ》っていた白いニット帽が飛ばされそうになる。

オレはそれを防ぐため、手を伸ばし帽子を手のひらで押さえた。

それと同時に櫛田の手も重なってくる。

「ごめ、ありが――――」

こっちが手を貸さずとも飛ばされずに済んだ可能性が高かったが、櫛田がお礼を言いながら顔を向けてきた。直後に、硬直しオレの目を見つめたまま離れない。

「どうした」

「……ううん、何でもない」

無表情のその顔が何を考えているのかは分からなかったが、ほどなく視線を外される。

そしてリフトが目的地についたため、降りる準備を始めた。

「いける？」

「なんとなく出来ると思う」

そう答えたが、櫛田が手本を見せるように一足先に降りたため、それを真似《まね》るように後に続いた。長いリフトでの移動を終え、上級者用コースに到着する。

流石《さすが》に下よりは人も少ないようだったが、それでも十分な数だろう。

「これは、中々凄《すご》いな」

「思ってたより斜面が急でしょ？」

櫛田の言うように下から見上げていた光景よりも、斜面がきつく見える。

「本当に大丈夫？」

「まあ、何とかなるだろ」

「もしもの時は、板をはずしてから横の方を歩いて降りる方がいいかも。格好は付かないかも知れないけどね」

「分かった。ただ今はそれよりも山村《やまむら》だ」

スキー場は生徒たちに混じって一般の客もいるため探すのは大変だ。

「滑れないって気づいてリフトの傍《そば》にいると思ったんだけど……」

一緒になって櫛田《くしだ》と周囲を見渡す。

ところが、そんな山村《やまむら》の姿をすぐに見つけることが出来ない。

「もしかしてもう滑っちゃった……？　それは流石《さすが》にないよね……？」

斜面を滑り降りていく者は多いが、明らかな初心者と思われるプレーヤーはいないように見える。一方で龍園《りゅうえん》の周囲には、複数の男女が集まっていた。

「あれって龍園くんのクラスの生徒たちだよね？　意外と人望があるのかな」

「楽しそうに話してる感じには見えないけどな」

「確かに」

集まった生徒たちは、やけに真剣な表情で龍園に何かを伝えている。

輪の中心にいる龍園は誰か特定の生徒を見ることもなく、淡々と聞いているようだ。

わざわざ人が少なくなる上級者コースに集まってどういうつもりだ？

クラスで連絡を取り合うなら、後で携帯を使えばそれで済む。

となると……意図的に、あのような集まりを作り出したとしか思えないな。

「もしかして何か報告をしてた？」

「そのようだな」

集まっていたメンバーも、金田《かねだ》や石崎《いしざき》、近藤《こんどう》と言った連中で龍園からよく指示を受けている者たちばかりだ。

「いたよ綾小路《あやのこうじ》くん。山村さん」

そう言って櫛田が見た方角には、確かに山村がいた。

滑り出すわけでもなく、ジッと解散していく龍園たちのクラスを見つめている。

「山村さ――」

声を張って呼ぼうとした櫛田に、オレは静かにするよう指と視線で合図を送る。

「え？　どうしたの？」

「ちょっと待ってくれ」

少し不可解に思える山村の動きだ。間違えていると分かっていながら、早々と上級コースに足を運び、そして息をひそめるように自らの存在感を消してとどまり続ける意味。

「山村ってどんな生徒なんだ？」

「どんな生徒？　私もよく分からないんだよね」

「学校でも随一の顔の広さを持つ櫛田に分からない生徒なんているんだな」

「それはそうだよ。自発的に会話してくる子なら把握もできるけど、山村さんは違う。向こうから声がかかったことなんて1度もないし、こっちが声をかけても短い返事か無言で頷《うなず》いて終わり。それじゃ相手を知ることも出来ないでしょ？」

自ら心を閉ざしている場合なら、確かに櫛田でもどうしようもないか。

「Aクラスで仲の良い生徒は？」

「それも分からないなぁ。あの子が誰かと話してる姿って全くイメージがないから。凄《すご》く影が薄いでしょ？」

まだグループを結成したばかりだが、確かに印象は薄い。

山村《やまむら》個人のOAAでは身体能力は低いが、高い学力を持っていることは判明している。

ほどなくして龍園《りゅうえん》のところに集まっていた生徒たちは、散り散りになって自分たちのグループに戻っていく。

それと同時に山村は龍園サイドに向けていた視線を切りゆっくりと移動し始める。

山村を見失わないように2人で視線を追っていると……。

「あ、転んだ」

雪に足を取られたのか、その場で転ぶ山村。

周囲に人はいるようだが、誰も気が付かないのか助けたり気にする素振りもない。

「影が薄いのも大変だよね」

「それでどうしてオレを見る？」

「だって、影が薄い代表でしょ？　元、がつくかも知れないけど」

否定できない悲しいところだ。

どれだけ頑張っていても、その辺りは簡単には上手《うま》くいかないもの。

「ところで、山村の動きは櫛田《くしだ》にはどう見える？」

「山村さんの動向を見張ってる？」

オレが否定するも、櫛田は可笑《おか》しそうに笑った。

「山村さんの動きは……誰かの指示を受けて龍園くんの動向を見張ってる？」

「それが濃厚だろうな。その誰かは恐らく1人しかいないが」

「坂柳《さかやなぎ》さん、だね。だけど山村さんと接点があるイメージはないけどな」

「だからこそなんじゃないか？　誰もその繋《つな》がりを意識してない。オレだって山村と同じグループにならなければ気にすることもなかったかも知れない」

同じ初心者同士で、どうするのだと気にしたことがきっかけ。もしオレが中級者以上だったなら今も気にせず既に滑り始めていたことだろう。

「繋がりを持ってるかどうか、確かめられるなら確かめた方がいいよね」

「この先坂柳と戦う時に重要になってくることもあるからな。誰が坂柳にとって重要な手足であるかを見極める作業は避けて通れない」

「なるほどね」

「山村が動き出したな」

オレたちは山村の行方を見守る。

板を外しゲレンデの端から、急斜面を恐る恐る歩いて降りているようだった。

「私ちょっとサポート行ってくる。もしかしたら距離が縮められるかも知れないし」

自分がやるべきことを決断した櫛田《くしだ》が、板を滑らせた。

「動きが速いな」

頭の回転も早く、こちらの意図をスムーズに読み取る。

しかも、櫛田なら大抵の人間とは親しくなれる強力な対話スキルを持ち合わせている。

それが自分のクラスで生き残る道である以上、手も抜かないだろう。

さて――オレは1人、上級者コースを体験してみることにしようか。

4

スキー場での時間を終えて、オレたちは午後5時前に旅館に到着した。

割り当てられた一室へと向かうため第1グループから順番にロビーへ向かう。

すぐにオレたち第6グループの番が回って来たので、後に続く。

外観は歴史を感じさせる作りだったが、ロビーなどの内装はしっかりと手が入れられており清潔感あるものになっていた。

館内のスリッパに履き替え、衣類などの入った荷物を足元に置き鍵の受け取りを待つ。

「分かっちゃいたけどこのメンバーで寝泊りなんだよなぁ」

ロビーで鍵を受け取った渡辺《わたなべ》が、ちょっと憂鬱そうにため息をついた。

今日から行動を共にする同一グループ内での同室で、これは変更が利かない。

居心地の良い空間にできるかどうかは自分たちにかかっているわけだ。

「おい渡辺」

名前を呼ばれた渡辺が振り返ると、ボストンバッグが目の前に迫る。

「うわっと！」

両腕で受け止めた渡辺は事態が呑《の》み込《こ》めず驚いているままだ。

「部屋に運んどけ。俺は風呂だ」

自分の荷物を放り投げたのは龍園《りゅうえん》で、それを渡辺に運ばせるつもりらしい。

嫌と言える度胸もない渡辺が苦笑いを浮かべているうちに、龍園は館内の奥、恐らくは大浴場があるであろう方へと消えていった。

「うう……上手《うま》くやれる気がしない」

「オレが持つ」

「いや、いいって。一応は俺が頼まれたわけだしさ」

頼まれたというか、一番押し付けやすそうなところに押し付けたというか。

「貸せ。俺が奴《やつ》の元に、いや地獄に送り返してやる」

横暴な龍園の振る舞いを見ていた鬼頭《きとう》が、抱えたボストンバッグを奪い取ろうとする。

オレは鬼頭《きとう》の間に腕を差し入れ、それを止める。

「下手なことはしない方がいい。後で一番困るのは託された渡辺《わたなべ》だ」

「ならあの男の好きにさせるつもりか？　ここで引けば次も似たようなことが起こる。自クラスの生徒を奴隷扱いするのは知ったことじゃないが、渡辺は一之瀬《いちのせ》クラスの生徒だ」

言っていることは正しい。

だが、だとしてもそれはこの荷物に対して何かをするべきものじゃない。

「このボストンバッグとは切り離して、直接言うべきだ」

「言って聞かなければどうする。旅行中渡辺に苦行を強いるつもりか？」

「あぁいや、俺はそこまで別に苦行ってわけじゃ……」

「もし次も渡辺に龍園《りゅうえん》が自分勝手なことをするようなら、オレが止める」

「貴様が？」

「それでも聞かなければ全部オレが責任を持って引き受ける」

「根本的な解決とは言えない」

「そうでもないさ。託された相手が嫌がっていれば無理強いであり強制だ。逆に託されても苦に感じず、むしろそれがグループのためになるとオレが考えればいいだけのこと。それで問題は消える、そうだろ？」

鬼頭は全て自分のことは自分でやるべきだと考えている。

こちらの話に納得はいかないだろうが、それでも理解は出来たはずだ。

「……好きにしろ」

しばらく睨《にら》まれていたが、最終的に鬼頭は折れたのか引き下がってくれた。

「悪いな綾小路《あやのこうじ》、なんか俺のせいで」

「別に渡辺のせいじゃない。このグループにある問題を解決するために、手を取り合うのは当然のことだ」

安堵《あんど》する渡辺の表情を見たタイミングで、旅館から部屋の鍵が2本支給された。

それとほぼ同時に、櫛田《くしだ》たち女子4人も鍵を受け取ってこちらへ来る。

「あのね。明日からのグループ行動について話し合っておくべきだと思うの。折角《せっかく》の北海道《ほっかいどう》旅行だし、皆《みんな》行きたいところが色々あるんじゃないかなって」

予《あらかじ》め予定を立てておくのは重要なことなのだが、オレたちのグループはメンバーがメンバーなだけに、今現在まで自由行動に関する話し合いが出来ていない。

「だから夜、女子皆で男子の部屋にお邪魔しようと思うんだけど……どうかな？」

「お、おおいいんじゃないか？」

渡辺は女子が遊びに来る、そんな言葉を受けて嬉《うれ》しそうに目じりを下げる。

傍《そば》で聞いていた鬼頭は特に何も答えず無言のままだ。

「……えーっと……あ、綾小路もいいよな？」

「それでいいんじゃないか」

困った顔をした渡辺《わたなべ》を無視するわけにもいかないため、櫛田《くしだ》は笑顔で手を合わせた。

「決まりだね。じゃあまた後で。網倉《あみくら》さんたちにも声をかけておくから。詳しい時間が見えたら綾小路《あやのこうじ》くんや渡辺くんに連絡するから」

これから女子たちも温泉につかったり、夕食を食べたりと旅館を堪能することだろう。

「オレたちも自分の部屋に行こうか」

「だな」

男子は東館と呼ばれるエリアにある客室を利用することになるようだ。

一方の女子は本館。ロビーで繋《つな》がっているため、行き来自体は特に遠かったり難しいものじゃないが、男女でしっかり分けているんだろう。

「いやぁ櫛田ちゃんって良い子過ぎないか？　可愛《かわい》いし」

男子を惹《ひ》きつける魅力が櫛田にあることは身をもって体験している。

表面上の付き合いで、心惹かれるのも無理ないことだ。

もし渡辺のような生徒が櫛田の本性を知れば、どうなるかは分からない。

「分かっちゃいたことだけど櫛田ちゃんがいなかったらと思うとゾッとするぜ」

確かに、櫛田はグループを上手《うま》く回し誘導してくれている。自由行動を決めるための集まりも、それを率先して導く者がいないと後回しになるだけ。

それを避けるべく動いてくれているのには感謝しかないな。
ただそれで問題が全て解決するかは分からない。
やはり大きな問題は龍園《りゅうえん》と鬼頭《きとう》になるだろう。
第6グループを組んで移動を始めてからというもの、常に殺気を向け合っている。
互いに牽制《けんせい》、探り合いをしているため常に一触即発状態が続いている状況だ。
スリッパをペタペタと鳴らしながら、廊下を進み203号室に到着。
鍵を差し込んで、室内へと通じる扉を開いた。
中はそれなりに広く、12畳ほどの和室、それからテーブルに座椅子が4つ。
更に窓際にはミニテーブルと1人用ソファーが2脚置かれていた。
テレビで何度も似たような光景が見たことある、まさに王道の旅館だ。
和室に荷物を置いてオレはすぐに冷蔵庫を開けてみた。
中には無料の水の他にちょっとしたソフトドリンクも常備されていた。
ただ、1本当たりの値段は相場よりも高く、手を付ける理由は見当たらない。
ロビーには自販機もあったようだし、必要なら買いに行けばよさそうだ。
鬼頭は室内に入ってから無言で隅の方に座り、目を閉じた。
しかも何故《なぜ》か座禅を組んでいる。
そんな鬼頭にはとりあえず触れず、案内と書かれた厚めのファイルを開いた。

そこには館内のマップから旅館が提供しているネット回線の名前とパスワード、日帰り入浴の説明から周辺の観光名所などまで、一通りのことがまとめられてあった。

櫛田《くしだ》たち女子を交えての話し合いでも使う機会があるかもな。

軽く眺めた後、最後にトイレなどの設備にも目を通しておくことにした。

室内には個別に風呂は付いていないようで、入浴は大浴場で済ませる必要があることも分かった。特にこの点は問題もないだろう。

オレとしても小さな浴槽につかるより、折角《せっかく》なら大浴場を繰り返し満喫したい。

「さてと……」

夕食は7時からだが、まだまだ時間に余裕がある。

ここはやはり、大浴場に行くべきだろう。既に大勢が押し寄せているはずだ。

「風呂に行って来る」

「あ、ちょ、ちょっと待ってくれ。俺も行く！」

座椅子に座っていた渡辺《わたなべ》が転びそうな勢いで立ち上がった。

「鬼頭《きとう》はどうする?」

「俺はまだいい」

「そうか。じゃあ鍵を1本残す。龍園《りゅうえん》に会ったらそのことも伝えておくから」

部屋に戻ってきて全員が不在の場合、龍園は部屋に入れないことになる。

それはそれで厄介なので、避けないとな。

廊下に出て扉を閉めるなり、渡辺が小声で呟《つぶや》く。

「参ったなあ。これから鬼頭と龍園とも一緒に寝るんだろ？　朝まで命あるのか？」

「それは言いすぎだ」

「いやでも4泊だぜ4泊。その間に間違いが起こったって無理はないって」

だとしたらとんでもない間違いになることは確かだ。

ただ、龍園たちのことはさておき、他人と寝るというのは慣れないもの。

去年の合宿、そして恵《けい》との生活の中で就寝を共有することが増えつつあるが、いつかはすんなりと受け入れられる日が来るのだろうか。

幼い頃から1人で寝ることが当たり前だったため、環境の変化への戸惑いは消えない。

「なんかさ。綾小路《あやのこうじ》って話しやすいな」

「そうか？　……自分じゃちょっと分からないが」

そう言ってもらえる分には嬉《うれ》しいが、2人と比較されているだけな気がしなくもない。

「いやぁ、なんか一之瀬《いちのせ》も綾小路のことが好きになるのも分かるっていうか——」

「え？」

「あ、いや！　……今のは忘れてくれ！」

明らかな失言に気付き、訂正するがしっかりと聞いてしまった。

まぁ聞いたところで何かが変わるわけじゃないが……。

「その感じだと、知ってるって顔？」

オレが答えないでいると、渡辺《わたなべ》は少しだけホッとした様子を見せた。

「……聞いたんだよ。女子がそんなのを話してるの。まだ男子のほとんどは知らずに一之《いちの》瀬《せ》が好きだと思うけどさ。でもおまえって同じクラスの軽井沢《かるいざわ》と付き合ってるんだろ？」

それは否定するものではなく事実なので、頷《うなず》いて答える。

「複雑だろうなぁ一之瀬が好きな男子は。いや、むしろ嬉《うれ》しいと思ってるヤツの方が多いかも知れないけど」

「渡辺は？」

「俺？　俺は……ま、秘密だ」

落ち着いた様子からも、一之瀬に対して特別な感情を抱いている様子はない。

誰かは分からないが別の女子に想《おも》いを寄せている様子だ。

「この修学旅行は言ってみれば一大イベントなわけだろ？　多分、好きな子に告白するのは1人や2人じゃないと思うぜ」

「そうなのか？」

確かに須藤《すどう》も、修学旅行で堀北《ほりきた》に告白する決意を固めていた。

それは珍しいことじゃなく、学生にしてみれば重要なイベントなんだろうか。

「俺もなぁ～……勇気がもうちょっとあれば考えるんだけどさ」

色々と想像だけはしているようだが、もどかしそうに首を左右に振った。

「とにかく今の俺は女子って生き物を知らなすぎる。ひとまずグループの女子たちに好かれるように好感度を上げるところから練習していこうと思うんだ。印象に残れるようなヤツになれたら、本番に向けた経験の上積みが出来るしな」

まだ渡辺と接して半日足らずだが悪い印象は一切受けない。

基本的に良いヤツなのは間違いない。多少流されやすそうで、何事も断れないタイプだが男女ともそれなりにコミュニケーションを取る力も持っている。ＯＡＡでの学力と身体能力は共にＣ＋で平均よりも少し高め。それ以外の項目も同じようにＣ以上だった。つまり欠点らしい欠点はない。相手次第だが十分に可能性があるとは分析できそうだが……。

恋愛は絡み合う要素が多く、単純な外見や能力だけで告白の成否は決まらない。

これまでに両者の間に築き上げてきた関係にすこぶる左右されるため、半日程度の付き合いでは見極めることなど出来ないか。

5

午後8時37分。夕食を終えた生徒たちの多くは、旅館の醍醐味《だいごみ》である大浴場に足を運んでいた。それは堀北鈴音《ほりきたすずね》にとっても例外ではなく、心待ちにしていたことの1つ。

比較的、周囲の生徒たちよりも早く食事を終えた堀北だったが、既に3人の生徒が脱衣所で脱ぎ始めていることに気づき驚く。中には、裸を見られるのが嫌で、食事を早々に切り上げ手早く済ませてしまおうという女子も含まれている。

一方、堀北にとっては同性に裸を見られることに対する嫌悪感や羞恥心のようなものはない。元々小学、中学時代は影が薄く目立たない、そして友達のいない環境だったこともあって、誰も彼女の様子を気に留める者がいなかったことも影響していた。

それでも、ある種のマナーのような形でフェイスタオルを広げそれとなく前身を隠しながら、大浴場への引き戸を開ける。

むわっとした熱が駆け抜け、想像していたよりも1回り大きな大浴場が視界に飛び込んできた。屋内には大きな内湯が2箇所。それから屋外の露天風呂は1つだがかなり大きな岩風呂が窓ガラス越しに見て取れる。

お湯で軽く汚れを流した後、堀北は早速岩風呂の方へ向かうことに。

すると岩風呂には思いがけない2人の先客を確認することが出来た。

そのうちの1人はクラスメイト、櫛田桔梗《くしだききょう》。

「あ、堀北さん」

すぐに来訪者に気が付いた櫛田は歓迎するように軽く手を振って答えた。

もちろん、それが本心などではないことを堀北は理解している。

Aクラスの生徒、六角百恵《ろっかくももえ》も同席していたためだ。

他クラスの生徒がいる前で本心を見せるような真似《まね》を櫛田はしない。

軽く視線で答えた堀北は、櫛田のもとに合流することなく湯船に入ると端に向かった。

誰にも声をかけられず邪魔にならない場所を陣取りたかったからだ。櫛田と六角の他愛《たあい》もない話を聞き流し、誰と話すわけでもなく、5分、10分と温泉を堪能し続ける。

するといつの間にか六角はいなくなっており、櫛田だけが残る状態になっていた。

その顔に先ほどまでの笑顔は微塵《みじん》も残っていない。

「どうして六角さんと出なかったの？　盛り上がっていなかった？」

「え？　別に理由なんてないけど？　私温泉大好きだし。もしかして自分に声をかけたがってるとでも思っちゃった？」

「別にそんなことは思っていないわよ」

「そうかな？　意識してたから聞いてきたんじゃないの？」

「突っかかってくるわね」

いきなり好戦的な姿勢を見せる櫛田に、堀北は軽く後悔しつつため息をつく。

「あなたは本当に交友関係が広いのね。私なんて六角さんとは話をしたこともないわ」

矛先を変えようと堀北は露天風呂を出た六角についての話題を振る。

「アイツが一緒に来て欲しいって泣きついて来たのよね。恥ずかしいとかなんとか。あんな貧相な身体《からだ》してるんだから無理もないけど」

誰も聞いていないことが分かっていても、中々に強烈な毒を吐く。

「堀北《ほりきた》さんは――――まあ、流石《さすが》に整ってるか。こっちとしては面白くはないけど」

値踏みするように観察した後、櫛田《くしだ》は少しだけ堀北に距離を詰めてきた。

「何？　私にどうしてもらいたいのかしら？」

「何もないよ。ただ、距離が不自然に空いてるのも変じゃない？　私と堀北さんはクラスメイト同士。本来の私ならもっと詰めて話をしていないと変でしょ」

六角《ろっかく》がいる状態なら２人が離れていてもそこまで違和感はない。しかしこの広い露天風呂で露骨に離れていれば、新しくやって来る来訪者が疑問を抱く可能性はある。

「あなたのその苦労が計り知れないことだけはよく分かったわ」

「一番良いのは、ここから出て内風呂にでも行ってくれることなんだけどね」

「それは断らせてもらうわ」

「退学してねってお願いしても聞いてくれないし、結構厳しいよね堀北さんって」

未《いま》だ退学というワードを平然と出してくることに、堀北は更にため息をつく。

そんな様子を見て櫛田は微笑《ほほえ》む。

「随分と上品な笑い方ね」

「当たり前じゃない。内湯側からもここは見えてるから下手なことは出来ないよ」

声以外に、視覚も常に計算している。何も知らない生徒が屋内から見れば、クラスメイト同士仲良く談笑しているだけにしか見えないだろう。

距離感だけでなく、常に周囲に目を配ることを怠らず隙を残さない。

「そんなに上手《うま》くやれるなら、綾小路《あやのこうじ》くんにバレないように学校生活を送るべきだったんじゃないかしら」

「入学当初はストレスが半端なかったから。堀北さんがいると思わないじゃない？」

「それは想定外だったでしょうけど……」

中学時代の人間と完全に切れたと思っていた安堵《あんど》からの失意は計り知れない。

「新しい人間関係の構築に、敷地内だけでの生活。どうにかして発散しないとでしょ？」

結果、その発散場面で綾小路に見つかってしまったのが悲劇の始まり。

「私を嫌い続けるのは自由よ。それであなたがクラスに貢献してくれるのなら文句はない。文化祭でも櫛田さんの活躍には目を見張るものがあったもの」

「ま、あれくらいのことを難なくやってみせるのが私。自分を守る武器だか——」

と、ここで櫛田が露天風呂に繋《つな》がる引き戸に視線を送り言葉を止める。

直後ガラリと開くと、そこから出てきたのは肩にフェイスタオルをかけた伊吹《いぶき》。

来客に警戒した櫛田がふっと意識を緩める。

伊吹《いぶき》は既に、櫛田《くしだ》の本性に関して堀北《ほりきた》と共によく理解しているためだ。

「堀北！」

伊吹は堀北を探していたのか、視界に収めると声を張り上げる。

「……今度はあなた？」

全裸のまま堂々と近づいてくると、飛び跳ねて露天風呂に入った。

しぶきが盛大に上がり堀北と櫛田にもお湯が飛び散る。

「盛大にマナー違反よ」

「知らないし。そんなことより勝負よ勝負！」

「こんなところで勝負？　じゃんけんでもしようと言うつもり？」

「はあ？　こんなに広い風呂があるんだからやることは1つに決まってるでしょ。どっちが早く端から端まで泳げるか勝負！」

「泳ぐのは飛び込む以上にマナー違反と言ってもいいわね」

「別にいいでしょ。一般客がいるわけでもないんだし誰も見てないって」

「いいじゃない勝負。私が公平に見ててあげるからやれば？」

「あなたまで何を言い出すの。そもそも、表向きのあなたはそういったことを止める役目でしょう？」

「堀北さんと伊吹さんが私の制止も聞かずに勝手に始めたことにするから大丈夫。困った顔してオロオロしておけば、それを見られても平気だから」

「櫛田もいいって。ってことで勝負！」

「しないわよ」

「はあ？　折角《せっかく》勝負できると思ってこっちに来たのに。損した」

そう言ってさっさと湯船から出ていく。

「あなた本当にそれだけのために顔を出したの？　露天風呂はいいの？」

「あんたと仲良く入る気ないし。別に風呂なんて外でも中でも一緒の温泉でしょ」

勝負が出来ないなら長湯する気はないと、さっさと引き上げてしまう。

「バカだねー伊吹さんって」

引き戸が強く閉められた後、櫛田はおかしそうに笑う。

「異常なまでに私との勝負にこだわるのよ。あなたも似たようなものだけれど」

これまで繰り返し、櫛田には交戦を求められてきた。

伊吹と似たようなものだと答える堀北に、櫛田はくすっと笑う。

「あんなのと一緒にしないで」

言っていることと表情がまったく一致しないが、そのことを堀北はスルーする。

これ以上会話の必要性がなくなるように新しい来客を期待するが、まだ食事の時間ということもあってそれ以降姿を見せる生徒が現れない。

「それにしても、堀北《ほりきた》さんって運が良かったよね」

「運？　一体何の話かしら」

「入学して早々、綾小路《あやのこうじ》くんが隣の席だったことだよ。そのお陰で距離を縮めることが出来たし、影で色々助けてもらえてたんじゃないの？」

これまで、実際にどうだったかを櫛田《くしだ》が詳細に知っているわけではない。

だが綾小路が何らかの形で、要所要所関与していたことだけは分かっている。

「もし綾小路くんがいなければ、今頃堀北さんは私に退学させられてたかも」

ここまで辿《たど》り着《つ》けたのは自分の実力ではない。

当時、そんなことを言われていれば即座に堀北は反論したことだろう。だが今は落ち着いて物事を見ることが出来る、振り返ることが出来るようになっている。

「完全に否定は出来ないわね。でも、それは私にとっての幸運だけではなく、あなたにとっても幸運な出来事だったはずよ。綾小路くんがいなければ今の全てを曝《さら》け出したあなたはいない。ずっと善人を演じ続けまた同じ過ちを繰り返していた」

もちろん結果は分からない。

学校生活の3年間を、偽《いつわ》りのまま櫛田が乗り越えられた可能性は十分あるだろう。

だがそれを永遠に続けられるかどうかは別である。

事実、櫛田は日々絶え間ない苦痛を感じ続けていたからだ。

今は表と裏、それを使い分けることでストレスを分散することが出来ている。

「……かもね」

気に入らない相手から突き付けられる事実。通常なら認めることは屈辱以外の何物でもないが、認めなければならない部分もあると櫛田は頷《うなず》く。

それは、満場一致特別試験において死の縁《ふち》まで追いやられ、そして生還したからこそ得ることの出来たもの。

生まれて初めて、自分の考え方と価値観に変化が訪れた。

「そう考えれば、あなたの方が私よりも運が良かったんじゃないかしら」

「素直にムカつくね。堀北さんに上手《うま》く返されちゃうと」

ここで互いに言葉が止まる。

本来なら嚙《か》み合《あ》うことのない者同士、長湯をする理由は特に見当たらない。

では何故《なぜ》残り続けているのか、明確な答えはどちらにもなかったが、先に立ち去るのは負けを意味する。そんな空気が漂っていたことが原因だった。

「……お邪魔しまーす」

2人きりの時間が終わりを告げたのは、伊吹《いぶき》が去ってから数分経《た》った頃だった。

一之瀬帆波《いちのせほなみ》が少し遠慮がちに露天風呂に姿を見せる。

「一之瀬さん1人？　なんだか珍しいね」

「あはは……ちょっと、何となく、ね」

夕食では大勢から話しかけられていたことを櫛田《くしだ》はしっかり把握していた。

そのことからも、1人になりたくてこの場に姿を見せたことが分かった。

「誰にだって1人になりたい時くらいあるんじゃないかしら。お邪魔なら行くわ」

やや火照りが強くなり始めていた堀北《ほりきた》にとってはここが切り上げ時だと判断。

一之瀬《いちのせ》と入れ替わる形で、自然にバトンタッチする流れだった。

あとは櫛田と一之瀬が他愛《たあい》もない話をして終わるだろうと読んだからだ。

「あ、ううん！　全然そういうのじゃなくって！　気にしないで！」

立ち上がろうとする堀北を、慌てて一之瀬が止める。

そして、付け加えるように櫛田が笑顔を堀北へと向けた。

「もう上がっちゃうんだ堀北さん。一之瀬さんもこう言ってるし、一緒にお喋《しゃべ》りしよ？」

「どういうことかしら？」

「まだ話し足りないなって思ったから。ダメかな？」

心にもないことを、櫛田は本心かのように見せて話す。一之瀬も、自分がここに来たことで切り上げさせてしまったのかと少し不安そうな表情を浮かべた。

「もう十分話したと判断したのだけれど……いいわ。少しだけ付き合うことにする」

いったん、夜風に当たり火照った身体《からだ》を冷ますために立ち上がり岩の上に腰を下ろす。

雪が降り始めた湯舟の外は寒かったが、それが逆に心地よい。

「私ね、一之瀬さんに聞いてみたいことがあったんだけどいいかな？」

「ん？　なんだろ、何でも聞いて」

「一之瀬さんって誰か付き合ってる人とかいる？」

「んん？　え、ええっ⁉」

思ってもみなかった質問が飛んできたことで、大慌てする一之瀬。

「最近色んなクラスの男子から、一之瀬さんがフリーかどうか聞かれるんだよね」

何も知らない様子で問いかける櫛田だったが真実は異なる。

実際には、一之瀬が現時点でフリーであること、綾小路《あやのこうじ》に好意を抱いていること。

そういった情報収集は早い段階で完了している。

一之瀬クラスの誰よりも事情通だったが、そのことをおくびにも出さない。

「いいい、いないよいないよ！」

「そうなんだ。じゃあ好きな人とかはいるの？」

こうして何も知らない顔をして話をしているのは、櫛田が綾小路のことをより解剖したいと思ったからだ。何故《なぜ》綾小路に好意を抱いているのか、その理由を探るため。

それがいずれ自分の新しい武器になる可能性も考慮に入れてのことだった。

「い、いないよ。ほんと、そういうの、私無いから」

しかし一之瀬《いちのせ》は認めることなく、否定して湯舟に顔を沈めた。

恥ずかしさと、そして気まずさから赤くなった顔を隠すための行動だ。

ここで認めれば軽井沢《かるいざわ》の件や、より深く踏み込んだ話が出来ると睨《にら》んでいたが、そう簡単にはいかない。そこで、あえて残るように伝えた堀北《ほりきた》へと1度話を移すことに。

「堀北さんは？　そういう恋愛話とかないの？」

「ないわ」

1秒も経《た》たず堀北は返答する。恋愛に関してほとんど興味を抱いたこともない。

「そうなんだ。堀北さんもモテそうだけどなあ。須藤《すどう》くんとか、親しそうな感じするし」

「私には分からないわ。あなたの方こそどうなの？　他クラスの男子とも親しいようだし。一之瀬さんもその点は気になっているんじゃないかしら」

鬱陶しい質問に対し、堀北はそのままの質問を返した。

さっさと自分から話題を外し、2人で話してくれという狙いを込めて。

「あぁ確かに。私も櫛田《くしだ》さんのこと男の子からいっぱい聞かれるよ」

内心で櫛田は堀北に舌打ちしつつ、照れ笑いを一之瀬に見せる。

「ええ？　そうなの？　私もちょっと恋愛とか分からないから……。ただ、学生のうちに恋をするのは勿体《もったい》ないかなって思ってる」

どうせ無駄話をするのなら、ここでタネを撒《ま》いておく方へとシフトする櫛田。

「勿体ない？」

「うん。だって学生の恋愛ってほとんど実らないって聞くから。10％～30％くらい？　半分にも満たないって思うとなかなか踏み切れなくって……。だから今は恋をしないように自分で意識してるの」

櫛田と同等以上に広い交友関係を持つ一之瀬にこの話を伝えておくことで、玉砕覚悟で告白してくる男子を事前に蹴散らせると考えてのことだった。

既に入学してから、影で櫛田が告白された回数は学年問わず10を超えている。

「好きになってくれるのは嬉《うれ》しいんだけど……同時に傷つけちゃうのも怖くて」

「そうなんだ……。何となく、分かるかも……」

学生時代の恋愛ほど無駄なものはない、櫛田はそう考えている。そんな2人の恋愛話を聞き流しながら、今度こそ切り上げ時だと堀北は考え立ち上がろうとする。

「私はそろそろ行くわね」

「え？　もう行っちゃうの？」

「恋愛のことは分からないもの」

「そっか。仕方ないね。でも、切り上げたいのは別の理由なんじゃゃない？」

「何のことか分からないわね」

「気にしないで。熱くて限界なんだったら仕方ないよね。私としては、まだまだ堀北さんとお喋《しゃべ》りしたかったんだけどな」

「あなた……本気？」

「もちろんだよ。一之瀬《いちのせ》さんだってそうなんじゃないかな？」

「うん。私も良かったら堀北《ほりきた》さんとまだ喋りたいな」

櫛田《くしだ》の挑発するような物言いと誘導に、堀北は浮かしかけていた腰を戻す。

「なら——そうしましょうか」

クラスのリーダーとして櫛田の誘いから逃げる選択肢を消去する。

「本当に平気？　のぼせて倒れちゃったら大変だよ」

「心配してくれてありがとう。でも、あなたも心配よ櫛田さん。顔も赤いようだし」

「恋の話してたからかもね」

「それだけ？　無理していないといいけれど」

鋭い堀北の視線と、笑顔の櫛田の視線がぶつかり合い交錯する。

「なんか2人、いつもとちょっと違う？」

一之瀬が違和感を感じ取り僅《わず》かに首を傾《かし》げた。

それを見て櫛田は僅かに残っていた堀北への嫌味《いやみ》を完全に消し去る。

「ううんそんなことないよ？　ね、堀北さん」

「……そうね」

比較的信頼がおけると見ている一之瀬にも、余計な情報を与える必要はない。堀北もそう判断し話を合わせた。

それからしばらくの間、櫛田と一之瀬で恋愛話は続き、やがては他愛《たあい》もない話をして盛り上がる。堀北は終始聞き手に回り、温泉と優しく降り続ける雪を堪能していた。

その後、一之瀬は食事を終えてやって来た友人たちに呼ばれ屋内に戻る。

更に別の女子たちが露天風呂に押し寄せてきたことで堀北櫛田の両名は距離を取りながらも我慢比べを続けた。

それから10分ほど膠着《こうちやく》状態が続いていたが――――。

「2人ともそろそろ上がった方がいいんじゃないかな？　凄《すご》く真っ赤になってるよ？」

両者限界近くまで粘り続けていたところ、屋内から見かねた一之瀬が顔を出した。

「だって、堀北さん」

「あなたこそ……一之瀬さんの言葉が聞こえなかったの？」

この状況でも粘ろうとする両者だったが、ここで食事を終えた他の生徒たちが集団となって露天風呂に姿を見せ始めた。

こうなってしまっては流石《さすが》に勝負の続行も難しくなってくるため、互いに空気を読んで同時に立ち上がる。

「いい湯だったね」

「本当にそうね。もう十分過ぎるくらいに……」

「やっぱり2人とも何かあった？」

再び奇妙な雰囲気を感じた一之瀬《いちのせ》だったが、2人は何事もなかったかのように湯舟を後にした。

6

午後10時前。客室のドアが、2回優しくノックされた。

それを見て渡辺《わたなべ》は、自分が応対すると言って素早く畳から立ち上がる。

率先した行動はオレたちのためか自分のためか。

「お待たせ～」

そんな声と共に渡辺の開けた入口から櫛田《くしだ》を先頭に女子4人が訪ねてきた。

「い、いらっしゃい。遅かったね」

緊張とテレだろうか。渡辺は急に動きが鈍くなり、あたふたと道を空ける。

「ごめんね。ちょっとお風呂で長湯し過ぎちゃって遅くなっちゃった」

そう答えた櫛田の顔は、確かに少し赤い気がする。それと同時に髪もつやつやだ。

夜、就寝直前の女子たちとこうして会う機会は滅多《めった》にあるものじゃない。

だからこそ、渡辺にとっても貴重な体験を今しているんだろう。

女子４人が入って来たことで、瞬時に何とも言えない香りが部屋に広がっていく。

別に男子の集まりが臭いわけじゃないが、まるで別空間だ。

「なんでこんな良い匂いするんだろうなぁ……？」

「さあ、確かに謎だな」

大浴場に備え付けられていたのは業務用なのか大きなボトルで豆乳を使ったシャンプーやリンスだった。不満があるわけじゃなかったが、泡立ちなどが特別よかったわけでもなく、比較的安価なもののように感じられた。

普通に考えれば女子の大浴場も同じものが置かれていそうなものだが……。

明らかに彼女らから漂ってくる香りは、同じ豆乳シャンプーの類《たぐい》とは異なっている。

あるいは自分たちで持ち込みでもしているのか。

「なあ聞いてみてくれよ。どうしたらあんな良い匂いするのか」

「悪いが、それは流石《さすが》に聞けない」

世間に疎いオレでもよく分かる。

そんな発言をすれば間違いなく気持ち悪がられると。

「なんか男子の部屋って思うとちょっとドキドキするね」

網倉《あみくら》は居心地悪そうに、そう他の女子に囁《ささや》いて室内を見回している。

部屋の間取りなどは同じでも、不思議と違って見えているのかも知れない。

「話し合いが終わったらさ、後で帆波《ほなみ》ちゃんたちの部屋に行かない？　消灯ギリギリまで女子の集まりやってるんだって」

「そうなんだ？　うん、私は全然いいよ」

二つ返事で快諾した櫛田《くしだ》とは違い、西野《にしの》は興味なさそうに断る。

「私はパス。別に仲の良い友達いないし」

それに便乗する形で山村《やまむら》も頭を下げて呟《つぶや》いた。

「……私も、パスで……」

「そう？　誰でも歓迎だと思うけど……まぁいいけどさ」

すぐに女子が退散することを知って、渡辺《わたなべ》はどこか残念そうだ。

消灯時刻はやや遅めと思われる午後11時のため、まだ時間に余裕はある。

折角《せっかく》の修学旅行だ、誰でも羽目を外したいものだろう。

「これが女子を迎え入れる気持ちかあ……」

小声で呟きながら、渡辺は恍惚《こうこつ》に酔いしれた。

「それより渡辺。女子たちのフォローを早めにした方がいい。これこそ好感度を上げるチャンスじゃないのか？」

部屋に招き入れるだけなら、オレや龍園《りゅうえん》、鬼頭《きとう》でも出来ることだ。

印象に残るためにはそこから一歩踏み出していかなければならないだろう。

「え？　フォロー？　何が？」

女子の姿に感激しっぱなしで、状況は見えていないようだ。アウェーの男子部屋に来たことで、女子たちはどこに陣取っていいかが分かっていない。

「えーっと……私たちはどこに座ったらいいかな？」

既に和室には布団が接客係さんたちによって4枚、少しずつ間隔を空けた状態で並べられているため、畳に座るためには端の方に寄るしかない。

窮屈を強いるのか、それとも他の手段を取るのかが腕の見せ所だ。

「え？　どこでもいいんじゃないか？　別に布団の上でも気にしないし、なあ？」

渡辺はよく分かっていない様子でそう言って2組ほど布団の毛布を取り払って、空間を用意する。

少し女子たちは驚いた様子だったが、他に適当な場所もなく櫛田が同意を見せた。

入口から近い2組の敷布団の上に、4人はそれぞれ腰を下ろす。

「それじゃあ、消灯も近いし早速始めちゃおうか。って龍園くんは？」

「障子の向こうだ」

閉められた障子を開くと、小さなテーブルと一人掛けソファーが2脚、それから小型の冷蔵庫が置かれている。

網倉《あみくら》は怖いのか障子のところまで行けないらしく、クラスメイトを代表し西野《にしの》が勢いよく障子を開けた。

龍園《りゅうえん》は携帯を弄《いじ》りながら、一人掛けのソファーに座って寛《くつろ》いでいたようだ。

「聞こえてたでしょ？　集まって」

「ここでいいだろ。十分聞こえてる」

「確かにそうかも知れないけど、グループの連帯感を高める目的もあるから、私としては皆《みんな》のところに来てほしいかな」

恐れる様子もなく、櫛田《くしだ》は龍園に近づくように声をかけた。

そんな櫛田が気に入らなかったのか、龍園は笑いながら携帯の画面をオフにする。

「張り切ってるようだが、立場分かってんだろうな？」

「どういう意味かな」

「言葉通りの意味だ。分からないって言うんだったら分からせてやってもいいんだぜ？」

この牽制《けんせい》の意味を、他の生徒たちは理解して受け止めることは出来ない。

クラス外で唯一櫛田のことを一番知っているであろう龍園からの言葉は重い。

「あんた何言ってるわけ」

単に喧嘩腰《けんかごし》だと受け取ったのか、西野が龍園へと詰め寄った。

「困らせるようなことばっかり言ってないで、さっさとこっちに来て」

西野は怯《おび》えることも臆することもなく、今にも腕を掴《つか》んで引っ張り上げる勢いだった。

「西野。おまえも最近は随分と言うようになったじゃねえか」

「私は元々こんな感じだけど？　これまでは必要以上に絡まなかっただけ」

今はグループも組んでいるため仕方なし、そんなところだろうか。

ここから更に噛《か》みつくかと思ったが、面倒臭そうに立ち上がった龍園は和室の方に足を踏み入れる。鬼頭《きとう》が視線を向け一瞬にしてぴりついた空気が張り詰めた。

それでも、ひとまずは話し合いのために8人が1室に集まったことは確かだ。

「ここに全員が集まってやることなのか。携帯で済むことだ」

女子が到着してから一言も発していなかった鬼頭が、そう問う。

確かにアプリでグループを組んでも、全員に通達することは簡単だ。

「他のグループも、同じように顔を突き合わせて話し合いをして決めてるみたいだよ」

「へえ、流石《さすが》櫛田ちゃん」

情報通ぶりに感心したように渡辺《わたなべ》が大げさな頷《うなず》きを見せて、オレと山村《やまむら》の間に座った。

思いがけず男子が急接近して来たことを警戒したのか、そんな渡辺から逃げるように山村は中腰になって半歩分後ろに下がる。

「あ、悪い山村。そこにいたんだな」

「いえ……気にしないでください」

そんな些細《ささい》なやり取りとは別に、龍園《りゅうえん》とのやり取りには未《いま》だ強い緊張感があった。

「他は他だ。ここにはここにあったやり方がある」

鬼頭《きとう》が心配しているのは龍園の存在だろう。

まともな話し合いにならないことを危惧しているのがよく分かる。

「顔を突き合わせるのは大切なことなんじゃないかな。皆《みんな》の本心を聞きたいしね」

櫛田《くしだ》が、アプリを通じてでは分からないことも多いと答え、引く構えを見せない。

櫛田も龍園の地雷を踏みたくはないだろうが、自分の守るべき立場があるからな。

表の櫛田が、ここで引くことはないと判断すれば突き進むだけだろう。

「じゃあ早速なんだけど、明日以降の自由時間について――」

「そんなことより、まず先に1つ取り決めておくことがあるのを忘れてたぜ」

布団が並べられた和室を見渡し、龍園が口を開いた。

「おまえら野郎と肩を並べて寝る気はサラサラ無いが、それでも限られたスペースじゃそうも言ってられないからな。俺はここで寝る」

そう言った目線の先にあったのは一番奥側、端の布団。

夜中にトイレなどで誰かが起きても弊害がなく、誰にも挟まれない理想的位置だ。

確かにまだ、誰がどこで寝るかは決めてなかったな。

いや、ただこれは今決めることなのか？

むしろ女子が帰った後で決めるのがベターだと思うのだが……。

単純に空気が読めていないのか、あるいはわざと今言い出したのか。

これまでの龍園を見ていれば、少なくともオレには後者としか感じられない。

しかし一方で周囲はどうだろうか。

明らかに場違いな発言に、身勝手だなとしか思っていないような様子だ。

「異論はねぇよな？」

一応の確認をオレや渡辺《わたなべ》を一瞥《いちべつ》し、やや語気を強めて言い放つ。

「俺は……まあ、どこでもいいけどさ」

渡辺は蛇に睨《にら》まれた蛙《かえる》のように、承諾。さてオレはなんて答えようか。

そう思っている間にも、龍園は既にこちらから視線を切ってしまっていた。

「おい鬼頭。言いたいことがあるなら遠慮せずに言っていいんだぜ？」

唯一反論してくるのは鬼頭だけだと思われているらしい。

「認めん」

それを象徴するかのような反論。

「あぁ？」

遠慮せずにと伝えたはずだが、拒否が気に入らなかったのか龍園は首を傾《かし》げた。

「公平性の欠けるやり方を認めたりはしない。しかも、今話し合うべきことでもない。そんなことも分からないのか」

「知らねぇよ。テメェにそんな拒否権を許した覚えはねえんだがな」

「いつ、どこで、どう発言しようとも俺の自由だ」

鬼頭《きとう》は一歩も引く構えを見せず、むしろ臨戦態勢に入った。

「ま、まぁまぁ落ち着けって鬼頭。別に寝る場所くらい譲ってやろうぜ?」

「断る」

「う……」

強烈な睨《にら》みつけに、立ち上がって止めようとした渡辺《わたなべ》はへっぴり腰になった。

顔面の怒気、迫力だけで言えば鬼頭は龍園《りゅうえん》を凌《しの》ぐ。

「この男の理不尽を通す気はない」

「ちょ、ちょっと男子。今はそういう話してるんじゃないし後で……」

オドオドしながらも網倉《あみくら》が注意しようとしたが、それを西野《にしの》が浴衣の袖を引いて止める。

首を左右に振り、口を挟まない方がいいとの警告を無言で行った。

「必要なら何度でも言うが、貴様にみすみす明け渡すつもりはない」

「だったらテメェはこの場所を賭けて俺とやりたいってことか? あ?」

「暴力が望みか? 叶《かな》えてやってもいいが旅行中おまえはここで横になり続けるぞ」

櫛田《くしだ》は困った顔をしているが、その目を見て思う。

死ぬほど面倒なことになってきて鬱陶しい、と感じているであろうことを。

「クク、だったらやってやろうじゃねえか。おまえらもこの場所取りを賭けてやるか？」

「俺は遠慮しておくよ……さっきも言ったけどどこでもいいし」

個人的には挟まれるより端の方がいいが、面倒なことに巻き込まれるのも嫌だ。

龍園が勝とうと鬼頭が勝とうと、どちらかが端を取った時点で両者が隣り合わせに寝ることはなくなる。むしろ緩衝材として間にオレや渡辺が入る可能性の方が高そうだ。

「オレもパスだ。好きに勝負して決めてくれ。ただ2人がその端を希望するのなら、残りの3つからオレと渡辺で希望する場所を取らせてもらうがいいな？」

当然の権利は主張しておかないと、後でまた揉《も》めることになる。両者とも最優先する布団は変わらないようで、オレと渡辺は空いた場所から自由に選べそうだ。

「それと暴力で決めるのは無しで頼む」

これだけは強く言っておかないと第6グループが悪目立ちしてしまう。

トラブルを起こすグループには容赦なく制限をかけていくとのことらしいしな。折角《せっかく》の修学旅行で、少々大げさだが旅館から出られないなんてことになったら勿体《もったい》ない。

「俺としちゃ殴り合いの方が分かりやすくて好きなんだが、そうもいかねえか」

とりあえず暴力行為だけは自重してくれるようなので助かる。

「ありがとな綾小路《あやのこうじ》、言いたいこと言ってくれて」

「いや、別に大したことは言ってない」

「そんなことないって。せめて、そうだな。おまえが端っこで寝てくれていいからさ」

一之瀬《いちのせ》クラスの生徒だけあって基本的に善で構成されているのだろうか。こちらからお願いしたわけでもないのに、そう言って端を譲ってくれた。これで奥から龍園《りゅうえん》か鬼頭《きとう》、その横に渡辺《わたなべ》。3つ目に勝負に負けた方。入口に近い端っこをオレが寝ることで決定する。

「俺もちょっとは耐性つけないとなぁ」

どうやら譲る理由の1つにはそういった個人的な狙いもあるらしい。

龍園と鬼頭に挟まれるのは流石《さすが》に刺激が強すぎる気がしないでもないが。

「修学旅行つったら、やっぱりコレしかないよなぁ？」

いつの間にか龍園の手には枕が握りしめられている。

「サシの勝負だ。ルールは説明するまでもないよな？　鬼頭」

「無論だ」

「何だ？　枕を使って何をする気なんだ？」

変化の先に待つモノがオレには分からず、首を傾《かし》げる。

「そりゃ修学旅行と枕の組み合わせと言ったら1つしかないんじゃないか？」

1つしかないのか？

さっぱり分からない……。

しかしオレ以外の生徒は理解しているらしく、櫛田《くしだ》がいそいそと立ち上がる。

「じゃ、じゃあ私が審判するね？　多分、公平にこういうの見た方がいいだろうし」

とんでもない場所に居合わせたと後悔していそうな櫛田が、そう申し出た。

「こんな時まで律義なんだな櫛田ちゃんって」

本音を聞き出したいところではあるが、近くには渡辺だけでなく他の女子もいる。

そんなことよりも枕を使って何をするかは興味深いところだ。

「先攻を譲ってやるよ」

「やめておけ、一投もしないまま敗北したくないだろう。悔いなく来い龍園」

ポン、ポンと枕を手の上で跳ねさせた龍園が笑う。

「だったら遠慮なく殺してやるよ鬼頭！」

そう言うと大きく振りかぶり、龍園は枕をボール代わりにして投げつけた。

そばがらの詰まった枕は高速で鬼頭に襲い掛かる。

ある程度距離があいているとはいえ、取りこぼしても不思議の無い威力だ。

そんな枕を鬼頭は冷静に、確実にキャッチしてみせる。

「俺が、おまえを、殺す———！」

今度は自らが振りかぶり遜色ない威力の枕を鬼頭は投げ返した。

一方の龍園もまた、枕を豪快にキャッチし即座に投球体勢に移行する。

「やるじゃねえか鬼頭《きとう》！　ちっとは楽しめそうだなぁオイ！」

また、枕が返される。

「これは……」

「枕投げだよ。綾小路《あやのこうじ》くんやったことないの？　小学校や中学校の修学旅行とか、林間学校とかでも男子は皆《みんな》やってたイメージだけど」

初耳だ。去年の合宿でも枕投げなんてものは誰もしていなかったぞ。

「ダークネス・ボールッ！」

「猛《たけ》り狂った大蛇、奴《やつ》を喰《く》らえ———！」

ダークネスだったり大蛇だったり、あの枕は色々なものに変えさせられているな。

「あ、あのこれって枕投げ……だよね？」

他者が緊急参戦することなど許されない1対1の殺し合い……ではなく枕投げ勝負。

網倉《あみくら》が右へ左へ飛び交う枕を見ながら呟《つぶや》いた。

それから、死闘は数分間も繰り広げられ、決着がつく気配を見せない。

両者ともに体力の消耗に問題はなく、まだまだ長期戦が続きそうな様相だった。

だがここにきて、両名以外に窮地が訪れていることを知る。

「あの枕、あんなに強く投げられ続けて大丈夫かな？　もうだいぶボロボロだよね」

冷静に呟いた櫛田《くしだ》の一言に全員、枕へと視線を奪われる。

誰に説明するまでもないが、枕は投げて使う道具ではない。

軽く投げ合っているならまだしも、剛速球の連続、しかも惜しげもない腕力でキャッチされ続ける枕にダメージが蓄積していないはずもない。

「そういえば、あの枕って誰のだ？」

渡辺《わたなべ》の一言にオレたちはふと、敷かれた布団を確かめる。

4つ敷かれた布団のうち、渡辺に譲ってもらった端っこから枕が姿を消している。

「……オレのか」

自分の布団にあるべきものが無かった。

今まさに、鬼頭《きとう》がその手に握りしめこれまで以上に闇のパワーをこめているところのようだ。枕が悲鳴を上げているのがオレにはよく分かる。

「悪夢を見そうだよね、あの枕で寝たらさ」

いやそもそも、枕が形状を保てている保証がどこにもないところが恐ろしい。

どちらが勝つにせよ無事に戻ってきてもらいたいものだ。

「ふんぬっ!!」

これまでにない強烈な殺意の込められた枕。

鬼頭の太い指が力強く食い込んでいたためか、手元を離れた瞬間炸裂《さくれつ》する。

布が破れ中に詰まっていたそばがらが室内に飛散した。

バラバラと飛び散っていく音とともに、全員が黙り込む。

オレの頭を優しくサポートするはずの枕は、見るも無残な姿になってしまった。

枕、強く願ってはいたが無事に戻ってこれなかったか……。

戦場で無残に散って行った犠牲者に追悼の意を表明したい。

「なんていうか男子ってつくづくバ……ううん、ピュアな子供、だよね」

そう櫛田《くしだ》がオレにだけ聞こえるように呟《つぶや》いた頃、飛び散り尽くしたそばがらも静まり返った。2人は気にした様子もなく手近な新しい枕に食指が伸びたが、そこで西野《にしの》が声を強めに張りあげる。

「あのさー。私たちも暇じゃないんだし仕切り直すのは後にしてくれない？　迷惑」

その注意に対し龍園《りゅうえん》は無視して続行しようとしていたが、鬼頭は違ったようだ。

無言でその場に座り、一時中断することを決断した。

熱くなっていた思考が冷静になり、周囲の不満を感じ取った。

「それはおまえの負けってことでいいのか？　鬼頭」

「迷惑だと言われた以上、迷惑をかけるつもりはない」

普段放っている雰囲気からは想像もできないほど、引き際が早かった。

まあ、こうなることが分かっているなら最初からやらないでほしかったが。

少なくとも無残に散ることになった枕の犠牲は避けられただろう。

「じゃあ……とりあえず片付けが終わったら話を始めようね」

龍園《りゅうえん》を除く男子、そして女子全員の協力もあって、多くの時間を使わずに枕の残骸を集めることに成功する。

後で旅館の人に新しい枕を貰《もら》わないとな。正直に話すか嘘《うそ》をつくか、悩みどころだ。

取っ散らかったそばがらだが、ゴミ箱にセットされた透明のビニール袋に集めて置き、話し合いを始める。

「自由行動だけど、夕食の最終受付の時間、19時までに旅館に戻ればいいんだったよね」

まずは、当然のように櫛田《くしだ》がグループのために発言を始める。

「うん。だからホントに1日自由って感じだね」

すぐに網倉《あみくら》も話を合わせ始めた。

「電車とかバスに乗ってある程度遠出も出来そうだけど……どうしようか？　西野《にしの》さんはどこに行きたいとかある？」

「私はスキーかな。まだ練習ばっかりで滑り足りてないし、折角《せっかく》の北海道《ほっかいどう》だから」

「オレも西野の意見に賛成だ」

折角滑ることを覚えたのに、半日程度で終わらせてしまうのは勿体《もったい》ない。

無言で鬼頭《きとう》も手を軽く上げ同意を表す。

「結構スキー希望者が多いんだね。渡辺《わたなべ》くんや山村《やまむら》さんは？」

「俺も別に反対はないかな。市街地には3日目にも行くし、無難じゃないか？」

「私は、どこでも大丈夫です」

まだ上手《うま》く滑れない山村も、特に嫌がる様子はなかった。周囲に合わせているだけなのか、あるいは単純にスキーを上手くなりたいと思っているのか。

その辺の感情はあまり見えてこないが。

「麻子《まこ》ちゃんは？」

「う～ん。私はスキーそんなに上手じゃないから嬉《うれ》しいとまではいかないかな。だけど皆がスキーってことなら、それでもいいよ。グループだしね」

そう言って全面的に譲る考えを見せる。

櫛田は自分の意見は答えず、１人用ソファーに腰掛けている龍園を見た。

「龍園くんは？」

「好きにしろ」

特に主張もないらしく、あっさりと発言権を放棄する。

一番厄介な龍園がその判断を下したことで、グループ内に安堵《あんど》の空気が流れる。どこに行くのにも興味が無いというより龍園もスキーを楽しむ狙いだと考えた方がよさそうだ。

○修学旅行2日目

修学旅行2日目の朝。朝食と着替えを済ませたオレたちは、スキー場に向かうバスの発車時刻まで、部屋でのんびりとした時間を過ごしていた。何気なく付けたテレビをオレと渡辺《わたなべ》は流し見する。画面の向こうでは芸能人たちが今朝にかけてのまとまったニュースを読み上げていて、当たり障りのないコメントで答えている。しばらくそれが続いた後、子猫の特集コーナーに突入して雰囲気ががらりと変わった。一方、同室の龍園《りゅうえん》は既に自分のポジションとばかりに一人掛けソファーに鎮座し、鬼頭《きとう》は旅館で無料貸し出ししている雑誌を積み上げ1冊ずつ凝視している。共通してどれもファッション雑誌のようだ。

「本読んでるだけとは思えないほど不穏だよな……。殺人マニュアル読んでるみたいだ」

そう渡辺が耳打ちした。聞かれないように囁《ささや》いたつもりなのだろうが、鋭い眼球が渡辺を一瞬で睨《にら》みつける。それに恐怖したのか、オレの影に隠れるようにその視線を遮った。

「アイツ絶対何人か人をアレしてるよな？　な？」

ゆさゆさと肩を揺すられるが、出来ればテレビの猫特集に集中させてもらいたい。

「よう鬼頭。おまえ昨日の枕投げじゃ消化不良だろ？　今日は俺と勝負しようぜ」

平穏な朝に嵐を呼び込むかのように、龍園はそう言って鬼頭に提案を持ち掛けた。

オレや渡辺にしてみれば、それが歓迎すべき話じゃないことは言うまでもない。

「愚か者が。自ら死地に飛び込むつもりか？　後悔したいのなら止めはしない」

「ククッ、だったらさせてみろよ」

「どんな勝負が望みだ」

「そんなもん、これからやるスキーに決まってんだろ」

どちらが先に滑り終えるか、単純なタイムアタックを希望しているようだ。鬼頭も初心者ではないのだろうが、少なくとも龍園の技量が高いことは昨日の時点で判明している。

自分の土俵に引きずりこもうとする戦略に、わざわざ乗ってやる必要はない。

しかし、鬼頭は変わらぬ形相で雑誌を力強く閉じる。

「スキーなら勝てると？　その思い上がりを粉砕してやろう」

どうやら受けて立つらしく、逃げの姿勢は一切見せようとしない。

「アンマリモメルノトカナシナ？　オイキイテルノカヨフタリトモ」

「その忠告は間違いなく聞こえてないと思うぞ」

渡辺の声量は、子供が見れば蟻《あり》さんが喋《しゃべ》ってる！と言いそうなほどに小さく、隣に座っているオレがギリギリのギリギリ聞き取れるほどでしかなかった。

「テメェがゲレンデに這《は》いつくばって悔しがる姿が目に浮かぶぜ」

「笑止」

こちらでボソボソとやり取りをしている間にも両者はヒートアップしていく。鬼頭《きとう》は立ち上がると、借り物の雑誌を手で丸め龍園《りゅうえん》へと近づきその先端を剣先の如《ごと》く突き付ける。

「貴様が負けた時には、この旅行中は借りてきた猫のように大人しくしてもらう」

テレビの猫特集に知らず知らず感化されてか、そんな風に要求した。

「あぁ？　俺に言わせりゃ十分大人しくしてやってんだよ」

パン、と強く先端の雑誌を腕で払いのける。

「やり合うのはその辺にしておいてくれないか。オレは猫の特集を見たいんだ」

そう言って2人に距離を取って揉《も》めないように促した。

「ど、度胸あるな綾小路《あやのこうじ》。矛先がこっちに来るかもしれないのにさ」

「それはないだろ。オレなんかを相手にしてもあの2人にメリットはないからな」

余程の横槍《よこやり》を入れないかぎり、あくまでも龍園対鬼頭の図式は変わらない。

「ともかく大人しくなったようだしオレは特集の続きを――」

そう思ったのだが、いつの間にかテレビ画面から猫の姿は消えていた。

特集という割に大した尺がなかったようで、数分で終わってしまったようだ。

「残念だったな綾小路。猫、好きだったんだろ？」

「いや、別に」

「好きじゃないのかよ！」

何となく見たかっただけで、猫という動物に特別な愛着を持っているわけじゃない。

これが犬の特集、あるいはカバの特集でも同じような気持ちだっただろう。

番組はしばらく和気藹々《わきあいあい》とした明るい話題を提供していたが、速報が入る。

『では続いてのニュースです。長らく療養されていた直江《なおえ》元幹事長が都内の病院にて亡くなりました。官邸より鬼島《きじま》総理からのコメントです――』

多数のフラッシュと共に、厳つい表情をした男が喋《しゃべ》りだす。

『人には添うてみよ、馬には乗ってみよ。私が直江先生に出会って間もないころ、贈っていただいた言葉です』

そう内閣総理大臣が故人の話を始めたところで、フッと画面がブラックアウトする。

電源ボタンに人差し指を置いてリモコンを持った鬼頭が声をかけてきた。

「バスの時間だ」

「おっし行こうぜ綾小路」

２人の勝負も少しだけ気にしつつ、オレはオレでスキーを楽しませてもらおう。

1

外に出てきたオレたちだったが、ちょっとしたトラブルが待ち受けていた。バスが渋滞に捕まってしまい到着が10分ほど遅れるとの連絡が入ったらしい。スキー場に向かうためのバスを待つ生徒の数は多く、振り返れば玄関先には人が溢《あふ》れかえってしまっている。

「寒いけど外で待つのが無難そうだな」

白い吐息を吐きながら渡辺《わたなべ》が憂鬱そうに空を見上げた。他の生徒たちより少し早く外に出てしまったことが災いしたが仕方がない。わざわざ部屋まで戻っても、5分とゆっくり出来ないだろう。オレたち第6グループは軒下近くでバスが来るのを待つことに。

「ねえねえ、折角《せつかく》だから雪だるまでも作らない？」

この待ち時間を有効的に使うためか、網倉《あみくら》はそうグループに提案した。

「それ楽しそうだね。西野《にしの》さんと山村《やまむら》さんも一緒に作らない？」

「……まぁいいけど？」

この手のことは断ると思われた西野だったが、意外とあっさりオッケーの返事を出す。

「山村さんは？」

「いえ、私は……遠慮します」

こっちは予想通り、やや控えめにではあったが断りを入れた。

女子3人は邪魔にならない位置に移動し、降り積もった雪を掻《か》き集《あつ》め始める。

どうやら小さいサイズではなくそれなりに大きなものを作るつもりらしい。

「ねえ龍園《りゅうえん》くんもこっちに来て一緒に雪だるま作らない？　楽しいと思うよ」

絶対に提案に乗ってくるはずがないと分かっていながら、櫛田《くしだ》は表向き善意の心をアピールして龍園を誘う。周囲にいた生徒たちも龍園が雪だるまをせっせと作る姿は想像できないためか、気にした様子で動向を見守る。

　この発言は間違いなく昨日の仕返しだろうな。

　不用意な発言をすれば、負けじと仕掛けていくぞという強気の姿勢だ。

「多少牽制《けんせい》しておけば大人しくなると思ったんだが、読み違えたか」

　独り言のように龍園が呟《つぶや》く。確かに以前の、素性をクラスメイトに知られる前の櫛田なら堪《こた》えていたかも知れない。

　奇妙な違和感を覚えたのだろうが、その謎を解き明かしてやるわけにはいかない。

　満場一致特別試験でのやり取りなど、他クラスが知らない情報は渡せないからな。

　付け加えるまでもないことだが、櫛田の誘いに龍園が乗るはずもない。

　雪だるまに反応することもなく、明後日《あさって》の方向を向いた。

　一方で、作られていく雪だるまに静かに視線を送り続ける者もいた。

　気づかれないうちにオレたちから少しずつ距離を取っていた山村だ。

「はーっ……」

　櫛田たちの雪だるま制作を見学しつつも、寒そうに手に息を吐きかけていた。

「はーっ」

雪だるまを作っている櫛田《くしだ》たちは、当然暖かそうな手袋をしている。

辺りを見回してみても、外にいる生徒で素手の生徒は山村《やまむら》以外誰一人としていない。

当然だろう。この寒さの中、特別な理由でもない限り長時間素手にはならないからだ。

山村は昨日のスキーの講習を受ける前から手袋を身に着けていたと記憶している。

スキー用のグローブはレンタルで済ませるとしても、これからスキー場に向かうのに手袋を持って行かないのだろうか。

もし忘れたのなら取りに戻ればいいだけなので、何か理由があるのかも知れないな。

ボーッとした様子で、繰り返し息を吐きかけながら外を見つめている。山村のことも気にはなったが、バスを待っている間にも外に出てくる生徒は増え始めていた。

「一面雪景色ですね」

聞き慣れた声の主は坂柳有栖《さかやなぎありす》。第4グループの1人だ。堀北《ほりきた》クラスからは本堂《ほんどう》と小野寺《おのでら》が選ばれていたはず。そう思い出している間にも、答え合わせをするかのように続けて姿を見せた。坂柳はスキーが出来ないため、恐らく観光地にでも行くのだろう。

特に第6グループのメンバーと絡むこともなく、坂柳たちは全員が揃《そろ》ったようだった。

やがてスキー場に向かうバスよりも先に市街地へ向かうバスが到着した。

先導する先生が乗り込むように指示を出すと生徒たちが次々と乗車を始める。

不慣れな雪道を、杖《つえ》をついて歩いていく坂柳。

どこか危なっかしいなと思いながら見ていると――。

未来予知が的中したのか、坂柳は足を滑らせその場に軽く尻もちをついてしまう。

幸い雪のクッションが衝撃から守ってくれたようで痛がってはいない。

「大丈夫かよ……」

少し後ろを歩いていた、同じ第４グループに配属されたＣクラスの時任《ときとう》が駆け寄る。

どうしたものか一瞬躊躇《ためら》ったようだったが、手を差し伸べた。

「ありがとうございます時任くん」

少しだけ恥ずかしそうにお礼を言いながら、差し出されていたその手を掴《つか》む。

小柄な坂柳を強引に引き上げるのは簡単だが、時任は慎重にゆっくりと行う。

厳しい顔つきとは裏腹に、意外と繊細な心遣いのある助け方だ。

「無茶《むちゃ》するなよ。足が悪いんだろ……」

「すみません。ただ幸い雪は柔らかいですし、痛くありませんでした」

「そういう問題か……？」

普段はクラスのリーダーとして容赦ない戦略を振るう坂柳だが、印象が大きく違うことを他クラスのグループメンバーはより感じていることだろう。

杖を掴んだまま起き上がった坂柳は、もう１度お礼を述べる。

「助かりました」

「別に……。……なんだ、その、大事に至らなくて良かった」

気恥ずかしくなったのか、真正面から坂柳《さかやなぎ》を見ていられず視線を逃がす。

「時任《ときとう》くんはもっと怖い人だと思っていました」

「え？　俺が？　……いや、どうかな」

足を止めて話をする坂柳。まるで関係の変化を見せつけるかのようなやり取りだ。

「普段から廊下ですれ違う際も、怖い顔をして歩いていることが多いようですから」

「な、なんでそんなことまで知ってんだよ」

そう問われ、坂柳は間髪入れず笑顔のまま答える。

「同じ2年生ですから。時任くんのこともしっかり存じ上げていますよ」

もし普通の高校の、普通の男女だったなら勘違いを生んでしまいそうな光景だ。

だが、その笑顔の裏側には、常に坂柳の知略策略が張り巡らされている可能性がある。

場合によっては転んだことすら、計算のうちかも知れない。

この場に居合わせた生徒でそんなことを考えているのは、恐らくオレと――――。

そして表向きは興味なさそうに見つめていた龍園《りゅうえん》くらいなものだろう。

坂柳と時任は並ぶようにしてバスの乗車口まで進み、先に坂柳を乗車させた。後ろに転んでしまわないように、もしもの時に支えられるようにだろう。裏があるにせよ無いにせよ、普段接点のない者たちが少しずつ距離を縮め始めていることがよく分かる。

市街地へのバスと入れ替わる形で、遅れていたスキー場行きのバスも到着した。

2

スキー場の直前まで乗せてもらった直行便のバスを降りると、オレたち8人はすぐにスキー場へは入らず近くを散策することを決めた。予定にはなかったが、バスの中から周辺にお土産屋などが複数見えたため、それに気づいた網倉《あみくら》が発案したことが始まりだ。

20分か30分寄り道したところで、スキーが逃げていくわけではないからな。

「う〜冷えるね〜北海道《ほっかいどう》の朝って。車内が温まってたから、余計に温度差を感じるなぁ」

そう言って櫛田《くしだ》は手袋をこすり合わせて身体《からだ》を震わせた。

「だな。11月末でこの寒さは気温以上に驚く。雪が積もってるのも変な感じだ」

「見て回るならさっさとしろよ。つっても、まだほとんど開いてねえだろうけどな」

そう言って龍園《りゅうえん》は立ち止まっているグループに声をかけた。

まだ時刻は9時15分を過ぎたばかり。

スキー場のオープンは9時30分だが、一方で周辺の店はまだほとんどが閉まっている。

龍園としては一日スキーだけを楽しむつもりなんだろう、その場に残って待つようだ。

現時点で既にオープンしている数少ない店の中には一風変わったアパレル店もあり、何《な》故《ぜ》か鬼頭《きとう》は一目散に歩き出すと、そのアパレル店の服を凝視し始めた。随分と派手な変わった服が陳列されているが、どれか気に入るものがあったのだろうか。

そう思った矢先、手に取っていた服を戻すとまた別の服を物色し始めた。

「にしても鬼頭って足デカいよな。まるで雪男の足跡だぜ」

アパレル店まで続く雪の足跡を見て渡辺《わたなべ》が感心したように自分のサイズと比べる。

身長の高い鬼頭だが、それを考慮せずとも相当大きなことは間違いなさそうだ。

「皆《みんな》も行ってみようよ」

発案者の網倉がそう声をかけて、時間が惜しいとばかりに歩き出す。

櫛田はすぐに網倉の誘いに乗ったが、山村《やまむら》は断ってこの場に残るつもりらしい。

渡辺と西野《にしの》もそれぞれ個別に見て歩くことにしたようだ。

「山村さんは？　行かないの？」

「……あ、私は残ります……どうぞ気にしないで行ってください」

この場にはオレと龍園と山村の３人だけが残る。

本当は網倉たちと一緒に見て回りたいのが本音だったが、一緒に行く？と声をかけてもらえなかったため、その波に乗り損ねた。

さてどうしたものかな。渡辺たちのように１人で見て回ってもいいんだが……。

山村は誘いを遠慮した以上、ここに留《とど》まって仲間の帰りを待つつもりのはず。

もしオレが抜けてしまったら龍園《りゅうえん》と2人きりにさせてしまうことになる。

この2人の仲が悪くないのならそれでもよかったが、ほぼ初対面同士。

声をかけあって仲良くなるビジョンも見えないため残していくのは酷というものだ。そのため山村《やまむら》か龍園が単独で行動を始めない限りは、もどかしいが残るのが正解だろう。

「っ……」

背中がどんどん小さくなっていく網倉《あみくら》たちを見ながら、山村が体を震わせる。

やはりその原因は、コートの中に隠されている手。

手袋を持たずここまで来たことはほぼ確定。なら、ここは貸してやるべきか？

しかし、要りません、と拒否されるとそれはそれでちょっと気まずくなりそうだ。

既に鬼頭《きとう》たち第6グループは離れていて、3人だけの物静かな状況。

山村は可能な限り我慢しているようではあったが、やはり隠し切れてはいない。

「おい山村、おまえ手を出してみろ」

「え……!?」

こっちが声をかけるか迷い続けていると、龍園がきつめの口調で、コートの内ポケットに手を入れたまま立ち尽くしている山村にそう指示を出す。

どうやら龍園も、山村の寒がり方や両手をコートに入れたままの不自然さに気が付いたようだ。寒そうな両手が出てくるかと思ったが、山村は視線を逸《そ》らしながら……。

「嫌です」

と、小さな声ではあったが、きっぱりと断ってきた。

「あぁ？」

「出したくありません。寒いですから」

手袋の有無には触れず、理由を述べる。北海道《ほっかいどう》の地では手袋越しでも冷たい風を感じ取れるからな。コートの中に手を入れている方が温かいのは間違いない。

ここで話が終わるかと思ったが、龍園は雪道を踏みしめ山村の元に詰め寄った。

そして右腕を掴《つか》み無理やりポケットから引っ張り出す。

「あ――」

直《じか》に手袋を身に着けていないことを確認し、龍園がその腕を離すと山村は慌ててコートの中に両手を隠すように逃がした。

「そりゃ寒いだろうな。手袋はどうした」

力ずくのプレーで素手であることを証明した龍園だが、山村は答えない。

放っておいてくださいというように背中を向ける。

「タダでさえ下手な癖に、手まで麻痺《まひ》させて怪我《けが》でもしたいのか？」

そんな龍園の指摘は妥当だ。初心者の山村はまだ、満足に滑れてもいない状況のはず。

そんな中、手が寒さで使い物にならなければ上達するものもしない。それどころか転倒のリスクを上げることにしかならない。

「おまえが大怪我《おおけが》をして騒ぎになりゃ、俺のスキーは中止だろうな。責任取れんのか？」

自分のスキーと強調するところに龍園《りゅうえん》らしい身勝手さと、そして不器用な優しさが混ざっているようにも聞こえた。

「いえ、それは……」

単なる感情の話ではない問題に、山村《やまむら》は言い返すことが出来なかったようだ。

「で。手袋は？」

「……忘れました」

「ハッ、そんな間抜けもいるもんなんだな」

この寒空の下、手袋を忘れるような人間もそうはいないだろう。

鼻で笑い、龍園は自らの手袋に視線を落とした。

まさか山村のために、自分の手袋を貸すつもりなんじゃ———。

「オイ綾小路《あやのこうじ》、テメェの手袋でも貸してやれ」

「……オレかよ」

そこまで優しい展開を見せることもなく、こっちに全てを放り投げてきた。

「オレもスキー初心者なんだが？」

「おまえなら怪我をしても問題ねぇだろ」

どういう理屈なのか、いまいち理解しかねるが……。

周辺では手袋を売っている店は残念ながら開いてそうにない。

となると、ここは山村のためにも貸してやるしかないな。スキー場内には専用グローブ等あるだろうが、10分15分温《ぬく》まれるだけでも幾分違うはずだ。

「い、いいです。私平気ですから」

そう言って距離を取りながら既に息を吐きかける山村。

「やめておいた方がいい。寒さで血管収縮を起こす。身体《からだ》が震えてるのも、筋肉が体温をあげようとする反応のせいだ。その状態でスキーを始めると危ないかも知れない。龍園の言った通りになってしまうのが一番悔しくないか？」

「それは……」

オレは外した手袋を半ば無理やり山村に押し付ける。

「でも……綾小路くんは？」

「オレは大丈夫だ。それよりスキーで怪我をしないためにも無理はしないことだ」

寒さに特別な耐性があるわけじゃないが、龍園の言うようにテクニックでコントロールすれば問題はないだろう。

「……すみません……」

恐縮しつつ、山村は小刻みに手を震わせながら大き目の手袋を身に着ける。

そしてその手をコートの中に再び逃がした。

しばらくは冷たいままだろうが、数分も経《た》てば改善されていく。

「あとで自分のサイズに合った手袋を買い直してくれ」

「はい。あの、スキー場についたら、綾小路《あやのこうじ》くんの手袋を弁償させてください」

「弁償？」

「私が着けてしまったので……それをお返しするのは、申し訳ないです。汚れてます」

「別に汚れないだろ。いや、仮に転んで汚したところで別に気にしない、そのまま返してくれればそれでいい」

「そう言うことではなくて。私が身に着けることで、汚くなりますから……」

潔癖症みたいな考え方なのだろうか？　いや、だが山村《やまむら》は遠慮がちにではあったが抵抗なく手袋を身に着けていた。よくわからない考え方だな。

「やはり弁償をさせてほしいです」

手袋の弁償となった時、露骨に安いものを選んで戻してくるとも思えない。

弁償が不要な行動に対して高い出費を強いることになってしまう。

「余計なプライベートポイントを使うだけだ。そんなことはする必要はない」

「気持ち悪く、ないですか？」

やはりよくわからないことを言う。

山村が身に着けて、何故《なぜ》それが気持ち悪いに繋《つな》がるのか。

これが山村でなかったとしても、オレは同じ感想を抱いたことだろう。

「大丈夫だ。変に気を遣って弁償される方が気持ち悪い」

やや強い表現にしたことで、オレが困惑することを伝えておく。

「で、ではせめて何か別のお礼をさせてください」

お礼も必要ないと思ったが、何かしないと山村の気が済まないのかも知れないな。

ここまで食い下がるのなら当人が納得する道筋を用意してやるべきか。

「だったらお礼の代わりに１つ聞いてもいいか」

「……はい？」

「朝、バスを待ってる時から手袋をしてなかったのには何か理由があったのか？」

「忘れた、だけです」

わざと素手のままだったわけじゃないことはわかった。

「取りに戻る時間は幾らでもあっただろ。それとも失念していたと？」

気になっていたことを、もう一歩踏み込んで聞いてみる。

「……そういう、空気じゃなかったから……」

「空気？」

「戻りにくい空気、みたいなものです」

確かにロビーには大勢の生徒がごった返してはいたが、それが戻りにくい空気だったかは微妙なところだ。

いや、それはオレがそう感じているだけで山村《やまむら》の感じ方とは別のものと見なければならないな。僅《わず》か数分のやり取りだったが、少しだけ山村という生徒のことが見えてきた。

そうすると興味が湧いてくることもある。

「山村は普段は誰と遊ぶことが多いんだ？」

こういったタイプの生徒が作る友達がどんな生徒なのか。同じように大人しい子なのか櫛田《くしだ》のような誰でも迎え入れてくれる人気者の輪に入れてもらっているのか。あるいはグイグイ引っ張る子なのか。ところが山村はその問いにすぐに答えなかった。表情こそ大きく変えなかったが、僅かに気まずそうに目を細め逸《そ》らした。

「特にはいません。大体いつも１人で過ごしますから」

「１人で？　Ａクラスなら誰か１人を放っておくようなことはしそうにないけどな」

「影が薄いので……私が１人であることにも気づかないんじゃないかと。日常茶飯事なので、特に気にしていませんが」

影が薄い人間というのは確かに存在する。

オレ自身もどちらかと言えば、そのタイプに分類されるだろう。

ただしオレと山村の場合、性質は全く異なる可能性が高い。

思えば山村が寒がっていることに、あの櫛田が気付けば無視するはずがない。

常に他人の反応を気にしている櫛田でも、山村の影の薄さに感応が鈍っているようだ。

まぁ実際に影が薄いのなら、手袋を取りに戻っても誰も気に留めなかったと思うが。

影の薄さ。それを客観的に分析すれば、その正体も多少は見えてくる。

「山村は自分のこと好きか？」

「全く好きじゃありません。ありえないです」

手袋を貸してもらったことに対する弱みからか、山村は素直に答えた。

隠匿したいモノが自分であること、まずそれが影が薄くなってしまう要因の１つ。

自分を見せたい、アピールしたいと思わなければ、必然目立たない行動をする。

話し合いの場でも誰かの後ろに隠れ、姿を認知されないようにしている。

真夜中に黒い服を着て、どうして目立たないのかが分かっていないようなもの。

また不必要に動かないため、視界の中で意識される機会も少ない。

なるべくして存在感が希薄になってしまっているんだな。

更に、見たところ山村は人に対しての警戒心が人一倍強いように見える。

つまり相手が怖く、自己主張を限りなくセーブしてしまっているのだろう。

これらが複合されることで、山村という影が薄く認識されにくい生徒が誕生してしまったのだと見えてきた。問題は、原因が分かってもすぐに解決は出来ないことにある。

普段関係性を持たないオレがこんなことを言ったところで、山村《やまむら》はより警戒心を強めてしまうだけだろう。心を許せる親しい者がいれば言葉も届きやすいんだがな。

結局ここでオレたちの会話は終了してしまい、沈黙状態に。

それから10分ほどして、開場直前に全員が戻ってきた。

「じゃあ、どういう風に分けようか？　スキーは全員一緒にじゃなくてもいいよね？」

グループ行動が義務付けられていると言っても、細かいところまで全て合わせなければならないわけじゃない。初心者と上級者の入り混じるスキーで、全員が全員どちらかに合わせるのは大変、あるいは申し訳ない話だからだ。

重要なのはバランス。周囲がそれを見た時に妥当だと判断できるかどうか。

8人の中で一番技術力がない者たちを起点にチーム分けを考える必要があるだろう。

「俺と山村は初心者コース確定なんだけど、どうする？　2人で滑ってもいいけどさ」

まず、スキー場の下の方には初心者用のゆるやかなコースがあるため、両名をそちらで滑らせることは確定事項だ。渡辺《わたなべ》の申し出には山村もすぐに同意した。

「私は滑れる人が山村さんたちのフォローに付いてあげるのがいいと思うんだけど。もし良かったら私が――――」

「あぁいいよ櫛田《くしだ》さん。私初心者のところでやるから」

「え？　いいの？」

「気にせず滑ってきていいよ。滑れるって言っても上級者コースはちょっと怖いしね」

普通に滑れる西野《にしの》だが、そう言って山村たちに付くと申し出た。

「私も上級者コースは自信がないし……そうしようかな」

最初から網倉《あみくら》もそのつもりだったのか、西野が答えると同時に周囲に伝える。

図らずも４人ずつに分かれ、コース別に滑ることで意見が一致した。

「もし中級者以上のコースで滑りたくなったらいつでも言ってね。サポートに回るから」

万が一、西野と網倉が我慢していてはいけないと櫛田がそう付け加えた。

「じゃあ、昼飯は正午で。全員、レストランで合流って感じにしようぜ」

スキー場の入口へとグループで移動を始めたその時。

聞き慣れない馬の蹄《ひづめ》のような音が聞こえて来たかと思うと、オレたちの傍《そば》を馬が颯爽《さっそう》と雪を蹴り上げ駆け抜けていく。

何事かと思えば、その馬に乗っているのは高円寺《こうえんじ》だ。

他クラスの生徒は心底驚いている様子で、あの鬼頭《きとう》も少しだけ引いているようだ。

高円寺と付き合いの浅い生徒たちにしてみれば、無理もない反応だった。

「お客様――――！　そちらはコースではございませ――――ん！」

直後、遠くの方から慌てふためくスタッフ数人が叫びながら追いかけてくる。

「何あれ……」

「凄《すご》い、ですね……」

唖然《あぜん》とした様子で西野《にしの》と山村《やまむら》が豆粒のように小さくなっていく高円寺《こうえんじ》を見つめた。

「なんだろう。見たこともないような光景なんだけど、驚きは少ないよね」

櫛田《くしだ》がオレにだけ聞こえるようにそう言った。

「クラスメイトとして高円寺の奇想天外な行動は見慣れてるからな……」

不思議と、高円寺なら今みたいなことが起こっても不思議じゃないと感じている。

身も蓋もなく言ってしまえば慣れ、だな。

3

着替えのためにいったん分かれ、準備を済ませて待ち合わせ場所に集合した。

オレと櫛田と龍園《りゅうえん》と鬼頭《きとう》でリフト前に移動する。

2人乗りのリフトには、オレと龍園、櫛田と鬼頭の組み合わせで乗り込むことにした。

この組み合わせが一番揉《も》めにくいと判断したからだ。

更に念のため、先に櫛田と鬼頭を行かせ数組間に挟んでから乗り込む。

こうすることでリフト上での睨《にら》み合いなどを避ける狙いもあった。

「鬼頭とはもう少し仲良く出来ないのか？」

「それは無理な相談だぜ。鬼頭がどうしてもと頼み込んでくるなら話は別だがな」

雪山を見つめながら、龍園は吐き捨てるように答えた。

「望み薄ってことか。それならそれで仕方ないが、折角《せっかく》のチャンスだろ。鬼頭は坂柳《さかやなぎ》からもある程度信頼を得ているように見える。おまえならこれを機に懐に入り込むくらいの考えを持ってると思ってたんだが。場合によっては味方にできるかも知れない」

横に座る龍園はこの修学旅行は情報収集がメインだと考えているが、それは間違いではないだろう。事実坂柳も似たようなことをしている傾向が見て取れる。

「鬼頭の見た目は完全に人間じゃねえが忠誠心だけはいっぱしのようだからな。それに俺とグループを組んだ時点で坂柳は当然警戒してやがる。下手な交渉は逆効果だろ」

「割と現実的なんだな」

これまで鬼頭との接点は少なく、まだ詳しいことは何も分からない。

しかし徹底して龍園を嫌っている姿勢からも、坂柳と共にAクラスを守ろうとしている意思は強く感じられる。鬼頭単体での問題行動も聞いたことがないしな。不用意に味方へ引き入れる交渉をすれば情報を筒抜けにしてくれというようなもの。

「それにAクラスから必要だった人材は葛城《かつらぎ》くらいなもんだ。鬼頭も橋本《はしもと》も雑兵としちゃ十分だが、こっちの手駒に加えるほどじゃねえ。リスクと釣り合わねえな」

それが鬼頭と友好的に接せず敵対し続ける理由らしい。

鬼頭《きとう》たちを評価しながらも、やはり葛城《かつらぎ》だけは頭一つ抜けて特別認めているようだ。

リフトが到着し、オレたちは上級者コースに降り立つ。

先に待っていた鬼頭が、視線で龍園《りゅうえん》をスタート地点へと呼び出した。

まずはゆっくりとコースを堪能して……なんて生ぬるい手順は踏まないらしい。

「おい、合図を出せ」

龍園は櫛田《くしだ》にそう指示を出し、スタートのカウントをするように命令した。

「2人とも気を付けて滑ってね」

櫛田が手を挙げ、スタートのカウントダウンを始めた。互いに数メートル距離を開け、滑り出す構えを取る。果たしてどちらが勝者になるのか。

「――スタート!」

櫛田が手を下ろした瞬間、両者はほぼ同時に好スタートを切った。

「オレたちも後を追うか」

「え、大丈夫? っていうか私追い付ける自信ないけど……」

「それなら後からゆっくり追ってきてくれ」

そう言って、数秒遅れでオレと櫛田も傾斜を滑り始めた。

龍園と鬼頭は流れに乗りながら一進一退のバトルを繰り広げていく。

右へ左へ綺麗《きれい》に弧を描きながら高速で滑り降りる。

昨日はまだ不完全だったオレの技術が、今目の前でお手本を得て昇華され始めた。

長い上級者コースなら、より深く、よりじっくりと学ぶことが出来るからな。

それとは別に、龍園と鬼頭の戦いはほぼ互角。

どちらかがすぐに抜け出すかと思ったが、かなりのデッドヒートだ。見ている限り技術に大差はなく、そして負けん気も同じくらいに強い。コースの中盤を過ぎてもまだ決着がつく様子はなかった。もつれたまま勝負もいよいよ終盤というところで、滑り合う互いが保っていた横幅の距離がどんどんと詰められていく。思いがけないアクシデント。

このままでは滑るコースの位置取りで重なり合い、衝突してしまうリスクも出てきた。

いやこれは双方にとってアクシデントなどではないのか。

相手にタックルして転ばせてでも勝つ、そんな危険な兆候と考えるべきだ。

オレは両者の動きをコピーして、ほぼ全ての技術を吸収しながら加速。

「死ねよ鬼頭！」

「消えろ龍園！」

そんな声が遅れて聞こえたのを察知し、寸前、残された両者の僅《わず》かな隙間に強引に自らの体を割り込ませた。

第三者の乱入によって、２人は慌てて左右に散って行く。

双方から睨《にら》まれるような形にはなったが、無理やり距離を取らせることに成功した。

上級者コースを一気に滑り終え、オレから僅《わず》かに遅れ龍園《りゅうえん》たちは足を止める。

前の龍園と鬼頭《きとう》がすぐに振り返るとその足で近づいて来た。

「何故《なぜ》邪魔をした」

怒気を含んだ物言いで鬼頭がこちらに掴《つか》みかかるような勢いで詰めて来た。

「危ないと判断したからだ。熱くなりすぎて、スキー以外の部分で勝とうとしただろ」

「どんな形でも勝負は勝負だ。それは龍園も分かっていたこと」

「相手が理解しているかどうかは関係ない。あんなものはスキーの勝負とは言えないな」

不満を一通り口にした後、鬼頭は龍園を睨《にら》みつけてから滑り去っていく。

もう1度勝負する、そんな空気が離散してしまったのを感じたようだった。

その頃、櫛田《くしだ》も滑り降りてきて、オレたちの元へと到着する。

「3人とも速すぎ……っていうか、綾小路《あやのこうじ》くんかなり異常だったんだけど……！」

雪を踏みしめながら、不満げな顔で龍園も近づいてくる。

「テメェ本当に初心者なんだろうな？　吹かしてやがったのか？」

「吹かす？　いや、スキーをしたのは昨日が初めてだ」

そうは言ったが、龍園は信じていないのか、唾を吐き捨て1人リフトへ向かった。

とりあえずこれで一安心ってことでいいだろう。多分な。

「怒るのも無理ないっていうか凄《すご》い滑りしてた。なんか努力しないでも才能で全部完璧にやっちゃう漫画の主人公みたいだったね。龍園も言ってたけどホントに始めて2日目?」

生憎《あいにく》とオレはそんな漫画の主人公ではない。

これまで生きてきた歳月の中でオレの身体《からだ》には無数の経験が蓄積されている。

スキーそのものが初めてでも、スポーツ全般は基本的に浅く広く線で繋《つな》がっている。

それらを繋ぎ合わせ、口頭や視覚で得た情報を繋ぎ滑ってみただけだ。

「信じてはもらえないか?」

「そんなことはない。だけど天沢《あまさわ》を捕まえた動きを見てなかったら信じなかったかも」

あの時は櫛田に、一瞬とはいえホワイトルーム生同士の戦いを見せたからな。

その疑問や疑心がこのスキーでの上達に真実味《しんじつみ》を持たせたか。

「凄いね」

改めて褒《ほ》められるが、オレ自身は素直に受け止める気にはなれない。

「そんなことはない」

謙遜としてしか受け取ってはもらえないのは、仕方がない。

「またまたぁ」

しかし実際に龍園や櫛田の滑りは上級者のそれで、実にお手本のようだった。

彼らはオレのように膨大な量の経験を蓄積しているわけじゃないだろう。

そういう意味ではオレなどよりもよっぽどセンスを持っている。

「オレたちもリフト、行くか。トラブルも去ったことだしスキーを楽しみたい」

「うん、だね。滑れない人にはもしかすると辛《つら》い時間かも知れないけど」

それは遊び全般に言えることだな。

下手でも楽しめる者ばかりならいいが、そうじゃない。

テレビゲームでもスポーツでも、それを不得意とする者には楽しめないことも多い。

・

4

正午になり、オレたち第6グループは全員、スキー場に併設されたレストランに集合した。フードコート形式になっていたため、それぞれが好きなものを注文し席へ戻る。

オレは32番と書かれたワンタッチコールを手渡され、注文した料理が完成したら鳴り次第取りにくるように説明を受けた。

「渡辺《わたなべ》くんたちはどうだったの？　スキー上達できた？」

ずっと上級者コースにいたため初心者コースに行った4人の成果を櫛田《くしだ》が聞く。

「結構滑れるようになったぜ。西野《にしの》や網倉《あみくら》くらいにはまだなれないけどな」

謙虚ながらも少しだけ成長の自信を覗《のぞ》かせた渡辺。

一方、名前の出てこない山村《やまむら》の方は表情が暗く（元々だが）覇気がない。

「山村は……まぁ、まだまだだな」

オレにだけ耳打ちをして、上達の様子がなかったことを報告する。

当人の声をかけてくれるなという空気も凄《すご》かったので、何も言わないことにした。

その後ワンタッチコールが鳴ったので食事を取りに行く。

トレーに載せられた熱々のスープカレーを持ってテーブルへ。

それから8人全員が揃《そろ》ったところで昼食を始めた。

軽食のハンバーガーを選んでいた龍園《りゅうえん》は一番に食べ終えると、包み紙とトレーを渡辺に押し付ける。渡辺は苦笑いを浮かべながらも、その空いたトレーを自分のトレーに重ねた。

「少しツラを貸せ綾小路《あやのこうじ》」

「え……まだ食べてる途中なんだが？」

スープカレーは3分の1ほど残っている。時間が経《た》てば折角《せっかく》の熱々も台無しだ。

「さっさとしろ」

渡辺はオレを憐《あわ》れみながらも無言で送り出す。鬼頭《きとう》は……そもそもこっちを見てない。

「少し席を外す」

「うん。皆《みんな》で食べながら待ってるね」

櫛田にこの場を任せ、オレは龍園と共にフードコートの中を歩いていく。

それからフードコートの端辺りでようやく足を止めると携帯を取り出す。

そして1度指先でロックを解除して画面をしばらく見つめた。

「やっぱりな。案の定坂柳《さかやなぎ》の奴《やつ》が、手下共を使って情報収集に励んでるらしい」

どうやらクラスメイトからの報告が上がって、その確認をしていたようだ。

「お互い様なんだろ」

直接聞いているわけじゃないが龍園《りゅうえん》も同じような指示を出しているとみている。

「まあな。この修学旅行は親睦のためにあるわけじゃねえ。頭を潰すために、まずは手足をもぎ取るところが重要だ。坂柳もそれをよくわかってるようだな」

坂柳も龍園も個人だけでクラスの戦いが出来るわけではない。

クラスによる団体戦で如何《いか》にして相手に勝つか。

仲間の能力を底上げすることは重要だが、相手の戦力を削《そ》ぐことも重要だ。

坂柳は特に足が悪く、普段の行動範囲は非常に狭い。

その多くをカバーしているのが神室《かむろ》であったり橋本《はしもと》だ。

仮にこの2人が龍園に対し屈するような弱みを握られたなら、坂柳は貴重な足を失うことになる。情報収集能力は一気に低下するだろう。

「わざわざオレを呼んだ理由を聞こうか。偵察合戦を報告するためじゃないんだろ?」

「俺はここからクラスの連中に指示を出して坂柳への徹底抗戦の準備を始める。学年末試験の課題が筆記試験だろうが何だろうが、どんな手を使ってでも潰す」

「似たようなことはバスでも聞いた。戦いはもう始まってると」

「ああ。だが動き出す前におまえに改めて確認しておかなきゃならないことがある」

そう龍園が言ったところで、オレの携帯が１回震えた。

ちょっと待つように言って画面を確認すると、櫛田《くしだ》からのショートメッセージ。

『山村《やまむら》さんがそっちに向かってるよ』

龍園に呼び出されたオレのことが気になり様子を確かめに動いたか。

十中八九山村は、坂柳から指示を受け動いている。

山村が近くで盗み聞きしている可能性が出てきたが、あえて龍園には伝えない。

これは坂柳と龍園の戦いの一場面でもある。オレの手助けは坂柳の不利益だ。

一方で龍園の方にもまた別の誰かから連絡が来たらしく、画面を再び凝視していた。

龍園は表情を変えないまま携帯をポケットに仕舞《しま》い、話を続けはじめた。

「１年前に俺が言った８億ポイントの件は覚えてるだろうな」

「今でも実現可能だとは考えていない」

「だろうな。この後、クラスの連中が知ったら同じような反応をするだろうさ」

「話すつもりか？」

８億ポイントを貯《た》める戦略のことを龍園クラスで知っているのは、伊吹《いぶき》だけのはず。その伊吹ですら、恐らく偶然知っただけで具体的なことは分かっていないだろう。

「クソほど金のかかる話だ。俺が極秘に進めたところで手が届く金額じゃねえだろ。残された時間は1年と少し、動き出すには少し遅すぎたくらいだぜ」

確かに、本気でその戦略の精度を上げていくのならクラスメイトの協力は不可欠。一之瀬《いちのせ》が全員のプライベートポイントを信頼のもと少しずつプールさせていたように、龍園《りゅうえん》もまたクラスメイトと一丸になって目標額を目指すのはマストではある。

「確認したいことってのは、8億ポイントへの協力のことか？」

「ここまで俺なりにおまえのクラスには温情をかけてやったんだぜ？　体育祭然《しか》り、文化祭然りな。そして学年末試験でも坂柳《さかやなぎ》とヤる方向でまとめ上げた。不満はねえだろ」

確かに龍園と話し合った去年のあの時以来、堀北《ほりきた》クラスは龍園の存在を半ば忘れるくらいには自由に動くことが出来た。1年生の頃と変わらず龍園が好戦的なままだったならここまでスムーズにはいかなかったろう。

「櫛田《くしだ》とも随分よろしくやってるようじゃねえか。退学させると息巻いてたのにな」

「悪いな。時には方針転換することもある」

その言葉が随分と気に入ったのか、あるいは引っかかることがあったのか、龍園は笑い何度か手を叩《たた》いた。

「俺がその気になれば櫛田を潰すのは造作もねえ。それが分かってんだろうな？」

龍園はクラス外の人間の中では、櫛田の本性を知る数少ない生徒の1人だ。

いつでも仕掛けることが出来たのにしなかったのは、まさに約束の結果だろう。

「だから約束を果たせと？　脅しまで含めて強引だな」

「強引でもなんでも関係ない。やるのか？　やらないのか？」

あの時は口頭の約束だったが、それを反故《ほご》にすれば容赦しないと龍園は言っていた。

「返事をする前に聞かせてもらうが、おまえが坂柳を倒せたとしてその後は？」

「学年末でAを倒した後は、俺のクラスとおまえのクラスの一騎打ちだ、そんなこと決まってんだろ。俺の中ではおまえを倒すまでが物語に組み込まれてんだよ」

やはりそう考えているか。ここまでを見ていれば疑う余地もないが。

「それは少し都合が良すぎるな。あの時おまえは舞台から1度降りた。そして金田《かねだ》やひよりに根回しをする役目だけを買って出たはず。ところが今は表舞台に戻っている。約束の履行を希望するのなら手を引くのが筋だ。こちらがAクラス、龍園がBクラスになったのなら、そのまま勝ちを譲る流れになるのが必然じゃないか？」

それで初めて8億ポイントの協力話をする場面を作ることが出来る。

「気に入らねぇと？」

「当然だろう。堀北と龍園、双方のクラスが本気でぶつかり合った結果、おまえたちが勝ちAクラスに上がればバカを見るのはこちら側だけになる。それとも8億の計画が上手《うま》く行っていれば堀北クラスの生徒をAクラスに引き上げると約束でもするのか？」

龍園《りゅうえん》からは笑みが消え、鋭い横眼《よこめ》がオレに向けられる。

「それは無理な相談だな。余ったプライベートポイントは当然俺たちのものだ」

卒業後にも生きる金なのだ、関係のない生徒を救うために使う気などないだろう。

「自分たちが負ければこちらが救済を、自分たちが勝てばオレたちを見捨てる……か。もはや考えるまでもない話だ。以後、8億を貯《た》める計画に協力することは出来ない。ただしこれからおまえがどのクラスをどう攻撃しようとも自由だ、止める権利は無い」

「やっぱりそんなにテメェは甘くないか綾小路《あやのこうじ》」

「これはオレ1人の問題じゃないからな」

「それなら仕方ねぇな。あの時の話はここで立ち消えってわけだ」

思ったよりもあっさりと引き下がる。断られることなど当然分かっていた様子だ。

「交渉が決裂しても、まだ8億ポイントを貯めるつもりか?」

「今更戦略を変えるつもりはねぇな。本命は8億を貯めることだ。その上で俺は坂柳《さかやなぎ》もおまえも倒す。金を使わずAクラスになれば大金を持って卒業出来る。だろ?」

ただでさえ夢物語だった計画は、更に理想のまた理想に成り代わっている。

しかしここから、龍園は8億を貯めてみせると豪語した。

「ここまで葛城《かつらぎ》の引き抜きや1年の連中を利用するのに金を使ったが、回収するターンの始まりだ。徹底したプライベートポイント主義に切り替えていってやるよ」

プライベートポイントを集めることに躍起になれば、その分リスクも付きまとう。

ここでのチグハグな龍園の考えと態度は、オレの思考に妙な影を落とした。

「一切譲歩せずに約束の履行を迫ったのが不思議でならないって顔をしてやがるな」

「それはそうだろう。この話の本質が見えてこない」

「単純な話だ。契約破棄は既定路線だったってことだ。おまえと中途半端に繋《つな》がったまま
じゃおまえを潰せない。だがこうして破棄となれば別だ。徹底的にやりあえるからな」

つまり利害関係の一致よりも、蘇《よみがえ》った勝利への執念を選択するということだ。

バスでも似たようなことを言われたが、改めて宣戦布告される。

それでも、オレは完全に納得は出来ずにいた。この話の流れには何か意図がある。

ここでそれを追及しても答えは貰《もら》えないだろう。

「先を見据えるのも結構だが再戦を考えるのは坂柳に勝ってからにするんだな」

「ハッ。あの女の頭がキレることは分かってる。だが、所詮それだけだ」

そう言い、学年末試験での戦いに絶対の自信を覗《のぞ》かせている。

龍園、おまえは敗北しそして復活を遂げた。

その才能はオレの想定よりも上回っていたことも認めよう。

龍園翔《かける》のサクセスストーリーは、着実に軌道に乗っていることも事実だろう。

だが――

それが最後の最後、障壁を越えられるかどうかは別のところにある。障害を障害として認識していないこのズレが、いずれ戦いの舞台で響いてくるかも知れないな。

無論坂柳《さかやなぎ》も龍園《りゅうえん》をどう捉えてくるかで、またその兆候や気配は変わってくる。

「先に戻ってな綾小路《あやのこうじ》」

そう言って、龍園はトイレの方へと歩いて行く。

やや遠く離れた席から、こちらを見ていたひよりがこちらに気づき手を振った。

どうやらひよりのグループもスキーに来ていたらしい。

軽くひよりに手を挙げて答え、オレはグループのテーブルへと戻った。

既に山村《やまむら》は戻ってきていて、何食わぬ顔をして無言で携帯を触っている。

「龍園は？」

「トイレに寄ってから戻るらしい」

「……大丈夫だったか？　殴られたりしてないか？」

渡辺《わたなべ》が心配した様子で体の細部までチェックしてくる。

「心配ない。少し雑談してただけだ」

「だといいんだけどさ……」

ここでゆっくり食べていた山村が食事を終え西野《にしの》も山村に合わせてトレーを持った。

「私……トレーを片付けてきます」

２人は同一店舗の料理だったため、一緒に戻しに行くようだ。

「綾小路、もし弱みを握られているのなら遠慮なく話せ」

渡辺の聞き方が甘いと思ったのか、鬼頭《きとう》が深い眼差《まなざ》しでそう呟《つぶや》いた。

その言葉は、出来れば呼び出される前に言ってもらいたかった。

程なくして龍園が戻ってくると、鬼頭はオレから視線を外す。

「貴様は俺から逃げ、他クラスの人間を恫喝《どうかつ》することに切り替えたのか？」

「あ？　クク、心配すんな鬼頭。俺はテメェらAクラスをきっちり仕留めてやるからよ。所詮、坂柳は俺にとっちゃ通過地点に過ぎねえってことを教えてやる」

「貴様にはAクラスは倒せん」

「どうかな？」

余裕、いやそう見せるための龍園の芝居とでも言った方がいいだろうか。

本心から勝てると言っているのだろうが、実際にそれを裏付けるものはない。

もちろんオレの知らない情報を持っているのかもしれないが、単純な能力の比較で言えば坂柳の方が一枚上手だ。

「学年末試験と言わず、いつでも仕掛けてこい」

「おいおいテメェにはその権限はねえだろ鬼頭《きとう》。忠犬の役目だけが取柄のおまえが、不用意な発言をして困るのはご主人様だぜ？」

犬呼ばわりされた鬼頭が、テーブルに大きな手のひらを置き立ち上がる。

「元来、貴様を倒すのは俺1人で十分だ」

「ほう？　だったら3度目の正直といくか？」

枕投げは枕の破損。スキーはオレの横入りで決着が付けられなかった。

「2人とも仲良くしようよ。もう私たちのグループが結構危ないって噂《うわさ》になってるよ」

周辺の一般客からも龍園《りゅうえん》と鬼頭の睨《にら》み合いを不思議そうに見ている者も出始めていた。

あまり派手なことを続けていると教員たちの耳に入るのも時間の問題だ。

「それにしても西野《にしの》さんたち遅くない？」

「そう言えばそうだな」

トレーを戻してくるだけなら1分とかからないはずだが、戻ってくる気配がない。

西野と山村《やまむら》の姿が戻らないことに気付いて、櫛田《くしだ》が2人の姿を探す。

「あ、いた。でもなんか知らない男子たちに絡まれてるみたい」

混雑するフードコートで、櫛田の指差した方向には学生らしき年齢の男たち5人に囲まれている西野と山村の姿があった。どちらも険悪な様子だ。

「お、おいおい、かなり揉《も》めてんじゃねえの西野のヤツ。助けに行こうぜ」

「大勢で動かない方がいい。下手に揉めると大変だ」

そんな忠告をオレが発したばかりだったが、既に席を立つ者たちがいた。

忠告など聞くはずのない2人は意思の疎通を図ることなく西野たちの元へ向かう。

「櫛田たちはここで待っててくれ」

オレは櫛田、網倉《あみくら》、そして渡辺《わたなべ》に動かないように指示を出しておく。

強い足取りで現場に向かう龍園と鬼頭に追い付いたところで会話が聞こえてきた。

「肩ぶつかっておいて謝罪もなしか？　こっちはラーメンの汁で服が汚れたっつーの」

どうやら揉め事の発端は西野ではなく男にぶつかったと思われる山村のようだった。

「歩いてる山村さんに気付かなかったあんたたちが悪いんじゃないの？」

男たちはからかうように笑って自身の肩口に触れる。

「いやいや、こっちの女幽霊みたいで見えなかったんだよ。なあ？」

「……本当に……すみません」

小さな声で山村が謝る。恐らく謝罪をしたのは1度や2度じゃないだろう。

しかし、まるで男たちは聞こえていないかのように立ち振る舞い続けていた。

「俺ら岐阜《ぎふ》から修学旅行で来たんだけどよ、遊ぼうぜ。それで許してやるからさ」

山村を守るように立ち塞がった西野の腕を無理やり掴《つか》む男。

「はあ？　冗談じゃない。誰があんたたちと遊ぶかっての」

無理やり強引に腕を振りほどくと、西野《にしの》の手のひらが男の頬《ほお》に軽く当たる。

「ってぇな」

終始下品そうに笑っていた男たちの表情が途端に豹変《ひょうへん》していく。

その直後、5人のうち1人の男が盛大に吹き飛んだ。

「な、なんだテメェ！」

「それはこっちのセリフだボケ。俺の連れに何か用か？」

豪快な蹴りを背中に叩《たた》き込《こ》んだのは龍園《りゅうえん》だ。

そしてすぐにもう1人の男の胸倉を掴《つか》み上《あ》げる。

「ピーピー小鳥みたいに女の前で鳴いてんじゃねえよ」

「な……殺すぞおまえ！」

「やってみろよ。何なら1発殴らせてやろうか？　修学旅行の土産が欲しいだろ」

そう言ってトントンと自らの左頬を差し出すように人差し指を立てた。

「おう、なら遠慮なく1発殴らせてもらってやるよ！」

言われるがまま、強引に振りかぶった腕。

「あ、それは――」

本当に殴らせてもらえると思うな。そんなアドバイスも間に合わない。

無駄に大きな相手の動作を見た龍園は、男の両肩を掴むと腹に強烈な膝蹴りを叩き込ん

だ。悶絶《もんぜつ》し転がりまわる他校の生徒。

「退屈な修学旅行にも、ちょっとは面白いイベントが起こるじゃねえか」

起こるべくして起こったという状況に龍園《りゅうえん》は楽しみを見出《みいだ》し始める。

人生で初めての他校との接触イベントが、不穏な暴力沙汰になってしまうとは。

男たちの1人が力いっぱい握りこんだ左右の拳を打ち付ける。

1対1で戦うような素振りはなく、向こうは多勢に無勢で勝つ気のようだ。

そこへ鬼頭《きとう》がのそりと姿を見せる。

明らかに高校生とは思えない顔つきと威圧感に、相手の男たちは慌てふためいた。

「味方……する気みたいね」

西野《にしの》が山村《やまむら》の肩を掴《つか》んで守りながら、こちらに歩いてきてそう呟《つぶや》いた。

「山村は鬼頭のクラスメイトだしな。ピンチに気づけば黙ってないのも当然だろ」

幸い互いにフードコート内でこれ以上の喧嘩《けんか》が良くないことは理解しているようで、龍園たちはぞろぞろと屋外に向かって歩いていく。

「誰か大人呼ばなくていい？」

「ああなった以上止められない。それなら人目を避けてもらってやり合う方がいい」

オレの見たところ相手は数こそ上回っているがどれも大した連中には見えなかった。

龍園と鬼頭が手を組んで戦えば、それほど時間を要さず片付けるはずだ。

それから10分ほどして龍園たちは戻って来た。それも倒した連中を引き連れて。

そして山村と西野の前で土下座をさせ、許しを乞わせる。

反抗心を叩《たた》き折るまで徹底的に痛めつけたようだな……。

これはこれで見られると問題だが、山村と西野のためにも必要なこと、かもしれない。

２度と目の前に姿を見せないと誓わせ、男たちは解放された。

「退屈しないグループだね」

囁《ささや》くように呟いた櫛田《くしだ》の一言が印象的で、同意しかなかった。

5

時間の許す限りスキーを堪能し、オレたちは19時前に旅館へと戻る。

まだまだ滑り足らないところだったが、名残惜しいくらいが丁度いいのかも知れない。

２日目も終わりが近づき、夜は着々と時を刻んでいる。夕食時に須藤《すどう》に誘われたので一緒に大浴場に足を運んだオレは身体《からだ》を洗ってから温泉に身を委ねていた。

「かーっ！　効くなぁ！」

日頃バスケ部で汗を流している須藤には格別、効能が得られるかも知れないな。

両手で繰り返しお湯を掬《すく》い顔を洗う動作をして、疲れを吹き飛ばしているようだ。

「よう」

しばらくボーッと湯舟の中に入っているとAクラスの橋本《はしもと》が隣にやって来た。

軽く手を挙げて答えると、須藤《すどう》も合わせて手を挙げる。

「いやぁ……今日はとことん参ったぜ」

随分と疲れた様子で、肩をぐるぐると回し深い溜息《ためいき》を吐《つ》く。

「なんかあったのかよ」

「あったも何も、俺のグループにいる問題児のことで頭を悩ませっぱなしさ」

内心でだが、橋本のグループのことは当初から気になっていた。

「高円寺《こうえんじ》がいるからな」

「正解だ。自由行動は全員での行動が原則だろ？　普通、まともな神経してるなら話し合って然《しか》るべきなのに、全部あいつの行きたいところに付き合わされてるんだ」

高円寺が大人しく従うタイプじゃないことは明白だが、それは全クラスを含めたグループの環境下でもやはり変わらないみたいだな。

「今日は乗馬体験の出来る牧場にいたようだが、アレは高円寺の希望だったのか」

「なんでそれを？　って……あの騒動を見てたとしても不思議はないか」

頭を抱えた橋本が、湯舟に顔の下半分を沈める。

「駆け抜けていくのを見ただけだったが、あの後高円寺はちゃんと戻ってきたのか？」

十秒ほど沈んだままだったが、肩を竦《すく》め浮上してくる橋本。

「1時間くらいしてな。俺たちは乗馬体験する精神的余裕もなくただ待ちぼうけさ」

それから、どんな自由行動を送ったのかを話しだす。

開幕から地獄の連続らしく、須藤はご愁傷様と呟《つぶや》き両手を合わせた。

「で、昼前くらいからは一応テレビでも有名な店でランチ、なんて予定を立てていたんだが高円寺の奴《やつ》がスキーに行くって言い出しやがってよ。揉《も》める間もなく勝手にスキー場へ直行さ。もうヘトヘトで楽しむ余裕もなかった。これで俺たちの2日目は終わりだ」

ここで無視してその有名店とやらに行ってしまえば、グループの規律違反、か。

なんとも可哀想《かわいそう》な話だ。

「クラスメイトのおまえらなら、何かあいつの対処法を知らないかと思ってさ」

修学旅行も折り返しを過ぎるところで2日を残すのみ。

せめて4日目の自由時間はグループが希望する選択を取りたいんだろう。

「アイツは手に負えねぇからよ。どうにもならねーんじゃねえの」

須藤は思ったままのことを口にする。

冷たいようだが、長い付き合いな分、既に諦めてしまっているだけだ。

「おまえはどうだよ綾小路《あやのこうじ》」

「高円寺を説得するのは現実的じゃない。正直どうすることも出来ないだろうな」

「……非情な現実だな」

「ただ、もしもの時の方法が1つだけある」

「なんだよ。聞かせてくれ」

どんな小さな望みでもいいので、事態を脱却させる方法が知りたい橋本《はしもと》が食いつく。

デメリットさえ許容すれば自由行動が約束されるたった1つの手立て。

それを話し終えると、橋本は納得したように頷《うなず》いた。

「まあ、それくらいしか残されてないってことだよなあ」

「どうするかはグループでよく話し合った方がいい」

「そうするぜ、割と真面目に検討だ」

考え込みながら、橋本は再び湯舟の中に消えていった。

6

大浴場をゆっくりと1時間ほど堪能し浴衣に袖を通した後、オレと須藤《すどう》は共に脱衣所に設置されてある冷蔵ケースから無料のミネラルウォーターのペットボトルをそれぞれ取り出し、腰に手を当てながらそれを喉に流し込む。火照った身体《からだ》に冷えた水が染み渡る。

「っし——覚悟は……決まったぜ綾小路《あやのこうじ》」

「いよいよってことだな」

長湯したことでのぼせているためか、若干顔が赤い。あるいはこれからのことを想像し緊張しているせいでもあるだろうか。堀北《ほりきた》に対し、改めて自分の気持ちを伝える時が来たということだ。須藤は半分ほど残っていた水を一気に飲み干す。

「っぷぁ！　しゃー行くかぁ！」

これからバスケの試合にでも出るように、両頰《ほお》をバチンと叩《たた》き自身に気合を入れた。

「で？　具体的にはどうするつもりなんだ？」

時刻は午後９時半過ぎ。まだ寝ていることはないだろうが、多くの生徒は部屋で友人たちと寛《くつろ》いでいるタイミングじゃないだろうか。一緒に楽しんだり騒いだりしているイメージはないが、堀北が温かく見守っていても不思議はない。

「とりあえず、そうだな……。携帯で電話してみるわ」

携帯を握りしめつつ、暖簾《のれん》をくぐり男湯を出ると……すぐに電話を始めた。

「……お、あ、俺だ。今どこにいるんだ？」

それほど多くのコールを要さずに電話に出たらしく慌ててそう聞く。

「ロビーの？　じゃあ、ちょっとそこで待っててくれ。その、すぐに行くからよ」

通話を切った須藤が呼吸荒く、歩き出しながらこっちを見る。

「旅館のロビーに小さい土産物売ってるコーナーあるだろ？　そこにいるらしい」

「出会うなり告白するなよ？　ロビーだと人目に付く。堀北《ほりきた》も困るだろうから」

「わ、分かってるって」

告白はする側だけでなく、される側のことも配慮しなければならない一大イベントだ。

「でもどこで告白すりゃいいかな……」

「裏庭に通じる廊下なら今の時間誰も来ないんじゃないか？」

裏庭から高台に続く階段を上がると景観を楽しめるちょっとしたウッドデッキがある。

ただ、午後9時以降はその裏庭に出ることが出来ないため、人気《ひとけ》はなくなるはずだ。

「流石《さすが》だな綾小路《あやのこうじ》、持つべきものは友だぜ」

ナイスだと親指を立てて笑う。ガチガチに緊張した笑顔ではあったが。

落ち着かない様子の須藤《すどう》が足早にロビーへ到着すると、堀北はお土産を見ることを中断し近くで待っていたようだ。一方のオレは距離を取り死角になる位置で足を止めた。

ロビーには従業員1名と、生徒数名がお土産を見ていたり椅子に腰かけ談笑しているようで、やはり告白の場には向いていないことが改めて分かる。

何とか身振り手振りを加えながらも、須藤は堀北を裏庭に続く廊下へ呼び出すことに成功したようで、2人並んでそちらの方へ歩き出した。

本当ならここで追いかけるのを止めた方がいいんだろうが、須藤に詰《なじ》られるのも面倒だ。

オレは足音を極力殺しながらその雄姿を見届けるため後をつける。

程なくして読み通りに人の気配は消え、誰もいない廊下の中腹で足を止めた。

「どうしたの？」

振り返り不思議そうにする堀北。オレたちの少し前まで同じように入浴していたのだろうか、薄暗い照明でも分かるほどに、髪が艶《つや》やかに光っている。

「ここでいいんだ」

堂々とした態度が売りの須藤も、好きな異性の前では緊張が勝るのか声量は小さい。

夜の旅館は控えめで穏やかなＢＧＭと静かな喋《しゃべ》り声だけなので、不意な大声は人気のない場所とはいえ避けたいところ。丁度いいくらいだろう。

「俺は……その……」

言《い》い淀《よど》む須藤の態度に、不思議そうに顔を傾ける堀北。特に苛《いら》立《だ》ったり急《せ》かすような態度は今のところ見えない。

これも、堀北と須藤が築き上げてきた２人の信頼関係を示しているのではないだろうか。

出会った頃の堀北なら問答無用で用件を急かしたはず。

と、ここでオレの携帯が震える。

マナーモードにしているとはいえ、この静けさでは聞こえる可能性もある。

そのため画面を見ることもなく即電源を落とした。

気付かれては――いないようだな。とりあえずは一安心だ。

「なあ鈴音《すずね》。俺は……変われてるか？」

告白を切り出すかと思ったが、須藤《すどう》は搾り出すようにそう問いかけた。

「おまえと出会った頃と今の俺に、どれだけの違いがあるのか……気になってよ」

「まだ周りの目が気になるの？」

「それも、ある」

当人を前にして告白の勇気が溜《た》まるまでの間の繋《つな》ぎ。

それと同時に、須藤自身が意識し続けていたことだと思われる。

「そうね。客観的に見れば、あなたは誰よりも大きく変わっているわ。それも悪い方にではなく良い方にね。傍《そば》で長い間見てきたんだもの、他でもない私が保証するわ」

それは堀北《ほりきた》の本心。

いや、堀北だけではなく学校で生活する大勢と一致する意見だろう。

「そ、そうか」

「けれど慢心はしないこと。元々のあなたは、遠慮なく言わせてもらえれば周囲よりもマイナスの状態でスタートした。その後プラスを積んだからと言って、それで簡単に人よりも出来た人間になったと思ってはいけない」

マイナスからの大きな反動に周囲は誤魔化《ごまか》され高評価を下す。

しかし、堀北の言うように蓄積していたマイナスがなくなったわけじゃない。

「そうだな。いや、それはマジでそう思う」

厳しい言葉に須藤は落ち込みつつも、しっかりと受け入れ頷《うなず》いた。

「ハズイぜ。自分のやって来たバカさ加減がよ」

遅刻欠席、最下位だった筆記試験、罵詈雑言《ばりぞうごん》に安易な暴力行為。

何度振り返っても過去は変わることはなく、そして恥ずべき己の歩んできた道。

「しっかり謙虚な心を持てているようね」

頷き、そして堀北は優しく目を細めて微笑《ほほえ》みを向ける。

本人は気が付いていないだろうが、堀北も随分と変わったな。

その変化の大きさはそれほど須藤と遜色ないだろう。

「あなたはもう、無意味に他者を傷つけたり困らせたりすることはない。大丈夫よ」

どうやら堀北は須藤が自分の成長や過去のことに対し迷っていて、そのアドバイスを求めていると解釈したようだ。それが須藤にも伝わったのだろう、慌てて首を振る。

「ち、ちげえんだよ鈴音」

「違う？」

「俺は……俺は……よ……」

オレに宣言したことを思い出したのか、須藤はズバッと右手を差し出す。

だが言葉が動作についてこず、伸ばされ広げられた手だけが目の前に留《とど》まり続ける。

「何？　どういうこ――――」

理解出来なかった堀北《ほりきた》が右手の意味を問いただそうとしたその時。

「俺はおまえが好きだ！　付き合ってくれ！」

喉元を抑えつけようとする羞恥心から解き放ち、ハッキリと言葉にすることが出来た。

声は大きかったが……もうそれは目を瞑《つぶ》ろう。

万が一誰かが聞きつけてきてしまうようなら、オレが察知して防げばいい。

「え――――」

告白をされるとは露ほども思っていなかった堀北は、面食らったように固まる。

「もし付き合ってくれるなら、この右手を握り返してほしい！」

「ちょっと……それは、本気で……？」

そう聞き返そうとした堀北だったが、すぐに言葉を引っ込める。

何かの冗談だろう？　そんなことを口にするのが失礼だと分かるほど、須藤《すどう》の熱量と気合と、想《おも》いが本物であることが伝わったからだ。

堀北は右手を見つめながら唇を閉じる。

すぐに返答をするかと思ったが、堀北は右手を見つめて黙り込んだ。

その沈黙が続けば続くほど告白した須藤の心拍数は上がっているはずだ。

けして心地よいものとは言えず苦しい時間だろう。

ただ堀北にも、考えるだけの時間は与えられて然《しか》るべきもの。

告白とはどちらかだけの想いだけでは成り立たない。

やがて堀北の心の中でも整理がついたのか、言葉を選ぶようにゆっくりと話し出す。

「自分が誰かに告白を受けることになるなんて、これまで1度も考えたことが無かった」

堀北は須藤の熱い想いを受け止め、どう返すのか。

受け入れるのか、断るのか。

あるいは保留といった選択肢もあるだろうか。

沈黙の時間が長引くに連れ、少しずつ須藤の右腕が震え始めたようだ。

腕の痺《しび》れなどではなく、緊張と恐怖。

受け入れてもらえるのかもらえないのか、返答が来ないことに対するもどかしさ。

それでも差し出した手が握り返されると信じ、須藤は頭を下げ続ける。

「須藤くん。私のような人間を好きになってくれてありがとう」

そう感謝を述べる。

しかし、堀北がその右手を握り返す動作を見せることはなかった。

「けれど、ごめんなさい。私は……あなたの想いに答えることが出来ない」

それが堀北が考え、導き出した結論だった。

「そう、そうか……良かったら理由だけでも……聞かせてくれないか？」

顔をあげることが出来ず、須藤《すどう》は右手を硬直させたまま言う。

「理由……そうね。別に須藤くんに不満があるわけじゃな――」

そう言いかけ、止《や》める。

「正直に言うけれど、私はこれまで他人に恋をしたことがないの。今はまだその感覚もないし、どんなものなのか見当もつかない。私を好きだと言ってくれた須藤くんと付き合えば、時と共にあなたを好きになれる可能性もあるのかも、そう思った。けれど……そういった誘発じゃなく、多分本能から誰かを好きになる瞬間を私は待っているのだと思う」

自分の気持ちを確かめるように堀北《ほりきた》はそう須藤に伝えた。

それが断った理由。

初恋を待ち続けたい、そんな願い。

きっと無関係の他人には聞かせることのない、秘められた感情なのだろう。

「そうか……ありがと、な。教えてくれて」

ここまでしっかりと伝えられたからか、須藤は食い下がろうとはしなかった。

「勇気と、想《おも》い。とても強く伝わったわ」

そう言い、力なく下げそうになった右手を堀北は慌てて掴《つか》む。

「あなたの気持ちは確かに受け取った。私なんかを好きになってくれてありがとう」

須藤の震えていた右手が、全てを物語っている。

オレは頃合いだと思い引き返すことにした。心を落ち着けてから戻ってくるのを待ったため、お土産コーナーでも物色しておくとしよう。

7

まだ立ち寄っていなかったお土産コーナーでは、様々な北海道《ほっかいどう》土産が陳列されている。
「そう言えば七瀬《ななせ》がチョコレートのコーティングされたポテトとか言ってたな」
どんなものか探してみるが、旅館は扱っていないのか見当たらなかった。
となると明日のスポット巡りのついでか、最終日の自由行動で探さないとな。
取扱店を探すため携帯で調べてみることにしよう。
「おっと……」
そう思い電源を入れて携帯を確認すると、一気に大量のメッセージと着信履歴が。
もちろん相手は恵《けい》だ。
『どこにいるの？』
『昨日も今日も全然会えてない』
『取り込み中？』
『会いたいな』

『会いたいなあああ』

などなど、アプリを開くと数秒置きに送られてきたメッセージに一斉既読が付いた。

直後電話が鳴る。

『う――――！』

猫の唸《うな》り声《ごえ》のような感じ、と表現すると例えとして適切だろうか。

「怒ってるのか？」

『怒ってないけどさぁ！』

なるほど、物凄《ものすご》く怒っていることだけは確かなようだ。

『ちょっとくらい相手してくれたって良くない⁉』

「悪い。修学旅行中だが、色々とやるべきことが多いんだ」

『それは仕方ないのかもだけど！』

「ちゃんと第11グループのことは櫛田《くしだ》から情報を貰《もら》って、恵が上手《うま》く立ち回ってることは確認済みだ。だから勝手に安心していた」

『ふぅうん？　櫛田さんとは楽しそうだね！　可愛《かわい》いもんねぇ！　浮気者！』

「同じグループなんだ仕方ない。それに分かってるだろ櫛田がどういう人間か」

『そんなの関係ないし。胸も大きいし！　……清隆《きよたか》は……あーん！』

「分かった分かった。今からなら時間が取れるから、どこかで落ち合おうか」

『ホント!? じゃあ遊びに行こうかな！』

非常に現金なもので、すぐに明るい声になって戻って来た。

「それはやめておいた方がいいんじゃないか？　オレの部屋には龍園《りゅうえん》もいる」

『あ……そっか』

「今はどこにいるんだ？」

『部屋だけど、多分女子３人はまだお風呂じゃないかな。さっきまであたしも一緒だったんだ。だけど清隆《きよたか》に連絡したくて先に戻って来たの』

身体《からだ》の傷を深く気にしていた恵《けい》だったが、どうやら完全に振り切れたようだな。

「部屋の鍵を預かってるから１回部屋に戻る。その後連絡するから待っててくれ」

『うん！』

お土産コーナーで須藤《すどう》を待つこと５分弱。戻ってくる気配が一向にないため、オレは不思議になり裏庭に続く廊下の様子を見に行ってみることにした。

すると、告白時と同じような位置に須藤は１人立ったままだった。

堀北《ほりきた》の姿が見えないため、既に帰した後なのだろう。

「須藤？」

恵が待っていることもあるため、悪いと思いつつこちらから近づいて声をかける。

「あーチクショウッ！」

声を聞く限り苛立《いらだ》った顔をしている可能性もあったが――。

「っぱダメだったわ……！」

振り返った須藤の顔には悔しさこそあったが、晴れやかな様子をしていた。

「いや悪い。鈴音《すずね》の手の感触が忘れられなくてボーッとしてた」

「そういうことか」

「見ててくれたか？　見事に惨敗だったぜ」

「だとしても誇っていい玉砕だった」

まさに男らしさ全開の、そんな告白を見せてもらった。

「もし告白を断られてもよ、諦めるつもりはなかったんだ。また来年、もっとデカくなった自分を見せて再度告白しようとか、そんな風に考えたりもした。でもありゃダメだな。少なくとも俺には届かねえって思い知らされた」

離れて見ていたオレには分からない何かが須藤には感じ取れたようだった。

「諦めるとか諦めないとかそういう次元じゃねえ。好きな気持ちに変わりはねえけど、なんつーかな、届かない憧れの華みたいなもんになっちまう気がする」

上手《うま》くまとめられなかったようだが、そう言ってちょっとだけ笑った。

「小野寺《おのでら》のことはどうするんだ？」

「んなの分かるかよ。あいつの本心をおまえだって別に聞いたわけじゃないだろ？」

「そうだな」

「ま、なるようになるだろ。小野寺《おのでら》は良い奴《やつ》だし、趣味も合うし。鈴音《すずね》のことで邪念がいっぱいだったのも無くなったし、フェアにつるんでいける気はしてる」

恋に発展するかどうかは二の次ってことだろう。

「言っとくけどよ、この先も勉強はバリバリやるぜ。今までは別の誰かのためだったが、今日からは俺自身のために全力でやる。当面の目標は平田《ひらた》辺りだな」

「それはまた随分と大きく出たな」

もしその壁を越えたなら、いよいよ相手は堀北《ほりきた》や啓誠《けいせい》という学年トップ層だけになる。

振られたことで意気消沈し続けることなく、高い目標を見据えられたようだ。

8

早歩きで客室まで戻ってくると、部屋の前には堀北が立っていた。

「何してるんだ？」

「あなたを待っていたのよ」

「オレを？」

嫌な予感がしたのでとぼけてみせたが、堀北の表情は硬い。

「あなたも意地が悪いのね綾小路《あやのこうじ》くん。見ていたんでしょう？」

「何のことだ」

「あなた、さっきお土産コーナーにいたわよね？　普通なら偶然近くにいただけと考えるんでしょうけれど、あなたの場合は偶然とは考えないようにしたの」

なんて強引な考え方だ。ただし、それで合っているわけだが。今後堀北に対して似たような手段を取ることがあれば、見つからないようにしないとな。

「今度は見られないようにしようと考えてるのよね、分かるわよ？」

「……お見事」

素直に拍手して、その鋭い読みを褒《ほ》め称《たた》える。

「須藤《すどう》に頼まれたことだ。告白するところを見守ってほしいと」

「だとしても、それは女性側――――私への配慮が欠けているとは思わない？」

「思わなくはない」

「須藤くんもまだまだね。あなたに見学するようにお願いした部分は減点だわ」

呆《あき》れつつも、そこまで怒っている様子ではなかった。

「それで？　わざわざ見物してたオレに文句を言うためにここまで来たのか？」

「そうよ」

これまた遠慮なくハッキリ言うな。

「なんて半分冗談。本当はちゃんと話があるの。けれど随分と部屋に入りたそうね」

「別にそういうわけじゃないが……。出来れば明日にしてもらえないか」

「どうして？」

「先客から強い催促を受けてる。この2日間全く相手にしていなかったからご立腹だ」

「なるほど、軽井沢《かるいざわ》さんね」

大半のことなら後にしなさいと言うつもりだったのだろう。考え込む堀北《ほりきた》。

「じゃあ明日の夜。この時間に顔を貸してくれると約束できるなら許してあげるわ」

「分かった、約束する」

この場ではこれ以外の選択肢がないため、そう答えた。

鍵を部屋に居た鬼頭《きとう》に託して恵《けい》の下へと向かう。公認のカップルとして既に多くに認知されてはいるものの、池《いけ》や篠原《しのはら》たちのようにどこかしこにでもというわけにはいかない。

落ち合うことに決めたのは複数の貸切風呂があるエリアだ。

その後、合流するなりこっぴどく叱られたが、すぐに甘えモードになった恵を抱き寄せ機嫌を直してもらい、しばらくの間ゆっくりとした時間を過ごした。

○修学旅行3日目

朝9時に旅館をバスが出発すること50分弱。

札幌《さっぽろ》駅近くにバスは停車し、今日の始まりとなる目的地に辿《たど》り着《つ》いた。

ここには札幌市時計台も設置されており、観光するには打ってつけの名所が立ち並ぶ。

今日も今日とてグループ別での行動になっているが、昨日までと違う点が1つある。

学校から課せられたちょっとした試験。制限時間（午後5時まで）に予《あらかじ》め決められた15箇所の目的地から、どの組み合わせでもいいので合計6箇所のスポットを巡る。

各スポットの指定された撮影場所に辿り着きグループ全員で記念写真を撮ることで1箇所巡ったと認められる。これを繰り返すというものだ。

意図的にメンバーをバラバラにして浅知恵で得点を集めるグループや、連帯行動が取れず身勝手な行動をする生徒がいるグループはクリアできない仕組みとなっている。

失格条件は時間制限内にスポット巡りが6箇所未満で終わった場合のみだ。その場合は修学旅行4日目の自由行動が剥奪《はくだつ》され、午後4時までの勉強会が旅館内で実施される。

また各スポットには得点が設定されていて、6箇所で合計20点以上を得ることが出来たグループは全員が3万プライベートポイントを得られる報酬付きだ。ただし得点の大小は失格に影響しないため、報酬を目指すかどうかはグループに判断が委ねられる。

また写真が鮮明でなく人物の特定が出来ない場合などはカウントされない。報酬を狙うかは別問題として、明日の自由行動を満喫したいと考えるのなら、生徒たちは真剣に、そして協力し合ってスポット巡りをする必要がある。

また公共機関の利用回数などに制限はないが、タクシー移動は禁止とされている。どんな方法でスポットを巡ったかを記録することも必要だ。

この3日目も自由行動の方が生徒たちとしては嬉《うれ》しいだろうが、オレとしてはこんな風に学校側に与えられた条件をもとに北海道《ほっかいどう》を歩くのも悪くないと思っている。単に自由行動だけを与えられていたら、限られた観光地巡りやスキーをしているだけで修学旅行が終わってしまう。強制力を持って北海道を見て回れるのは純粋に楽しみだ。

バスから降車する際にパンフレットを手渡される。

学校オリジナルのパンフレットでここに巡るべきスポットが書かれているようだ。

札幌《さっぽろ》市《し》時計台、さっぽろテレビ塔、北海道立近代美術館が1点。中島《なかじま》公園、北海道神宮《じんぐう》が2点。札幌市円山《まるやま》動物園、北海道博物館、中央卸売市場場外市場が3点。モエレ沼公園、白い恋人パークが4点。藻岩山《もいわやま》が5点。サンピアザ水族館が6点。定山渓温泉《じょうざんけい》が7点。そして支笏湖《しこつこ》とウトナイ湖が8点。

ただスポットに着いて終わりでないことにも注意が必要だ。

札幌市円山動物園なら、園内に入りホッキョクグマもしくはホッキョクグマの館をバックにして撮影することがスポット巡り達成の条件となる。

「なんかびっくりしたね。この学校らしいっていうか……」

バスから降りてきた櫛田《くしだ》が声をかけてくる。何故《なぜ》か明後日《あさって》の方向を向いて。

「オレはこっちだぞ」

「あ、ごめんごめん。なんか全然分からなかったよ～」

そんなはずはないのだが、いや、そう言っている間もこっちを見ていない。

そんな不自然さを本人も強く意識したのか、ぐるっと首を回して笑顔を見せた。

「ちゃんとやらないと勉強会で１日潰されてしまうのは痛いな。昨日、何の制限もなく丸１日自由行動をさせてくれたのも、このスポット巡りが関係していたからなんだろうな」

「そうかも知れないね」

さて、問題はオレたち第６グループがどのような選択を取るかだ。

スポット巡りは修学旅行前から説明されていたが、自由行動を賭けたちょっとした試験のようなものであることや、プライベートポイント報酬のことはバスの中で聞かされたばかり。つまりグループの方針は現時点で決められていない。

プライベートポイントの報酬を狙って動くグループは制限時間に間に合わないといったケースが出てくることも考えられ、リスクが伴うのは避けられない。

その場に留《とど》まって話し合いを持つグループもあるようだったが、ほとんどのグループは同じ方向に向かって歩き出した。

「やっぱり目と鼻の先の札幌市《さっぽろし》時計台に向かうグループが多そうだね」

高得点の支笏湖《しこつこ》やウトナイ湖を目指す戦略もあるが、リスクは高い。

「歩きながら話し合いをした方が効率もいいからな」

王道としては、櫛田《くしだ》が言うように札幌駅地点から時計台へ向かい所定の場所で撮影後、大通公園《おおどおり》からTV塔前に向かうのが最初の無難な流れになるだろうか。

短時間でお金をかけず、スポットも2箇所巡れる。

しかし、20点以上を目指す過程で理想的かどうかは現時点では不明だ。

その後、オレたちの第6グループも8人全員が降車を済ませる。

「今地図アプリで簡単に検索してみたんだけど、タクシーが使えたとしても高得点の6箇所を巡ってたら数時間は軽くかかっちゃうみたい」

網倉《あみくら》の出した計算には、撮影場所まで辿《たど》り着《つ》く時間などは考慮されていないはず。

公共機関をフル活用しても、時間内に高得点だけを巡るのは不可能だろう。

「誰か北海道《ほっかいどう》に詳しいヤツとかいないのか?」

渡辺《わたなべ》が、第6グループのメンバーにそう問いかけるも、良い返事はなかった。

オレも他の生徒たちと同じく北海道での移動方法や効率的な手段などの知識を持ち合わ

せていないため、どこをどう巡ることが効率的であるかは、調べなければ導き出せない。

「ん～～。地図アプリでルートを出そうと思っても、どこに何があるかも分からないから順番がぐちゃぐちゃになっちゃうね」

網倉は地図アプリと格闘しながら、目的地を適当に打ち込んでいたようだ。

スポットは現在地から東西南北に散らばっているため、位置関係の把握から始めなければならないだろう。それに必ずしもスポットに公共交通機関が通っている保証はなく、それにパンフレットに書かれた一覧の中に、学校側が意地悪な難度の高いスポットを用意していないとも限らない。

「プライベートポイントが貰《もら》えるといっても3万だしな。折角《せっかく》観光地を巡るんだから、報酬のことは忘れて楽しむってのもありじゃないか？」

そんな渡辺の提案も正しい答えの１つだ。

時間内に20点を稼ぐためだけにスポット巡りをするとなると楽しみは半減だ。

ゆっくりとその土地土地の景色を楽しむ暇もない。

「ってことで、俺は無理しないでいいんじゃないか派だ」

「私も、個人的には行きたいところに行く方がいいと思うな。動物園とか行きたいし」

普段学校の中で生活している生徒たちには、動物園や水族館に行ける機会はない。

折角の機会を無駄にしたくないと考えるのも自然な流れだ。

「皆《みんな》で行きたいところの希望を聞いて、まずは組み立ててみようよ」

得点を無視した状態で、まずは行きたいところを募集する提案をする網倉《あみくら》。するとオレを含めあっさりと6人が得点を放棄して最低限の数スポットをのんびり巡ることで意見が一致した。

しかしこれはグループ全員で話し合い、決める必要のあること。

ここまで賛成も反対もしていない鬼頭《きとう》と龍園《りゅうえん》の考えが残っている。

「鬼頭は？」

ここまで沈黙を貫いている鬼頭に、渡辺《わたなべ》が確認する。

「異論はない」

問いかけると好意的な返答が返ってきたため、ひとまず安堵《あんど》する渡辺たち。

これで7人。最後の1人である龍園の返答は——戻ってこない。

「あ〜……えっと……」

渡辺が聞くことを躊躇《ちゅうちょ》したので、ここはオレが聞いて答えを確認することに。

「全員の意見は一致した。沈黙は同意ととらえていいのか？」

しかし8億ポイントを貯《た》めると宣言した龍園だ。自《おの》ずと答えは見えてくる。

「得点を取りに行く」

シンプルな返答、つまり7人とは対立する方向性を言葉にした。

もちろんこのスポット巡りをどう考えるかは個人の自由だ。プライベートポイントのためにスポット巡りを優先するグループもあるだろうからな。ただ、こうして意見が分かれると追加の話し合いは必然発生する。

渡辺が余計に怯《ひる》んでしまったので、続けてオレが話を聞くことにした。

「一応理由を聞こうか」

「決まってんだろ、プライベートポイントだ。俺はたかが3万とは考えちゃいねえ」

各クラスが得るポイントは2人合わせて6万。

8億の割合で見れば塵《ちり》ほどでしかないが、着実な1歩であることも事実。

「目の前に落ちてる金を拾わない理由はねえだろ。おまえらは黙って従え」

このスポット巡りには管理ミスによる時間切れや得点不足のリスクはあるものの、基本的にデメリットは存在しない。ルールを順守し目的を達成すれば、学校側からプライベートポイントが貰《もら》える。つまりプラス要素しか存在しない。

貰えるものを貰わないという行動が、損であることは確かな事実だろう。ただ7人の意思を無視するような強気な態度に、もちろん鬼頭が黙っているはずもない。

「貴様の満足のために全員が従えと？」

「ああ。悪いか？」

「民主主義を無視したやり口だ。この場合多数決で決めるべき問題と考える」

「知るかよ。いつからこのグループは民主主義とやらになったんだ？」

「そもそも貴様が小銭に執着するのが納得いかん。どうにも信じられないな」

「だったら、テメェはなんだと思ってんだ？」

何度目かはもはや数えてもいない。

龍園《りゅうえん》と鬼頭《きとう》のぶつかり合いに、誰も口を挟むことが出来ずにいた。

「グループの一致が気に入らず、掻《か》き乱《みだ》すためだけに発言したとしか思っていない」

「なるほど、実際はそうかもな。おまえの不満そうな顔が見れるのも悪くはねぇ」

この2人だけで話を続けさせていたら、すぐ危険な方向に突き進む。

「公共機関を使うのにも多少はプライベートポイントも必要だ。それも差し引くと最終的には1人当たり3万プライベートポイントは残らないが、それでもか？」

詳細な金額は現時点では分からないが、ある程度の出費は必要だ。

「それでもだ。仮に2万近くに報酬が落ちても取りに行くことを放棄するつもりはないな」

気が付けばバスの周囲にはオレたちのグループだけが取り残されていた。

「こうしてる間にも貴重な時間が無駄になる。それを分かってんだろうな鬼頭」

さっさと認めて適切なルートを調べさせろ。そんな龍園からの強めの圧力がかかる。

無論、火に油を注ぐようなこの発言で鬼頭が大人しくなるはずもない。

「断る。もし貴様がプライベートポイントに固執し多数の意見を無視するつもりなら、俺はこのスポット巡りに協力する気はない。つまり、プライベートポイントを得るどころか明日の自由時間剥奪《はくだつ》は避けられないということだ」

どうやら鬼頭は徹底的に歯向かうつもりのようで、龍園の意思を受け入れないと断言。

そう改めて強く抗議した。

「ククッ、少数になるのはおまえの方だぜ鬼頭。どうせ時間が経《た》てばこいつらは俺に従うしかなくなるだろうしな」

何の益にもならないスタート地点で我慢比べでも始めるつもりなのか。

梃子《てこ》でも動かない龍園を動かすには、プライベートポイントを集める方向で舵《かじ》を切るのが一番楽だ。６人にとっても３万の収入は悪い話ではなく、デメリットばかりではない。

それに明日の自由行動が保証されれば今日出来ない観光の穴埋めをすることも出来る。

鬼頭を除く６人が龍園の方に傾けば、それが多数の意見になるという寸法。

「仮に全員が無理やり貴様についても、俺が従わん」

そうなれば、形上は７対１で鬼頭が悪役になる。

「テメェ１人でグループをぶち壊すってんなら金を諦める価値があるかもなぁ？」

「望むところだ」

悪役になることなど慣れていると言わんばかりに、鬼頭は怯《ひる》む様子を見せなかった。

「お、落ち着けって鬼頭。自由時間まで無くなるのは流石《さすが》に……！」

ここまでオドオドしていた渡辺《わたなべ》だったが、流石《さすが》に口を挟むしかなくなる。

「なら龍園《りゅうえん》を言いくるめるんだな」

「う……」

どうしたものかと渡辺が頭を抱える。

「そ、そうだ、西野《にしの》。クラスメイトとして龍園にガツンと言ってやってくれよ」

「ガツンと言うのは簡単だけど、それであいつが考えを変えるはずないでしょ。私無駄なことはしないから」

既に付き合いの長い西野にはこの先の結果が見えているんだろう。

こうなった以上どうにもならないと、早くから諦めムードを出していたからな。

「……ねえ、ちょっといいかな。……この状況、どうしたらいいと思う?」

腕を引っ張られ、少し離れた位置で櫛田《くしだ》に耳打ちをされる。

「龍園に従う方が無難だと思ってたけど、鬼頭《きとう》があんな感じになっちゃったし。だからって鬼頭に合わせても龍園は動かないし。ホント勝手な連中だよ」

黒い部分が漏れ出しているのか、2人共呼び捨てにされていた。

「解決方法がないわけじゃない」

「そう、なの?」

「ただ出来ればオススメはしたくないところだ」

「一応教えてくれる？」

「龍園が欲しいものはプライベートポイントで観光は不要。一方でオレたち７人が欲しいのは行きたいところに行き観光を楽しむことだ。鬼頭の意見もこっち寄りだな」

「うん。相反してるよね」

「それなら７人で身銭を切ればいい。鬼頭は反発するだろうから実質６人か。１人当たり５０００プライベートポイントを捻出して龍園に献上すれば、文句は出ないだろ？」

「あ、なるほど、そういう解決方法もあるのか……」

だが龍園のことだ、個人に３万払っただけでは納得しないかもな。

オレは櫛田に耳打ちを続けリスクを話していく。このグループが報酬を受け取る時、各クラスには６万プライベートポイントが入る。つまり、最低でも同じクラスの西野に対しても３万を要求し徴収するくらいのことはやってくるはずだ。西野が辞退しても、結局龍園が懐に仕舞《しま》い込《こ》むために要求はするだろう。

こうなると５人で６万プライベートポイントの負担となり、１人当たり１２０００プライベートポイント。観光を楽しむためにそれだけの金を払うのには抵抗も生まれる。

「安くはない……ね」

そもそも得しかないスポット巡りのはずが、損に転じることになってしまう。

その後の観光を素直に楽しめるかも怪しくなってしまう話だ。

また少数派の強引な姿勢に多数派が屈するのも、グループとして悪い例を作るだけだ。

「それと最悪、もっと寄越《よこ》せと言ってくるリスクも考えなきゃならない」

「はあ？　そんなふざけた話……あいつなら全然やってくるか……」

「そういうことだ」

「綾小路《あやのこうじ》くんの言いたいことがよくわかったよ。それはオススメしないわけだね」

「小細工せずまとめるのが一番だな」

「平和的に話し合いを持つのは簡単じゃないよ。っていうか無理じゃない？」

確かに龍園《りゅうえん》や鬼頭《きとう》が簡単に折れることは考えにくく、足止めを食らうのは必至。

「そうだ。もう我慢比べって言うのはどう？　20点以上集めるには結構無理しなきゃいけないでしょ？　ここで30分、１時間って使っちゃったら厳しくなるよね」

スポットで得点するための猶予時間を使い切らせる戦略か。

ただその選択も、色々と問題が内包されている。

「時間が足らないと龍園が判断したとして、その後に大人しくスポット巡り、観光を楽しんでくれる保証はない。結局崩壊だ。明日の自由時間は間違いなくなるだろうな」

「あぁ……そっか。見え見え、だろうしね」

ここで取れる手段はそう多くない。

多少リスクを覚悟でなんとかまとめる方向を目指すしかない。

「オレも貴重な今日を捨てたくはない。ここは動くために痛みを伴うしかないな」

「……どうするの？」

１つの結論を出したが、その前に重要なことに気が付く。

周囲に聞かれないためとは言え、櫛田《くしだ》との距離が近い状態が長引きすぎた。

明らかにオレと櫛田だけが内密な話をしている図が、露骨に浮き彫りになっている。

「おまえ……軽井沢《かるいざわ》と付き合ってるんだよな？」

ちょっと睨《にら》みながら、渡辺《わたなべ》が言ってきた。網倉《あみくら》も良い顔はしていない。

「作戦会議だ。そうだよな櫛田」

「もちろんだよ。今綾小路くんと意見が一致したところ。ね？」

そう言って櫛田がオレからサッと物凄《ものすご》く離れた。

露骨に嫌な奴《やつ》から離れるようなオーバーアクションで、あまり心地よくはない。

だがそれで渡辺たちが納得したようなので、正しい動きなんだろう。

気を取り直し、睨み続けている鬼頭と、意に介さず携帯を見ている龍園の元へと近づいていく。そして両者に背中を向けて５人と向き合う。

「龍園と鬼頭を除いたメンバーに改めて確認したいことがある。今の段階で意見がどうなっているか、再集計を取りたい。観光を優先するか、プライベートポイントを優先するか。後者に考えが変わっている者がいるなら挙手してほしい。場の空気を読む必要はなく自分の意思を示してくれ」

渡辺《わたなべ》たちはそれぞれ様子を窺《うかが》っているが、誰一人手を挙げようとはしなかった。

態度を見ていれば分かるが嘘《うそ》を吐《つ》いていそうな者はいないようだな。

つまり観光優先で、高得点を狙う方針に賛同している者はいない。

「だからどうした？　何を言われても俺は意見を変えねぇぜ綾小路《あやのこうじ》」

援護してくれる味方がいなくても、おまえが気にしないことは知っている。

「悪いが、今は5人と話がしたい」

1度振り返りすぐに龍園《りゅうえん》から視線を切って、オレは5人に話を続ける。

「この状況になってしまった以上、8人全員がまとまることはなく、話し合うだけ時間の無駄だとオレは結論付けた」

「じゃあどうするつもり？　龍園に合わせるってこと？」

西野《にしの》も観光をしたい1人として、不満を隠そうとしない。

「いや、それは無い。個人の意見は最大限尊重されるべきだが、グループである以上発言権の効力は8分の1でしかない。またそうでなければならない。鬼頭《きとう》の龍園に対する反発、これも所詮8分の1だ。オレの意見を交えなくても、ここにいる5人は半数を越える8分の5の発言権を持っている」

「そんなことわかってるって。けど、それじゃ話し合いがまとまらないから困ってるんだろ？　8分の1でも8分の5でも、全員が同じ選択しなきゃ前に進めないんだからさ」

「そうだな。ただ、この状況をどうするかの権利を有しているのは紛《まぎ》れもなく5人だ。龍園のやり方や考え方に賛同できないのなら従う必要はない。つまり、プライベートポイントを獲得する選択を放棄させることが出来る。今すぐスポット巡りなんて考えを捨てて、各自自由に観光をすればいい」

「……明日の自由行動を捨てるってこと？」

「正解だ。ここで龍園の目論《もくろ》み通りに行動しても、結局明日の自由行動でグループの行きたい場所に行ける保証はない。旅館を出ないと言い出したら、その時点でこのグループには外出することすら出来なくなる。一方で、今日の自由は約束される」

「けど5時までだろ？」

「それは違う。午後5時までなのはスポット巡りをして明日の自由行動まで考えているグループのやることだ。オレたちは旅館に戻らなければならない門限午後9時まで好きにする権利がある。しかも個人で好き勝手に行動してもいい。仲の良い友人がいるグループに紛れ込ませてもらってもいいだろう。それを学校側が咎《とが》めることは出来ない」

4日目を捨てて3日目を誰にも真似《まね》できない完全な自由行動に変えてしまうこと。

これが5人だけに許された絶対なる権限だ。

「どうするかを決めるのは龍園や鬼頭じゃない、そのことをよく考えてもらいたい」

「……そうだね」

櫛田《くしだ》は余計な会話をすることなく、メンバーたちの目を見て意見が１つにまとまっていることを確信する。

「龍園《りゅうえん》くん、私たちはやっぱりプライベートポイントの獲得を狙わない。今日は皆《みんな》で行きたい場所を話し合って、楽しい１日を過ごしたいと思っているから。もし従えないっていうなら、多分ここからバラバラに過ごすことになる。その後どうなるかは今綾小路《あやのこうじ》くんが言った通りだよ。明日はみんなで仲良く１日勉強会かもね」

その言葉に西野《にしの》が笑い、網倉《あみくら》や渡辺《わたなべ》、そして山村《やまむら》も覚悟を決めるように頷《うなず》いた。

呼応するように、鬼頭《きとう》が僅《わず》かながら唇の口角を上げる。

「良い提案だ。俺もそれに乗らせてもらおう」

ここまで龍園への反骨心だけで反対していた鬼頭が、５人側の味方に付く。

全員が結論を出したことで、龍園に実質初めてのボールが渡ったことになるだろう。

櫛田たちの意見に従いプライベートポイントを諦めるか、反抗し解散とするか。

どちらにしても望むプライベートポイントは手に入らない。

それどころか、明日の勉強会までおまけでついてくる。

「余計なことをしてくれたな綾小路」

言葉では不満を述べていたが、本心から不満を抱えているようには見えなかった。

周囲の者たちには単なる強がりに見えているだろうけどな。

「旅行先にまで来て勉強なんざ真っ平ごめんだからな。従ってやるよ」

どこまでも抵抗される線もあるかと思ったが、龍園は引き下がった。

もし解散することでプライベートポイントが得られるのなら、迷わずそうしたんだろうが、得が無いと分かった以上トラブルを回避した形だ。

その後オレたち第６グループは、学校の指示に従いつつも旅行らしい旅行として、市街地周辺のスポットや希望だった動物園を巡った。

結果、集めた得点は20点に及ばなかったが満足を得られる有意義な時間だった。

1

３日目の夕食。前日までの２日間は朝も夕も和定食、懐石料理だったが、今日の夜から帰宅となる明後日《あさって》の朝食までは食べ放題のビュッフェ形式に変更される。もちろん食べ放題は人生で初めての体験だ。

食事に関しては昨日までと同様にグループ行動は関係ないため、自由に空いた席で食べて構わない。既に多くの生徒たちがトレーを持って所狭しと歩き回っていた。彼女の恵《けい》も今日は多くの女子たちと行動を共にし、遠方からも時折笑い声が聞こえてくるほどだ。

気兼ねなく1人での行動が許されたオレは、周囲の生徒たちを見てルールを学ぶ。

積み上げられたトレーを手に取り、各料理の傍《そば》に置かれた用途別の食器を自由にトレー内で組み合わせ、既定のルートを巡って順次料理を取っていく流れのようだ。

まずはサラダボウルを乗せ、レタス、トマト、タマネギ、ピクルスなどを盛っていく。

ドレッシングは5種類から選ぶことが出来るようなのでタマネギドレッシングを選択。

「……面白いな」

決められたものが出てくる食事と違い、自分で細かく選択していくと個性が強く出る。

つい、栄養バランスを重視した料理に食指が伸びてしまう。その一方で周囲の生徒たちは、一緒に食事するメンバーに合わせて同じようなものを取る者もいたり、少量で沢山の種類を1度に用意する者がいたりと、本当にパターンは様々だ。

続いて惣菜《そうざい》の列に並ぶと、後ろに続々と生徒が並び集まり始めた。

少し早めの夕食のためまだ生徒は少ないんじゃないかと思ったが、むしろ逆だ。

オープンを狙っていた生徒たちの方が多いらしい。

和食がメインでありながらもステーキやシュウマイ、コーンスープなどもあった。

「よう綾小路《あやのこうじ》。おまえ、もしかして1人で食べるつもりか？」

一通り揃《そろ》えたところで席を探そうとしていると、手ぶらの石崎《いしざき》に声をかけられた。

「そのつもりだ」

「んじゃさ、俺と食おうぜ。さっき西野《にしの》のヤツにも声かけたんだよ１人だったから。１人で食うのは寂しいだろ？」

「いや……まあ、そうだな」

断る理由も特にないため、ここは石崎の好意に甘えておいた方がいいか。

席まで案内してくれる石崎についていくと、西野が軽く手を挙げた。

更にアルベルトもいるようでサングラス越しに目が合った気がした。

石崎のものだと思われる大量の食事が載ったトレーの横に腰を下ろす。

「んじゃ、俺まだちょっと追加で取ってくるものあるからよ。先に食っててくれよ」

声をかけてきたとき手ぶらだったのは、取りに行くものがあったからか。

石崎は鼻歌を歌いながら、また食べ物が立ち並ぶ場所に戻っていく。

「おまえも石崎のお節介に誘われたんだってな」

「断ったけどしつこくてさ」

「仲間を放っておけないタイプなんだろ」

「どうだか。入学した直後は結構暗かったんだけどね、もっと尖《とが》ってたし」

確かに最近は、随分と明るいイメージだが入学当初とは違うかもな。

接点がほとんどなかったので、印象に残っていないのが正直なところだが。

「当初は龍園《りゅうえん》を嫌ってたみたいだし、反骨精神が強かったのかも知れないけどね」

抑圧されていて分からなかったようだが、恐らくあれが本来の石崎《いしざき》の姿なんだろう。

ある種ずっと変わらない印象なのは、黙々と食べているアルベルトかも知れない。

大きな手で器用に箸を使いこなしている。

「おっしゃあ！　持ってきたぜカニ！　カニ三昧だ！」

戻ってきた石崎はトレーに大皿を載せ、更にそこにはカニだけが大量に積まれていた。

テーブルに置いた勢いでポロッとカニの脚がトレーに落ちる。

「……凄《すご》い量だな」

「北海道《ほっかいどう》つったらカニだろ。どいつもこいつも狙ってたからよ、急いで掻《か》き集《あつ》めてきた」

「あんたってホント下品よね」

確かに色とりどりのメニューの中でカニのところには多くの生徒が集まっていた。

オレはその群れの中に入るのが嫌で1周目で取ってくるのは諦めたが。

「何が下品だよ。ここはバイキングだぜバイキング！　取り放題なんだよ！」

取らなきゃ損だと持論を展開する石崎。

「まずそのバイキングって言い方限りなくダサいからやめない？」

「は？　バイキング以外になんていうんだよ」

「ビュッフェよビュッフェ」

「ブッフェ？　いや、それこそダサくねえか？　なんだよそれ」

呼び方の違い、まあ細かく言えばルールは違うと思われるが、そんなことよりも西野《にしの》が気にしているのは皿一杯に盛られたカニだろう。

「……細かいことはいいんだよ。俺はバイキングを楽しみにしてたんだからよ」

「……他の人のこと考えたら？　カニってメイン料理の1つなんだし」

「はあ？　そんなことしてたら他のヤツに取られるだろ。それに食べ放題なんだからたんまり用意してるだろうしな」

まあそれも一理あると言えば一理あるが。

振り返った石崎《いしざき》が指さす先では、料理人が忙《せわ》しなく茹《ゆ》でたカニを補充している。

最悪、間違いなく食べきれるというなら止める権利はないだろう。

「あーヤダヤダ」

そう言って、西野は石崎から視線を逸《そ》らして茶碗蒸《ちゃわんむ》しをすくいスプーンで口に運んだ。

隣で黙々と食事しているアルベルトはというと……。

選んだラインナップはナスのお浸しに、ほうれん草の胡麻和《ごまあ》え、刺身各種にみそ汁とご飯などなど。どこからどう見ても和食に染め上げられている。

「和食好きなんだな」

そう言うと、アルベルトは箸を1度丁寧に並べて置いて、無言で親指を立てた。

それからすぐに食事に戻る。食べ方も、ガツガツ食べている石崎より非常に丁寧だ。

「おう綾小路《あやのこうじ》。龍園《りゅうえん》さんと一緒のグループになったけどよ、上手《うま》くやってんのか？」

「オレは別に特別なことはしてない。他のグループメンバーが上手くサポートしてくれてるお陰でそれなりにまとまってる」

「スキー場で喧嘩《けんか》騒動があったことを知らないみたいな口ぶりよね」

巻き込まれた当事者の１人として、辟易《へきえき》した様子で思い出す西野。

「なんか他校のヤッと揉《も》めたんだって？　くそー、俺もその場にいればなぁ！」

「あんたまでいたらもっと大変だったって。なんで男はこうも血の気が多いんだか」

それを言うなら西野もそれなりに勇ましい様子だったけどな。

ちょっかいを出される山村《やまむら》の盾になるように、物怖《ものお》じせず言い返していた。

「おまえだって血の気の多い女だろ」

カニを頬張《ほおば》りながら石崎がケラケラと笑う。

「っさいわね。てか食べカスを飛ばさないでよ汚いんだから」

「おまえも龍園さんに迷惑かけてないだろうなー？　ちゃんと命令聞けよ？」

「あんたが妄信するのは勝手だけど、なんで私まであいつに従わなきゃならないわけ」

石崎とは喧嘩口調ながらもちゃんとキャッチボールをしている。

流石《さすが》に勝手知ったるクラスメイトといったところだろうか。

ただグループの中の西野を定期的に見ているが、口数こそ少ないものの迷惑をかける様子もないし、山村《やまむら》のこともそれなりに気にかけているなど心優しい一面もある。

「ずっと思ってたんだが、西野《にしの》は龍園《りゅうえん》が怖くないのか？」

「そりゃ、まああいつがマジになってる時はヤバイ感じするけどね。ウチの馬鹿兄貴も不良やってたからちょっと耐性があるのかも」

身内に似たようなタイプがいるってことか。

それなら喧嘩《けんか》騒動でも強気に言い返していたことに納得だ。

「学生のうちにちゃんとしておかないと苦労するのなんて目に見えてるのに。兄貴なんてバカなノリで高校中退してろくな仕事も見つからなくて、相当苦労してた」

思い出すのも嫌なのか、何度も重たいため息をつきながらそう話す。

「どうなったんだ？」

「一応地場の建設会社が拾ってくれて、そこの現場で毎日必死になって働いてる。安月給だけどね」

現実を間近で見ているからこそ、龍園や石崎《いしざき》の先々を思いため息しか出ないわけだ。

今好き勝手していることで、後で苦労する。これは不良かそうでないかに関係なく、社会に通じる常識のようなものだろう。

タレント性の高い芸能関係やクリエイター関係、また身体能力が重視されるスポーツ関連を除けば、基本学歴は高い方がいい。

学業を頑張って上積みした分だけ、後で楽な位置からスタートできる可能性が高い。

「おまえ、そんな見た目して結構頭いいもんな」

「そんな見た目だけは余計。しかもそれ、あんたから見たらよく見えるだけでしょ」

「わはは！　そうかもな！」

石崎視点で見れば、ほぼ全ての生徒が優等生になってしまいそうだ。

食事を終え会場を後にしようとしていると、ある1人の男、葛城《かつらぎ》が目に入った。

誰とも食事をすることなく、1人隅のテーブルで黙々と食べ物を口に運んでいる。

様子が気になったので少し観察すると、そこからは奇妙な光景が見えてきた。

龍園クラスの小田《おだ》が葛城を見つけ声をかけに行こうとすると、Aクラスの的場《まとば》がそれを止めるようにフランクに話しかけ、そして何かを話した後小田は葛城を気にしながらも別の生徒のところへと向かった。まるで葛城に接触するのを妨害するような行為。それは1度だけでなく2度3度と続く。

的場は葛城と同じ第2グループのメンバーだ。本来なら葛城と共にテーブルを囲んでいても不思議はないのに、真逆なことを行っている。

Aクラスの中には、随分と陰湿なことをする者もいるようだ。

放置しても構わなかったが、1度葛城への接触を試みてみることにしよう。

するとオレが近づいてくるのを察知した的場が、すぐに近づいてきた。

「今葛城《かつらぎ》とちょっとグループでイベント中なんだ。そっとしておいてくれないか?」

なるほど。同じ第2グループの問題だと言えばクラスメイトでも引き下がるしかない。

だから小田《おだ》もすぐに理解して去って行ったんだろう。

これはAクラスの総意なのか、それとも的場《まとば》の勝手な行動なのか。

そしてその裏には龍園《りゅうえん》クラスを倒すための意図が仕組まれているのかいないのか。

どちらにせよ、第三者が見れば陰湿な虐《いじ》めの1つとしてしか見られない行動だ。

そんな警告をしてくる的場の下へ、新しい来訪者が現れる。

的場はまた同じように止めようと身体《からだ》の向きを変えたが、その思惑はすぐに外れる。

「っ……」

息を飲み、まるで最初から妨害などしていないかのように背を向けた。

「よう葛城。随分しけたツラして飯食ってんじゃねえか」

的場が声をかけられなかったのも無理はない、何故《なぜ》なら来訪者が龍園だったからだ。

思わぬ大物の登場に小さく舌打ちをしてすぐに逃げ出す。

そんな的場の背中に視線すら送ることなく、葛城の前の席に座った。

「食事中だ。何か用か?」

「惨めな想《おも》いをしてるおまえの顔を近くで見てやろうと思ってよ」

「意味が分からないな」

「ククッ。クラスを裏切るってのはそういうもんだ。今更後悔しても遅いぜ葛城」

「後悔などしていない。歯止めの利かないリーダーには手を焼かされるが、今のクラスと心中する覚悟はできている」

テレ隠しなのか、少し遠まわしな言い方だったが龍園クラスの一員の自覚をしっかりと持っていることが分かった。

「そうかよ」

ドカッと椅子を引いてその場に座った龍園が、空のグラスをオレの前に滑らせた。

「水持って来いよ綾小路《あやのこうじ》」

「……オレか」

「大衆の面前で相手にするおまえは微塵《みじん》も恐れる必要がないからな。楽で助かるぜ」

「グループを組んだ時から人使いが荒いと思っていたが……全く」

「気にするな、俺が行こう」

見かねた葛城がそう申し出てくれたが、オレはやんわりとそれを止める。

「喉が渇いてたから丁度いい」

それに、１人で食事をとっていた葛城を見かねた龍園なりの気遣いも垣間《かいま》見《み》えた。

それでとりあえずは納得しておくことにしよう。

2

葛城《かつらぎ》が食事を終えるまで残っていた龍園《りゅうえん》と葛城、そしてオレは食事会場を後に。

入口近くに置かれてある待機用の椅子に、ジッと座っている櫛田《くしだ》の姿を見かける。

櫛田はオレたち3人を見つけるなり立ち上がると、迷わず近づいてきた。

「龍園くん、話があるんだけどちょっといいかな?」

どうやらこの場所で、龍園が出てくるのをジッと待っていたらしい。

早めに食事を終えたオレたちより、女子の櫛田が先に食べ終えたとは考え辛《づら》いな。

余程龍園に話したいことがあって準備していたと見てよさそうだ。

葛城は空気を読んだのか、さっさと1人部屋に戻っていく。

「あ? 何の用だ?」

「ここじゃちょっと……少し場所を変えたいんだけどいい?」

人目があるためいつもと変わらない表モードの櫛田だったが、少し様子がおかしい。

「悪いがおまえは趣味じゃない」

「あはは、そういうことじゃないんだけど。っていうか心配しないで。私だって龍園くんは死んでもごめんだと思ってるから」

周囲を警戒しつつ、ここでバチバチの殺意を龍園へと向ける櫛田。

「まぁいいさ、話くらいは聞いてやる。厄介者は人払いした方がいいんだろ？」

厄介者とはもちろんオレのことだ。櫛田もごめんねと手を合わせているため、ここは退散することにしよう。２人は並んで人気《ひとけ》のない方へと歩いていく。

このまま放っておけば、あまり良くない方向へと転びそうだな。

気配を完全に消し、２人の後を付けてみることに。ただし細心の注意を払う。

道中、後ろを気にした素振りを見せる龍園の様子からも、慎重を期したのは正解だ。

「それで？　わざわざ俺と２人きりになって何を話そうってんだ？」

「私と龍園くんの関係についてだよ。グループで行動してる時にも、時々余計なことを言ってたよね。ああいうのやめてもらっていいかな」

オレが見ている限りでも2回、龍園は櫛田の前で爆弾の導火線に火を付ける真似《まね》をしていた。それを快く思わないのは当然のことだ。

「私をどうしたいの？」

「どうしたい？　今のところどうするつもりもねぇよ」

「……じゃあ、いつかはどうにかするってこと？」

聞こえてくる声の感じから、櫛田には僅《わず》かに余裕の無さが出ている。

「おまえは鈴音《すずね》を退学にしたくて悪魔に魂を売ったんだろ？　当然それにはリスクが付きまとう。今更過去をなかったことになんてできないんだぜ？」

「そう、そうだね。それはそうだと思う」

「それにしても随分と様子が変わったな桔梗《ききょう》。前のおまえならたとえ俺が挑発をしたところでこんなところで詰めようとは思わなかったはずだ。そうだろ？」

様子がおかしいと察した龍園《りゅうえん》。満場一致特別試験のことを全く知らないはずだが、鋭い嗅覚を持っているヤツだからこそ感じ取るものがあるんだろう。

「ひょっとして、おまえの本性を受け入れるようなヤツでも現れたか？」

「邪推するのは勝手だけど、見当外れだね」

「ククッ。どっちにしろ俺にとっておまえはクラス攻略の重要な鍵の1つだ。いずれ鈴音《すずね》クラスとやり合う時には容赦なくこの武器で絡ませてもらうさ」

ここまで意図して櫛田《くしだ》の件について触れてこなかった。この先もっと重要になる場面で効果的にダメージを与えるための策の1つとして残しておくつもりらしい。

これは立ち直り自分のためにクラスに奉仕すると決めた櫛田にとっては障害だ。

簡単に取り除くことが出来ず、苦しめられ続けることになる。

「どうする？　俺に土下座でもして口外しないように頼むか？　それとも、おまえが俺を排除して退学させるか？　どっちも難しそうだがな」

「私は……」

そのどちらの選択も、櫛田に選ばせるわけにはいかない。

仮に第3の選択が出てきたとしても同じことだ。

「悪いが龍園、櫛田の件では引いてもらう必要がある」

隠れるのを止《や》め、オレは2人の前に姿を晒《さら》すことを決めた。

「ちっ。やっぱり後をつけてやがったか」

「あ、綾小路《あやのこうじ》くん⁉」

「おまえが警戒するのは織り込み済みだ」

「まあいい。で？　桔梗の件で引けってのはどういうことだ？」

「そのままの意味だ。櫛田のことを口外するつもりなんだろうが、やめてもらいたい」

その警告を受け龍園は愉快そうに笑い手を叩《たた》く。

「はっはっは！　なんだ綾小路、おまえもやっぱり一枚噛《か》んでやがるのか。しかもおまえがそう言うってことは、コイツはもう以前のようなクラスの癌《がん》じゃないってことだな」

ここまでの疑問を解消する答えを得て、龍園が愉快そうに笑う。

「そうだ。櫛田は今、堀北《ほりきた》のクラスメイトとして新しい一歩を踏み出している。それをおまえの横槍《よこやり》で潰させる気はない」

「悪いが余計に面白くなりそうだぜ。利害を抜きにして今から盛り上げてやろうか？」

「誰も龍園くんの言うことなんて信じない」

ここで櫛田が堪《こら》えきれずそう立ち向かうが、その程度の言葉で龍園は止まらない。

「どうかな？　やってみなきゃ分からないぜそんなことは」

今必要なのは、中途半端な言葉の抑止ではなく、完全に動きを封じ込めること。

「もしおまえが暴露する、そう決断したのなら誰にも止められないことだ」

不安と屈辱を隠しきれない櫛田《くしだ》に心配するなと肩を叩《たた》いた。

「だがそんなことをすれば、おまえは学年末試験で坂柳《さかやなぎ》と戦う目的が達せられなくなる」

「あぁ？　なんでそうなるのかわかんねえな」

「オレがおまえの望まない形で対処することになる」

こちらの言葉に呼応するように、龍園《りゅうえん》の笑みが瞬時に怪しく変貌していく。

かつて恐れを知らず恵《けい》を拉致した時と同様、いやそれ以上に。

「は。なんだよ、随分久しぶりに見せてくれる顔じゃねえか」

オレは龍園と櫛田の間に割り込み、龍園へと更に詰める。

「今ここで俺が沈黙を選択しても――暴露しないその保証はどこにもないんだぜ？」

強気な様子を見せた龍園だったが、やがて軽く両手をあげる。

「この話はやめだ。そもそも俺は桔梗《ききょう》のネタでおまえらのクラスに仕掛ける気はない。いやその気が無くなったというべきか」

「どういう、こと？」

「綾小路《あやのこうじ》が絡んでなきゃ武器にもなりえたんだろうがな」

「え……？」

「おまえは知らないだろうが、昨日コイツは俺に言ったのさ。桔梗を退学させる気はなくなったってな。俺がこのネタで仕掛けたところでおまえには通用しないからな綾小路」

「ああ。既に対策は考えてある」

「通じもしない戦略で殴りかかってしっぺ返しを食らったんじゃ意味がない。だろ？　おまえを倒すには中途半端なやり方じゃ通用しないのは経験済みだ」

けして卑屈になっているわけではなく、オレの考えの及ばないやり方、策を練った上で堀北《ほりきた》のクラスへと戦いを挑んでくることは間違いないだろう。

「俺はもう部屋に戻らせてもらうぜ。じゃあな櫛田、精々残りの学校生活を楽しめよ」

もう止めてくれるな。そんな様子で龍園は客室へと戻っていく。

呼び方が桔梗から櫛田へ。それは龍園の興味が完全に失《う》せたことの裏返しだろうか。

この場にオレと櫛田だけが残され、沈黙が訪れる。

「なんで……助けに来てくれたの？　綾小路くんにメリットなんて無いよね」

「メリットはある。櫛田がクラスにとって欠かせない人材だからだ。オレがここに来なくても龍園は暴露する気なんてなかったと思うが、おまえがどう動くかは分からなかったからな。何とかして先に口封じが出来ないか考えていただろ？」

「……それは、まあ……」

「龍園《りゅうえん》はおまえが敵《かな》う相手じゃない。仕掛けても来ない戦いに自分から突っ込んで自爆されたら困ることになる。だから顔を出すことにしたんだ」

「綾小路《あやのこうじ》くんなら何とかできるってこと？　実際……してたみたいだけど」

「少なくとも今の段階では、まだ龍園を強敵と認識するほどじゃないと思ってる」

「は、はあ？　何それ……」

「とにかく危ない橋はもう渡らなくていい。今の自分を大切にすることだ」

「歯の浮いちゃうようなセリフだね。そんなに私の力がクラスに必要？」

「それもある」

「それも？」

「腹を割って話せるようになった櫛田《くしだ》とは、上手《うま》くやっていける気がしている」

裏側まで見えることで考えていることが推察しやすい要素も増えた。

「やめてよ。私の本性を知った人が本気でそんなことを考えるはずないじゃない」

嫌われる性格をしていると、自分が一番痛感しているだろうからな。

「そうでもない。素直に好感が持てる」

「何それ……どこまで本気なんだか。綾小路くんは信用ならないから」

普段の櫛田なら笑って答えそうなことだったが、その表情は固い。

「これは事実だ。世の中にはおまえの本性の方が居心地が良いと感じる者もいる」

「そんなの――――」

何かを言いかけた櫛田はこちらを見て口を大きく開け、動きを止める。

そして突然壁に向かって歩き出した。

「……なんだ？」

その直後両腕を広げ、手のひらをパーの状態にしてから思い切り壁に手をつく。

「大丈夫、大丈夫……」

ぶつぶつとそんなことを言い出し、動きをぴたりと止めた。

どうしたものかと見守っていると呼吸を整えた櫛田が振り返る。

「ちょっと眩暈《めまい》がしたんだけど、もうだ！　いじょうぶ！」

変なところで上ずった声を挙げた櫛田だったが、心配ないとアピールした。

「……本当に大丈夫か？」

とても大丈夫な状態ではないように見えるも、櫛田はいつもの表の顔を見せた。

「うん。平気！」

「そ、そうか」

櫛田の場合は本当に感情が読みづらい。

「なんか、綾小路くんに助けられちゃったね。……ありがと」

「最近は櫛田にお礼を言われることが増えた気がするな」

「そうかもね……。うん、これからは龍園《りゅうえん》くんには関わらないようにするから」

「それがいい」

「じゃ、私は部屋に戻るから。また明日ね」

「また明日」

櫛田《くしだ》は、もう完全に元通りになったような表情で廊下を歩いて行く。

しかし途中で躓《つまず》き、これまた盛大に転ぶと片方の下駄《げた》が盛大にすっ飛んでいった。

「大丈夫か？」

「へーき！　だから！　ね！」

こっちに来るなと手で払いのけながら、よろよろと立ち上がり下駄をはき直した。

3

堀北《ほりきた》との待ち合わせがあるため、客室から出た廊下で壁に背中を預けて待っていた。

「ごめんなさい少し遅くなったわ」

そう謝罪しながら現れた堀北だが、別に遅刻はしていないので問題はない。

「早速だけれど――――」

「ここで長々と話をするつもりか？」

客室近くでは常に生徒たちがあちらこちらの部屋に入退室を繰り返している。

聞かれたくないような話をするには、最も向いていない場所の１つだ。

「確かに話をするのに良い場所じゃないわね。適当に、そうね。自販機に飲み物でも見に行こうかしら。歩きついでに話をするくらいがちょうどいいでしょう？」

それが無難だろう、特に異論はないので了承する。

立ち話は何かと注目を集めてしまうが、歩きながらの雑談ならその心配もない。

「大浴場の前に設置されている自販機にフルーツミルクが売ってた。美味《おい》しかったぞ」

風呂上がりに飲む物だと教えてもらったが実にその通りだと思った。

「子供みたいな感想ありがとう。でも夜中に飲むものじゃないわね」

時間帯の問題、なのか？　いや、女子視点だと特にそうなのかも知れないな。

「でも大浴場の自動販売機までの方が距離もあるし、そっちに行きましょうか」

堀北の足取りはゆっくりで、とにかく話の方を優先する動きを見せる。

「先日の文化祭の件。あなたには話を聞きそびれていたでしょう？　ずっと引っかかっていたのだけれど、今日まで良いタイミングがなかったの」

「あの時は余程疲れてたのか、寝顔を無防備に晒《さら》してたようだったしな」

「……蹴られたい？」

気合の入った上半身の構えを見せられ、オレは即座に白旗をあげる。

「勘弁してくれ」

「不覚よ不覚。男子に寝顔を見られるなんて。あなたは私に汚点を付けたわ」

「そんなに気にすることか？」

「気にすることよ……ただそんなことは今はいいの。私が聞きたいのはあの日のことよ」

自分の恥をしっしと手で払いのけ、堀北《ほりきた》は真面目な顔になる。

「あの日生徒会室で起こった出来事、あの一連にはあなたが絡んでいたんじゃない？」

文化祭の件、あの日、生徒会室、これらが導き出す出来事は1つしかない。

「あなたが八神《やがみ》くんを退学にさせたの？」

「どうしてそう思う」

はぐらかすわけでもなく、オレはその答えに行きついた理由に興味があった。

「あなたが知っていたかは分からないけれど、八神くんはあなたを退学させようとしていた可能性があった。事実、彼の生徒会室での言動はそれを裏付けるに足るものだったわ」

堀北は堀北なりに、幾つかオレの知らないピースも持っているようだ。

それを枠の中に当てはめていく過程で、それが見えていたのだとしても不思議はない。

「八神のことは知らなかったが、驚くようなことじゃないんじゃないか。おまえも宝泉《ほうせん》がオレの退学を狙っていたことは直接目にして知っていただろ」

「2000万プライベートポイントの、賞金ね」

「それに八神が参加し、そして虎視眈々《こしたんたん》と狙っていたんじゃないか？」

「私もその線は考えたわ。でも、不自然な点が多すぎる。何より彼はお金を目的にあなたへと近づこうとしていた感じじゃなかった」

それはあの現場に居合わせた堀北の方が、より詳しく分かっているようだ。

「1つ1つ、疑問の答えは気にかかる。でも私が一番知りたいのはそんなことじゃない」

「ならおまえは何を知りたいんだ」

「あなたの正体よ。他の生徒たちと同じ普通の学生とは到底考えられないの」

「それは何とも困った疑問だな。普通じゃないとしたら、オレはどんな学生になる」

「……分からないわ。優秀とか優秀じゃないとか、そういう次元じゃない。ただ、あなたがどんな人間なのかが全く想像できない。理解不能なのよ」

綾小路清隆《あやのこうじきよたか》という人間が何者なのか。それが知りたいという話か。

「特別話すようなことは何もない。実際に話せるだけのものを持っていない」

「じゃあ、聞けば1つずつ答えてくれる？　あなたの出身、卒業した小学校、中学校。過去に何かしら大会等に出たことがあるのか。独学の勉強、あるいは塾や家庭教師を付けていたのか」

きっとお見合いでもそこまで詳しくは聞かれないんだろうな。

「言いたいことは分かったが、そこまで面倒な質問の数々を受ける気にはなれないな」

唇を結び、露骨に不満な感情を見せる堀北《ほりきた》。

「だからオレから幾つか情報を開示する」

「……どんな情報？」

「たとえば、そうだな。おまえの睨《にら》んでいる通り八神《やがみ》の件にはオレが絡んでいた、とか」

「冗談じゃないのよね？　八神くんがあなたを退学させようと狙っていたから？」

「正確には八神とは知らなかった。退学を目論《もくろ》んでる生徒を罠《わな》に嵌《は》めてみたら八神が引っかかったと言った方が正しい。生徒会室には南雲《なぐも》生徒会長や、龍園《りゅうえん》たちもいただろ、あれは全部オレが仕組んでいた。中途半端な言い訳が出来ないように囲い込むためだ」

こんなことを堀北に話すことに、今までなら意味を見出《みいだ》すことはなかった。

だが、ここでオレがどんな人間なのかを間接的に示すことでデータを与えられる。

いずれ相対した時、それを活《い》かせる可能性を作っておく。

「ちなみに生徒会長と龍園に繋《つな》がりはない。あくまでも個別に話を持ち掛けた」

「あの時の違和感の正体……それが分かった気がする」

「ところでもうすぐ目的地だ」

大浴場のある2階に階段で上がり自販機のある休憩スペースに到着する。

すると2台置かれてあるマッサージチェアを独占する2人の女教師がいた。

トロンとした表情でマッサージに身を委ねておりオレたちには気が付いていない様子。

オレと堀北《ほりきた》は1度目を合わせる。

無視することも出来たが、堀北は声をかけることを選択したようだ。

「随分とくつろいでいらっしゃるようですね、お二人とも」

「ふぇ？　あ、堀北さんじゃない～」

ひらひらと手首だけをあげて星之宮《ほしのみや》先生が答える。

「今はまだ生徒たちの就寝前、先生方は職務中なのでは？」

「残念でしたー。今夜の私たちは半休日みたいなものなのよねー。ねー？　佐枝《さえ》ちゃん」

「そういう、こと、だ」

ガタガタ動くマッサージチェアに身を委ね茶柱《ちゃばしら》先生は心地よさそうに目を閉じている。

「それ、そんなに気持ちいいんですか？」

使ってみたいという興味はあったが、大浴場に隣接されているため頻繁に行き交う生徒の目が気になって使えなかったんだよな。

「歳《とし》を取ってくるとマッサージが欠かせなくなる。おまえたち若者には分からないだろう苦労がいっぱいあるということだ」

肉体的な衰えと共に、それをサポートしてくれる機器が必要になるらしい。

「特に佐枝ちゃんの場合は肩凝りが酷《ひど》いもんねえ」

「そういう余計な一言は不要だ」

一瞬だけ、バチバチとしたキレのある視線が先生同士で交錯する。

「それにしても堀北さん、すっかりリーダーっぽくなっちゃって。やっぱりBクラスの居心地は良い？　なんて元Bクラスの担任が聞いてみたりして」

「別に良くありません。私が目指しているのはAクラスです。今は通過点に過ぎません」

「言うようになっちゃって」

会話を他所《よそ》に、茶柱先生のマッサージ機に繋《つな》がっているリモコンを手にしてみた。

強さの段階が5段階あるようで、今はその間の3段階で動いている。

当然ながら強ければ強いほど、効果も高いのだろう。

何となく、オレは5段階目の強さがどう感じるのか気になり調節してみる。

「ん、ひゃ、んんんっ⁉」

ビクンと一度驚いて茶柱先生が跳ねると、機械がゴリゴリと強い音を立て始めた。

実質40％ほどの機能上昇かと思ったがそれ以上なのかも知れない。

「あ、綾小路《あやのこうじ》、な、何をする、んんっ！　も、元に戻せ‼」

明らかに慌てた様子でリモコンに手を伸ばす。

無理やりコードを引っ張ったせいで、オレの手からするりとリモコンが落ちた。

「くっ、ううっ‼　ひゃ、は……は、早く取ってくれ！」

「なら無理やり引っ張らないで下さいよ」

オレはリモコンを拾い上げ、5段階から3段階へと強さを戻す。

「はあ、はあっ……はっ、はぁっ……なんてことをするんだ貴様はっ……！」

「いや——何というか興味本位でした。強ければ強いだけいいのかと」

「そんなわけないだろう！　人それぞれに合った強さがある！」

これまで見たこともない鬼の形相で、顔を真っ赤にしながら怒ってくる。

どうやらよっぽど想定以上の刺激だったようだ。

「何を遊んでいるの」

うるさいやり取りに堀北《ほりきた》からも注意された。

「休憩中にお邪魔しました。行きましょう綾小路《あやのこうじ》くん」

「2人はこれからお風呂？　一緒に入っちゃダメよん」

バカなことを言う星之宮《ほしのみや》先生の発言を無視し、堀北は引き返そうとする。

「待って堀北さん」

直前までふざけていた星之宮だったが、気が付けば真面目な顔つきに変化していた。

「確かに堀北さんのクラスは目覚ましい成長を遂げてると思う。Bクラスは所詮通過点でAクラスを目指す必要がある。当たり前なんだけど、それでもそのことを私も素敵だと思うし、とても立派だと思うよ」

褒《ほ》めているようにも聞こえるが、含みがある言葉だった。

「知恵《ちえ》、余計なことをいうな」

「別にいいじゃない。私は思ったことを口にしようとしてるだけ」

「何を言いたいのかは知らないが、思ったことを自由に口にして良いわけではない」

「言ってください」

　星之宮先生の先の言葉が気になるのか、そう言って堀北が催促した。

「じゃあ遠慮なく。私はさ、クラスを受け持つ担任として常々思ってることがある。Ａクラスから D クラスまでの先生たちもまた、同じように競い合ってるわけ。例えて言うなら先生同士でトランプの大富豪をしてると思ってくれていいかな」

「大富豪……ですか」

「ルールは分かるよね？」

「ええ、まあ」

「配られた手札を使って、１位から最下位の４位までを決める戦いを３年間行っていくわけなんだけど、大富豪は１から13までの数字のカードを出し合うじゃない？　地方ルールや特殊なルールは今回は置いておくとして、基本的には大きな数字のカードの方が強くて、小さな数字のカードは弱いわけでしょ？　３の数字しかない生徒と６の数字を持つ生徒がぶつかればもちろん６の生徒が勝つ。真嶋《ましま》くんのＡクラスなんかは手札がある程度揃《そろ》ってて、10とか11のカードが多めに配られてる。一方Ｄクラスに行くほど３とか４とかのカードが多い。まあ、これまでの学校の通例みたいなものだけどね」

そう言って星之宮《ほしのみや》先生はマッサージ機のリモコンを手に取り、揉《も》みの強さを1段上げた。

それでやっと3段階なので、5段階が如何《いか》に強いかは改めて覚えておこう。

「もちろん生徒たちは日々変わっていく。3や4だった子が成長して12や13になったり、珍しい例じゃ一番強い2の数字になったりすると思うのよ。だからクラスに変動は起こるし、DクラスがBクラスに上がることだってある。まあ、極めて珍しいけどさ」

これまで前例のないところまで堀北《ほりきた》クラスは来ているからな。

「でも大切なのは、平等に戦うこと。どんなクラスも、1から13の数字の中で常に戦っているということ。特定のクラスに不公平があったりズルがあったらダメでしょ？」

「そうですね」

「でもさー？　堀北さんのクラスのトランプの中には混ざっちゃいけないカードが1枚混ざってると思わない？」

「混ざってはいけないカード……ですか？」

星之宮先生は笑いながら、その視線をオレへと向けてきた。

「そう、ズルいんだよね。佐枝《さえ》ちゃんのクラスだけがジョーカーを持ってるんだもん」

名指しするような視線に、堀北も気が付く。

「知恵《ちえ》。もうやめろ」

「文句の１つや２つ言いたくなるでしょ。こっちが必死に頭使って戦っても、ジョーカー１枚で状況をひっくり返しちゃう。ううん大富豪なんかの遊びよりよっぽどたちが悪い。だって１度使ったら手札から無くなっちゃうのと違って、何度でも何度でもジョーカーを切れるんだもん。勝てるわけないよ」

　担任教師として自らのクラスの敗北宣言とも取れる物言い。

「おまえの発言の是非は別として、Ｄクラスの生徒に聞かれたらどうするつもりだ」

　負けを認める発言。一之瀬《いちのせ》クラスの生徒が聞けばショックは避けられない。

「……そうね。ごめんごめん。マッサージ続けてたらお酒回っちゃったのかも」

　そう言って電源をオフにする。

「ジョーカーが手に入ったのは佐枝ちゃんや堀北さんがラッキーだったから。それを使ってＡクラスに到達したとしても、ズルなんかじゃないよね」

　それが嫌味《いやみ》であることはこの場の誰にも明らかだった。

「いい加減にしろ知恵」

　これまで聞いたこともないような、恫喝《どうかつ》に近い張り上げた声。

　それで星之宮先生の酔いが一瞬冷めたのか、慌てて飛びあがった。

「私は部屋に戻ります！　さよーならー！」

　ややキレながら星之宮先生は手を振って大股で廊下を歩いていく。

「色々とすまなかったな。本人も言っていたが、少しお酒が回ってしまったんだろう」

星之宮《ほしのみや》先生を擁護するように、茶柱《ちゃばしら》先生がマッサージ機から立ち上がりながら答える。

「構いません。酔っ払いの戯言《たわごと》だと聞き流すことにします」

サラッときつい一言で返す堀北《ほりきた》に、少し茶柱先生は動揺しながら1度咳払《せきばら》いした。

「なかなか手厳しいな」

「先生は、さっきの発言を少し気にされているようですね」

「思うところが無いわけじゃない、正直に言うとな。私が3年前に受け持ったクラスとは状況が大きく異なり過ぎている」

強力な手札が堀北クラスに揃《そろ》っていることは事実だろう。

「綾小路《あやのこうじ》くんがジョーカーかどうかは分かりませんが、強力なクラスメイトであることは否定することではありませんし。ですが、それで遠慮する気はありません」

こちらを見ることもなく、堀北は茶柱先生に自分の考えをぶつける。

「茶柱先生のクラスに配られたカードである以上、それを使って全力で戦うまで。目指す場所はAクラスなんですから」

「そうだな。もちろん、そのつもりだ」

しかし覚悟が足らなかったのではないかと、茶柱先生自身思っていることだろう。

坂柳《さかやなぎ》が率いるAクラスもまた、手堅いカードが豊富に用意されている。

１度だけの勝負には勝てても、10戦20戦とすればどうなるかは分からない。

「さて……私は知恵《ちえ》を追う。あのまま放っておくと朝まで深酒しかねないからな」

かつてクラスメイトだった仲間を見放すことも出来ないようで、後を追っていった。

「今日はここまでだ堀北」

「まだ、あなたには聞き足りないことが山ほどあるのだけれど？　ジョーカーさん」

「折角《せっかく》ここまで来たし、また風呂に入りたい。それに人も増えて来たしな」

寝る前に湯舟を堪能しようとする生徒たちがチラホラと現れ始めていた。

「また教えてくれる。そう思っていていいのね？」

オレは頷《うなず》いてから、そのまま男湯へと続く暖簾《のれん》を潜《くぐ》り抜《ぬ》けた。

4

午後11時が近づき、そろそろ消灯時刻かという頃。

鬼頭《きとう》は無言で立ち上がると、借りてきていた雑誌を複数冊手に廊下へ向かう。

「あいつ、部屋にいる間ほぼずっと本読んでるよな」

読書好きは読書好きなのだろう。オレやひよりとは違い、図書館にあるような本を読むタイプではなさそうだが。数分して戻ってきた鬼頭の手には、また新しい雑誌が握られている。朝起きた時にすぐ読めるようにだろうか。鬼頭《きとう》が読んでいる雑誌には個人の好みの傾向が強く反映されており、そのほとんどがファッション雑誌と呼ばれるものだ。

「少しオレも読ませてくれないか？」

自分で取ってこいと言われてお終《しま》いかと思ったが、鬼頭は無言で雑誌をテーブルに置いた。これは好きに読んでいいということだろうか。

明かりを消すまであと10分少々、少しだけ雑誌を読むことにした。

流行の私服、アクセサリーなどが取り上げられている。正直、雑誌の写真やその記事の内容の意味はあまり理解できない。だが鬼頭がその雑誌に強い思い入れがあることだけは分かった。奇抜なファッションとも思える鬼頭の格好には、自身のセンスと想《おも》いが込められていたということだ。鬼頭とやり合うことの多い龍園《りゅうえん》なら、一見不釣り合いに見える雑誌のことで弄ってきても不思議はないが、特にそのような言葉は飛んでこない。

程なくして消灯時刻になり、オレたちは部屋を暗くして床についた。

しばらくの間、静かに天井を見上げていると、段々と暗闇に視界が慣れてくる。

まだ全員寝てはいないようだが、何を考えているのだろうか。そう思っていた時だ。

「俺たちもなんだかんだ、半年もしたら高3なんだよな。Aクラスを競い合う中でも、やっぱり将来のことを考えて進学とか、就職とか考えなきゃならないんだよな。俺は高校卒業した後の自分がまだ想像できなくてさ。特にやりたいこととかもないし。綾小路《あやのこうじ》は？」

「進学——だな。ただ、具体的な大学はまだ決めてない」

一番無難であろう目標を語っておく。

「鬼頭は？」

答えてもらえる自信はなかったのだろうが、渡辺《わたなべ》は臆さずそう聞いた。

「……俺はファッションデザイナーになる」

「え!?」

答えてもらえると思っていなかったこと、そしてその答えの内容で二重に驚く渡辺。

「意外と思うだろう。そんなことは分かっている。俺の外見からは想像できないからな」

「い、いや、まあ……それは、何とも言いづらいです、はい……」

だが鬼頭の私服のセンスや読みふける雑誌の内容を思えば納得はしやすい。

「ククッ、殺し屋って答えた方が渡辺もすんなり受け入れられただろうにな」

横槍《よこやり》を入れる龍園に鬼頭がまた怒りださないか心配になったが、動きは見られない。

「き、気にするなよ鬼頭。ほら、龍園はいつもきついこと言うからさ」

フォローに回った渡辺だが、鬼頭は本当に気にしている素振りはなかった。

「慣れている。俺が夢を語れば大抵の人間は驚き、納得しない。俺が真っ当にその道を目指しても、すんなり受け入れてもらえるとは思っていない」

偏見などあってはならないことだが、この世には確かに存在しているもの。強面《こわもて》の鬼頭にとって、一部の職業を目指すことは自然とハードルが高くなるのかも知れない。

「だがAクラスで卒業すれば関係が無い。問答無用でその世界に飛び込める。飛び込みさえすれば、後は自分の技術で周囲を黙らせるだけでいい」

鬼頭《きとう》にとっては、最初の入口を突破することが最難関と考えているようだ。

「しっかり将来のこと考えてんだな……。いや、偉いよ、ちゃんと夢があって」

驚いていた渡辺《わたなべ》だったが、自分よりもしっかりした考えの鬼頭に感化され称賛する。

子供たちは否応《いやおう》なしに歳《とし》を重ね、そして社会に出ていく必要性に迫られる。

それは今は目標を持たない渡辺も、語らない龍園《りゅうえん》も同じことだ。

「なんか、聞いておいて何なんだけどさ……知っちゃうとやりづらくなるな」

渡辺が苦笑いしたような声で、天井に向かってそう呟《つぶや》く。

「ここにいるのは全員クラスが違うわけだろ？　ってことは、普通に考えればAクラスで卒業できるのは4人のうち1人だけ。叶《かな》えたい夢がある前提にはなるけどさ、自分がその席を奪ったら誰かが座れない……複雑だな」

クラスメイト同士なら夢を共有できる。しかしライバルとは夢を共有することが出来ない。それがこの学校の仕組み。笑う者がいれば泣く者がいる。

同じ歳の学生同士で夜を過ごすと、不思議とこんな話になっていくものなのだろうか。

去年の合宿で、啓誠《けいせい》たちと話した時間を思い出した夜だった。

○修学旅行４日目

修学旅行４日目の朝。明日にはもう学校へと戻る時間がやって来てしまう。

２度目の完全な自由行動ということもあって、思い残すことのない１日にしたいもの。

昨日のスポット巡りの結果は、全20グループのうち２分の１にあたる10グループが20点以上を記録したらしく、その全員が３万プライベートポイントを獲得した。

一方、みーちゃんと宮本《みやもと》の両名が所属している第15グループのメンバーは制限時間に間に合わず失格となってしまったため、今日は旅館で勉強会を受けることになってしまったようだ。少々可哀想《かわいそう》な気もするがこればかりは仕方がない。勉強会が終わり次第、温泉にたっぷり浸《つ》かって少しでも旅行を満喫してもらいたいものだ。

大浴場が清掃時間になったこともあり、さっさと着替えを済ませる。昨日と同じようにテレビでも見ようかと思ったのだが、今日は鬼頭が先客のようで食い入るように画面に向かっている。詳しくは分からないが、鬼頭が気になるファッションの特集らしい。

「なあ綾小路《あやのこうじ》。外で雪合戦やるんだってよ」

「雪合戦？」

同じく着替えを済ませた渡辺が携帯を見せてくる。

これから自由参加で雪合戦をしよう、そんな声が集まっているようだ。

「面白そうだな、見に行ってみるか」

「龍園《りゅうえん》と鬼頭《きとう》はどうする？」

鬼頭はテレビに夢中で何も答えず、龍園は迷わずパスを明示するように部屋の指定席へ。

「じゃあ俺たちだけで行こうぜ」

「だな」

水と油の両名を残すことになるが、ここは2人の良心を信じることにしよう。

渡辺《わたなべ》と共に旅館の外に出ると、既に大勢の生徒たちが集まっていた。

「おはよう清隆《きよたか》くん、渡辺くん」

入口近くに立って携帯を握りしめていた洋介《ようすけ》が声をかけてくる。

「随分多いな。皆《みんな》そんなに雪合戦に興味があったのか？」

「単純にそれだけじゃないと思うよ。プライベートポイントを賭けた雪合戦みたいなんだ。賭けと言っても参加資格は1000ポイント払うことだけなんだけど。勝ったチームが負けたチームからそのポイントを受け取る形だね」

なるほど。負けても失う額は少なく、勝てばお土産を1つ2つ追加で買うお金が手に入るわけか。それなら気軽で、それなりに盛り上がるのも不思議はない。

「ただいいのか？　広いスペースがあると言っても旅館の敷地内なのに」

「うん。一応聞いてみたけど早い時間なら構わないって。僕ら修学旅行生以外は泊まっていない貸し切りだっていうのも大きいんじゃないかな」

ルールは変わらず単純明快でキャッチは不可で回避のみ。雪玉が被弾した生徒はコートから退出しなければならない。ただしある程度のサイズが必要で、たとえばパウダー状で散弾銃のように投げつけ当てる、球が空中で飛び散ってしまうなどした場合は当たっても無効。被弾に関しては自己申告と審判役の両方の判定が入るようだ。

まあ、僅《わず》かなプライベートポイントのために意図して誤魔化《ごまか》す者もそうはいないはず。

「どれくらい参加予定なんだ？」

「今のところ30人くらいかな。綾小路《あやのこうじ》くんもやる？」

「いやオレは……」

断ろうと思ったものの、雪合戦か。

今回参加を見送ったなら、もう２度と実践する機会は訪れないかも知れない。

「やってみたいが、チームがない」

「大丈夫。人数の足らないところに僕が割り振るよ、少し待っててくれるかな」

面倒なことは洋介がやってくれるらしく、非常にありがたい。

というか、だから入口付近に留《とど》まってるんだな。自ら面倒事を買って出るのは色々と苦労も多いものだが、洋介はむしろ全て管理できる方が安心できるのかも知れない。

締め切りまであと10分ほどということで待っていると、旅館内で雪合戦の話を聞きつけて来たんだろう、堀北《ほりきた》も姿を見せる。

「話には聞いたけれど、随分と集まっているのね」

「もしかしておまえも参加するのか？」

「そうね……折角《せっかく》の修学旅行だもの。空きがあるようなら参加しようかしら」

そのつもりはなかったようだが、想像以上の盛況ぶりに考えを改めたようだ。

「だったら勝負よ堀北」

人混みから出てきた伊吹《いぶき》が、待っていたかのように堀北に勝負を挑む。

「……あなたもいたの伊吹さん。ほんと、どこからでも湧いて出てくるわね。でもいいわ。所詮ただの遊びだもの、望むなら相手をしてあげてもいいけれど」

そう答えるや否や、伊吹は拳を握りしめる。

「遊びだろうと何だろうと負けは負け。後でガキみたいに言い訳並べたてないでよ？」

「そのセリフ、そっくりそのままあなたに返すわ」

洋介《ようすけ》はそんな2人の様子もしっかり見ているようで、携帯を盗み見るとしっかり別チームとして振り分ける配慮を見せていた。同一チームじゃ盛り上がらないしな。

盗み見たついでに洋介に耳打ちをして、ちょっとしたお願いをしておく。

「おはよう皆《みんな》」

そんなオレたちの下へ櫛田《くしだ》が山村《やまむら》と西野《にしの》、そして網倉《あみくら》を連れて現れる。

「流石《さすが》だな櫛田。山村たちも誘ったんだな」

「え？　……まあ、うん」

いつもの笑顔を向けてくるかと思ったが、櫛田は視線を逸《そ》らし濁すような返事をした。

しかしすぐ、笑顔を向け直す。

「西野さんも山村さんも出かけるまで部屋で待ってるって言ったんだけど、折角だしね」

「それで正解だ」

ここまでグループとして過ごし、少しずつだが関係も良くなっている。

参加するにしろ観戦するにしろ同じ時間を過ごした方が有意義だ。

「あんたも参加する？」

伊吹は櫛田にもそう言って声をかけた。

「ん？　雪合戦？」

「そう。私と堀北は戦うことが決まったけど」

「そうなんだ。でも私はやめておこうかな。誰かに雪玉をぶつけるの、悪いし。そういうのは可哀想《かわいそう》で投げられないから」

「ハァッ？」

そんな櫛田の態度が心底気持ち悪いというように、伊吹が気持ち悪がる仕草を見せる。

それを見た堀北《ほりきた》は、即座に伊吹《いぶき》の横腹にチョップを叩《たた》き込《こ》んだ。

「ったー　何すんのよ！」

「あなたの相手は私でしょう？　余計なことを考えているとあっけなく負けるわよ」

「負けるわけないいし。絶対泣かせてやる！」

なるほど。最近堀北と櫛田《くしだ》の距離感に変化が出たと思っていたが、そこに伊吹も一枚嚙《か》んでいたようだ。歪《いびつ》な3人だが、不思議なことに良い自浄作用を起こしているのかもな。

参加する生徒たちはその後もじわじわと増え続け最終的に6チーム42人となった。

自分たちだけで7人を集めたチームが4つ。

オレのようにはぐれ者を寄せ集めたチームが2つ出来上がる形となった。

トーナメントなどの形式ではなく、あくまでも1試合戦うだけ。

洋介《ようすけ》も盛り上がりを考えてか、堀北伊吹の注目カードは最後の3試合目に指定された。

まずは第1試合、石崎《いしざき》たち率いる男子7人で構成されたチーム。

そして須藤《すどう》率いる男子7人で構成されたチーム。まさに男同士のぶつかり合いだ。

スタートするなり序盤から強力な雪玉が左右を飛び交う。

やはり合計14個もの雪玉となると、全員が全員避けることは難しい。

ものの10秒ほどで両チーム合わせ6人が消えた。

ちなみに興奮しっぱなしだった石崎も、その10秒で退場している。

一方、須藤は堀北にフラれた悔しさまで雪玉に込めているようで、次々と相手チームを蹴散らしていく。ただし石崎チームにはアルベルトが在籍していて、巨体に似つかわしくない機敏な動きを見せ雪玉を回避、ここまで２人を倒しながら奮闘している。

そんな見応えのある戦いを山村《やまむら》が静かに観戦してたので、少し近づいてみた。

「盛り上がってますね」

オレの存在に気付くなりそう言って答える。

表情こそいつもと変わらない起伏の少なさだったが、どこか楽しそうではある。

「あぁ、そうみたいだな」

はぁっと息を吐いて、山村が手のひらに吐息をかける。

その手にはスキー場で買い直したはずの手袋が身に付けられていなかった。

「もしかしてまた手袋を忘れたのか？」

「そうなんです」

オレは自らの手袋を外そうとしたが、それを山村に止められる。

「すみません冗談です。ちゃんと持ってきました」

そう言って、ポケットから手袋を取り出した。表情は僅《わず》かにだが笑っている。

「山村も冗談なんか言うんだな」

「……似合わないですか、やっぱり」

途端に笑顔が消えてしまい、余計な一言だったと反省する。

「いや、いいんじゃないか。グループとしてちょっとした絆《きずな》が出来た気もする」

少なくとも初日からは考えらえないような変化と言えるだろう。

「私も――それを感じていました。いつも影が薄いので何をしても気に留められることの方が少なかったんですけど……櫛田《くしだ》さん、西野《にしの》さん、網倉《あみくら》さん。全員私のことをしっかり見てくれて、そして仲間に入れてくれました。グループのお陰です」

修学旅行がなければ、卒業するまで山村《やまむら》に対する印象は希薄なままだった。

山村にとっても他の女子にとっても、心に残る良い修学旅行になったたな。

他のグループでも似たような距離の縮め方をしている生徒たちが大勢いるはずだ。

両手に手袋を付け終えると、山村はこちらに両手を向けて広げてみせる。

「女子だけじゃなく男子もです。今まで思っていたイメージとは少し違いました」

グループを組んだ初日の時とは違い山村の態度には柔らかさも含まれていた。無論、それは他の生徒と比べれば何割も少ないものだったが明らかな変化だと言えるだろう。

「最初は長いと思っていた修学旅行も、今日で終わるんですね」

「そうだな」

好きでもないメンバーと過ごす修学旅行、その時間は恐ろしく時間の経過が長く遅いと感じたはずだ。ところが、居心地の悪くないメンバーと認識し直すだけで、同じ時の流れの中とは思えない変化が訪れる。

「きっと変わったのは山村《やまむら》だけじゃない。鬼頭《きとう》も、渡辺《わたなべ》も、網倉《あみくら》や西野《にしの》だって今回の経験を経て大なり小なり変わってきているはずだ」

トラブルの絶えないグループではあるが、それが逆にスパイスになった面もある。

「少しずつですが、鬼頭くんの龍園《りゅうえん》くんへの悪口が減っている気がします」

「へえ」

「グループを組んでからはずっと殺してやるとか、地獄に送るとか言っていたんですが」

それはそれで物凄《ものすご》く物騒だ。まああの2人は仲良くなったというより、ぶつかり過ぎて感覚が麻痺《まひ》してしまっているだけのような気がしないでもないが。

ただ、オレから見る鬼頭のイメージは大きく変わったな。元々、全く喋《しゃべ》るタイプではないと思っていたが近くで接していると意外と話してくれる。

言っている内容には多々問題があるかもしれないが……な。

特に坂柳《さかやなぎ》クラスと龍園クラスの生徒たちは互いに警戒している部分が多い。

相手の良い部分を見る機会なんてこれまでほぼなかっただろう。

「時任《ときとう》も、随分と坂柳にべったりだしな」

「そう言えば……グループを組んでいる間はずっと話をしているようですね」

今も雪合戦を2人で並んで見物しているようで、色々と楽しそうに話し込んでいる。

ふと山村の横顔を見ると、先ほどまでの楽しそうな様子が鳴りを潜めていた。

その表情を言葉で表すなら『面白くない』が一番近いだろうか。

時任に好意を寄せているのか、あるいは坂柳に対して思うことがあるのか。

そのどちらかが当てはまるような、そんな気配。

「山村は坂柳についてどう思う」

探りを入れたいわけではなく、純粋に関係が気になったが故の質問だ。

「どう……とは？」

声をかけられ、意識を別のところにやっていた山村がびっくりしながら聞き返す。

「有能なＡクラスのリーダーを仲間の視点で見た時、どう感じるのかと思ってな」

「さあ、私にはよくわかりません。元々、特定の誰かと親しいわけでもないですし、まして坂柳さんとはほとんど話をしたこともないですから」

そう言って自嘲気味に笑う。

自分自身の影の薄さで、交友関係はないということだ。

つまり気軽に話している時任を羨むような、単なる憧れによる感情なのだろうか。

「だったらこれを機に誘ってみたらどうだ？　案外相手をしてくれるかもしれない」

「流石《さすが》にそこまでの勇気はありません」

「じゃあ鬼頭はどうだ？　今回のグループ行動で距離も詰まったんじゃないか？」

「え……それは、男子はちょっと……」

軽い冗談のつもりだったが、思ったより山村《やまむら》が引いてしまった。

「悪い。流石《さすが》に軽すぎる話だったな」

お互いにどうとも思っていなくても、男女ともなれば敏感になるのは当然だ。

「気にしてません。私のために言ってくれたんでしょうし。ありがとうございます」

オレは山村を見て、そしてこの場にいる生徒たちを見回した。

新しい出会い、新しい友達。

そして真実と嘘《うそ》、見抜く者と見抜かれる者。

牽制《けんせい》の応酬によって腹の探り合いをしている修学旅行。

この先、どのクラスが勝者になるのか。

「今は無理ですけど……ちょっとだけ考えてみます」

最後に山村はそう付け加えるように答えた。

「それがいい」

オレたちはここで言葉を交わすのを止《や》め、試合に意識を向けた。

剛腕を見せているアルベルトだったが、命中精度はそれほど高くないようで、最終的に須藤《すどう》の俊敏性と的確な攻撃によって勝敗が決する。

どんな状況でもスポーツにおいてトップクラスの活躍を見せる須藤は流石だな。

堀北《ほりきた》もそんな須藤に惜しみない拍手を送っていた。

離れたところでは小野寺《おのでら》も、無邪気な様子で応援していたようだ。

続いての第２試合。男女混合の戦いだが、須藤やアルベルトのように飛びぬけた成績の生徒は不在で、真剣勝負というよりは遊びの延長に近い、ワイワイとした試合展開に。

程なくして決着がつくも、互いに楽しかったねと健闘を称《たた》えあって終わりを告げた。

「そろそろ出番ですよね。頑張ってください」

いよいよ第３試合。オレと伊吹《いぶき》、そして堀北チームとの戦いが始まる。

「一緒に頑張ろうな山村」

「え……？」

そう声をかけると、キョトンとした顔を見せた。

「洋介《ようすけ》に頼んで山村もエントリーしておいてもらった」

「え、ええっ⁉　わ、私には無理です。戦力どころか足手まといにしかなりません」

「負けたらポイントはオレが立て替えるから、心配しなくていい」

「そういう問題ではなくて……！」

「人数合わせでいてくれるだけでも十分戦力になる。行こうか」

「そんな……」

オレが歩き出すと、山村は躊躇《ちゅうちょ》を少し見せたものの追いかけてきた。

1人揃《そろ》ってないことが分かると、一手に視線を集めてしまうため、それを嫌った形。

「ほ、本当に知りませんよ？」

「大丈夫だ。さっきの試合も見てただろ、これはタダの遊びだ」

「しかし……そうじゃない人もいます」

「絶対に勝つ！」

メラメラと闘志を燃やす伊吹《いぶき》は雪を拾い握りこみ、投げるまでの一連の動作、そのイメージトレーニングを始めていた。

「アレは放っておけばいい」

オレは山村《やまむら》に指示を出して、一番後方へと下がるように伝える。

前に出ている生徒たちから狙われるため、それを避ける形だ。

誰かに雪玉を当てて倒すよりも、少しでも長く楽しませることに集中させたい。

試合が始まると、ここまでの2試合同様前線で戦う生徒に雪玉が多く集まる。

一方、後方にも外れた雪玉や狙ってくる雪玉は飛んでくるが、気を付けていれば命中することはない。

「わ、わっ⁉」

雪を集めて投げる余裕もなく、山村は必死に雪玉を避《よ》けていた。

しかし幾つか飛んでくるうちの1つが、山村の左腰辺りに命中する角度で飛んで来る。

「っと――」

山村を助けるため、許可は得ていないが右腕を引っ張って被弾を避ける。

「す、すみません助かりましたっ」

「人数が減り始めて前線たちの戦いが激しくなってる。今のうちに雪玉を作ろう」

「え、えっと、は、はいっ」

急いでかき集めた雪玉は思ったよりも大きなものが完成する。

とても届きそうにはなかったが、それはそれで面白いので何も言わないでおく。

「えいっ……」

およそ気合の入った声とは程遠いが、大きな雪玉が宙を舞う。

そして味方のエリア内にぽすっと着弾した。

「あ……」

「どんまいだ。今度はもっと小さくして投げた方がいい」

「は、はいっ」

慌ててまた雪を集め始める山村。

その間にも試合はどんどんと進み、生徒たちが倒し倒されと進んでいく。

何とか１人くらい倒させてやりたいが――。

２発目の雪玉が完成した山村だったが、投げることに意識が行き過ぎて力んでしまい先ほどよりも距離が出ずほぼ真下に投げつけてしまう。

「あ、ううっ」

こちらのチームの前衛が3人やられたため、山村《やまむら》に相手の視線が集まり始めた。

オレはそれを引き付けるため山村から離れ、前に出る。

そして手早く雪を掻《か》き集《あつ》め、こちらに狙いを定めようとしていた中西《なかにし》に雪玉を当てる。

だがこれが裏目に出た。山村は避《よ》けることも忘れ必死に足元の雪ばかりを見ていたため、呆気《あっけ》なく矢野《やの》の放った雪玉がばふっと頭に当たってしまう。

「あ……！」

握りしめた雪玉も虚《むな》しくアウトになり、山村は手を挙げて急ぎエリアを出た。

落ち込んではいたが、悔しいと思う気持ちもあったようで、それが顔に出ている。

それはそれで、雪合戦の緊張感や楽しさが少しくらいは体験できただろうか。

その後、互いにぶつけぶつけられを繰り返していくうちに次々とアウトになり、相手チームで残ったのは堀北《ほりきた》だけとなった。

一方でこちらはオレと伊吹《いぶき》の2人。状況から見れば当然、こちらが有利だ。

伊吹はオレの背後に仁王立ちして腕を組む。

「邪魔」

「分かってる」

堀北が放った玉を、オレは避けずにそのまま手で受け止める。

キャッチは当然アウトだ。

「どういうつもり？」

「伊吹が１対１をご所望なんだ。ウチのリーダーが勝つと言ってるんだから、それに従うべきだと思ってな」

少しの時間だったが、雪合戦を実際に楽しめたのでこれ以上のことは望まない。

無理に堀北を倒したところで、面白味には欠けるだろう。

一方、実力に大差がないであろうこの２人の対決には純粋に興味がある。

「少し気に入らないけれど、まぁいいわ。私としても伊吹さんだけに集中できるもの」

「ってことで任せたぞ伊吹。おまえにお土産代がかかってる」

「うっさい、さっさと外に出て。私が堀北なんかに負けるわけないでしょ」

大勢が見守る中、堀北対伊吹の戦いが始まろうとしていた。

この戦い、引き分けのルールはない。

仮に同時に命中したと審判が判断したなら、それは引き続きの延長戦を意味する。

たかが雪合戦だが、両者にとっては負けられない戦いだ。

「確実に白黒つく戦いなんて最高よね」

手袋をしての雪合戦だったが、ここで伊吹は手袋を外し雪玉を右手に握りしめた。

防寒性能を捨て、投球の精度を高めるための戦略だろう。

堀北《ほりきた》は寒さで指先のコントロールを失うことを危惧し、手袋を外さず戦うようだ。

短期決戦なら伊吹《いぶき》に分があり長期戦なら堀北に分がある、そんな感じか。

「すみません、全然役に立てませんでした」

まだ少し息が上がっているのか、肩を上下させながら山村《やまむら》が呟《つぶや》く。

「いいんだ。ちょっとだけでも楽しめたか？」

「はい……出来れば当ててみたかったです」

そう言い、山村は本当に僅《わず》かにだけだったが口角を上げた。

同じようなメンバーで雪合戦は無理でも、何かしら競技で戦う機会はあるだろう。

悔しさはその時まで取っておきリベンジを果たしてもらいたいものだ。

ギャラリーに戻ったオレたちは、1対1で向き合う2人の女子に注目する。

「真剣勝負……ですね」

「だな」

短期決着を目指したい伊吹だったが、それを見抜き堀北は攻撃よりも回避を優先する。

「ちょこまかと！」

段々と苛立《いらだ》ちと指先の冷たさが堪《こた》え始めた伊吹に焦りが見え始める。長引き始めた戦いの中、伊吹が堀北に向けた8発目の雪玉が堀北の頬《ほお》近くをかすめていった。

「いい加減私に勝ちを譲りなさいよ!!」

「そうはいかないわね」

疲れを見せながらも再び伊吹《いぶき》の握りこんだ剛速球が堀北《ほりきた》を襲う。

それを避《よ》けると同時に、しばらく握り続けていた雪玉をカウンターのように放つ。

しかし流石《さすが》は伊吹。疲れていながらも油断はなく体勢を崩しながらも躱《かわ》した。

「あなたの疲れもピークのようね、この辺で終わりにしましょう」

一方の堀北もこれ以上の長期戦は望まないようで、当てることにシフトするようだ。

つまり、互いに捨て身覚悟の1発ということだ。

長引いた一騎打ち。伊吹に向かってきた堀北の雪玉は、空中で分散。

握り込みが甘かったためか、勢いに負けてしまったようだ。

そのため破片が飛び散る形で伊吹に命中する。

一方の堀北は伊吹から飛んできた雪玉を寸前で回避しようとするが、完全には避けきれず左腕の服にかする形で通過した。

当たったと言えば当たったが、避けたと言えば避けた。

そんな微妙な判定。しかしこれ以上長引くことを歓迎しない洋介《ようすけ》は判断を下す。

「堀北さんヒット！　伊吹さんの勝利！」

「っし!!」

強烈なガッツポーズを決め、伊吹は満面の笑みを浮かべる。

たかが雪合戦と冷静に振舞おうとする堀北だが、悔しさが滲《にじ》み出《で》ているようだった。

「ほら負け犬！　さっさと私に１０００ポイント寄越《よこ》しなさい！」

寒さで震える手も気にせず伊吹は携帯を取り出して堀北へと詰め寄った。

「非常に腹立たしいわね……。そんなに言わなくても渡すわよ」

「ほらほら！　ほら！　ほら！　ほら！　ほぉらほらほら！」

仲が良いのか悪いのか。

しばらくの間、伊吹は堀北の周囲ではしゃぎ、調子に乗り続けた。

1

この日、オレたちは最後にもう１度スキーを堪能。今度はバラバラではなく、８人全員で初心者用の優しいコースを滑った。龍園《りゅうえん》は終始退屈そうだったが、１人で身勝手な行動をすることがなかっただけでも良しとするところだ。

それから残りの時間で１年生たちへのお土産もしっかりと買っておいた。

そんな楽しい修学旅行４日目も、残すところは今日の夜だけ。

大浴場での入浴を終えたオレの元に、坂柳《さかやなぎ》から１通のメッセージが届いていた。会いたいと希望する彼女の要望に答え、オレは待ち合わせに指定されたロビーへと向かう。

まだ夜の8時を回ったところだが、今日は随分と生徒たちの数が少ない。

最後の夜だ、バイキング会場や部屋で積もる話が沢山あるんだろう。

そんな状況を早い段階で読んでいたのか、ロビーにはほぼ生徒の姿を見かけない。

好都合な状況が出来上がっている中、坂柳《さかやなぎ》は椅子に腰かけ静かに待っていた。

「待たせたか？」

「そんなことはありません。わざわざ来ていただきありがとうございます」

人気《ひとけ》が少ないと言っても、オレと坂柳の組み合わせというのは多少悪目立ちをする。

そういう意味では手短に用件を済ませてもらいたいものだが……。

「短い間でしたが、修学旅行は楽しかったですか？」

「そうだな。これまでに経験できない色々なことを学ばせてもらった。何より他クラスの生徒とも交流を持てたことは素直に良い体験になった。山村《やまむら》や鬼頭《きとう》のことも少しは分かった気がする」

ここで両名の名前を出してみるが、坂柳はいつもと変わらぬ様子だ。

「そうですか。知識を吸収することに貪欲な綾小路《あやのこうじ》くんですから、特に驚きはしません」

「あの2人とは仲がいいのか？」

もう少しだけ踏み込んで聞いてみる。

「クラスメイトで特別視している人はいません。全員平等な目で見ていますよ。仲が良いと言えば良いですし、良くないと言えば良くないですね」

嘘《うそ》か真《まこと》か、坂柳はそんな風に曖昧に答えた。

誰かを特別視すれば、その分別の生徒に嫉妬などの感情を抱かれやすくなる。

リーダーとして坂柳は嘘偽《いつわ》りなく対等に見ているのかも知れない。

「オレを呼び出した用件を聞こうか」

「もう世間話は終わりですか？　ひょっとして焦っていらっしゃいます？　軽井沢恵《かるいざわけい》さんにこのようなところを見られると関係が疑われてしまいますからね」

「Ａクラスの代表と１対１で会っているところを見られるのは好ましくない。だろ？」

小悪魔のようにくすりと笑いながら言う。

「フフ、冗談です。分かっていますよ」

面白そうに口元を抑えてから、坂柳は話し始める。

「この修学旅行中に色々と分かったことがありまして。学校に戻る前に、体育祭で綾小路くんに接触してきた人物のことでお話をしておこうと思ったんです」

坂柳と共に体育祭を欠席し、オレの部屋で話をしていた時のこと。

玄関の扉越しに声をかけてきた男について……か。

「なるほどな。それは興味のある話だ」

「良かったです。綾小路《あやのこうじ》くんもあの声の正体には興味を持たれていたようですね」

「少なからず思うことはある」

七瀬《ななせ》に感じる物も含め、電話の主が敵なのかそうでないのかも実にあやふやなままだ。

「では逆にお聞きしますが、彼を綾小路くんはどのような人物だと考えますか？　天沢一夏《あまさわいちか》さんや八神拓也《やがみたくや》くんのようなあなたと同じ出自の可能性もあると？」

「いやそれはないだろう。坂柳《さかやなぎ》と相手が互いに認識しているだけなら、その線は払拭し切れなかったが、あいつはオレの父親を『綾小路先生』と呼んだ。これは大きな違いだ」

「と言いますと？」

「ホワイトルーム生であれば『綾小路先生』とはまず呼ばないからな」

これはホワイトルームで育った者たちに共通する部分だ。

「しかし絶対の保証ではないのでは？　綾小路くんの世代と異なっていれば、少なからず方針が違ってくることもあるでしょう？」

「確かに100％とは言えないな。あくまでもオレの主観でそう感じるだけの話だ。大きな要素としては、あの男が――――父親がこの学校を訪ねてきた去年のタイミングで電話をかけてきたことを思えば、その傍《そば》に立つ側ということも推測できる。そして坂柳自身聞き覚えがあると言っていたのは政界や財界に近い側の人間ってことなんじゃないのか？」

わざわざ先生呼びしていたことにも通じる。

少し驚きつつも、嬉《うれ》しそうに坂柳は目を閉じて頷《うなず》いた。

「その通りです。助言、アドバイスなど余計な計らいだったかも知れませんね。私は既に声の主、その正体に目星はついていますが、現在はまだ確定はしていません。それを今日この場でハッキリさせようと思いまして。それでお呼びたて致しました」

オレは坂柳の膝元に置かれた携帯電話に着目する。

「ただ全てをハッキリとさせるその前に、彼を知るであろう人物をここにお呼びしています。もう少しでここに来るかと」

「つまり2年生の中に、あの男と繋《つな》がりを持つ生徒が存在すると？」

「綾小路くんの頭の中には候補者が出てこないかと思われますが、如何《いかが》ですか？」

正解だ。一体誰のことを指しているのかオレには見当もつかない。

もちろん声の主は1年生としての学校生活を送っている、2年生の中から親しくなる者が出てきたとしても不思議はないが、そういうことではないのだろう。少なくとももっとこちら側の事情を知る者でなければこの場に呼ぶ理由にはならない。ホワイトルームか父親の正体、あるいはその両方を知る2年生など坂柳以外にいるのか？

「到着までの間、他愛《たあい》もない雑談を続けましょう」

「それが良さそうだな」

沈黙のまま時間を垂れ流すのは賢い修学旅行の過ごし方とは言えない。

「今回のグループ分けを綾小路《あやのこうじ》くんはどう感じましたか？」

「生徒個人が付けた表の影響は間違いなく大きいだろうな。自分のグループだけでなく、見ている限り極端な評価をした生徒が組み込まれるような調整を感じた」

「同感です。一番評価した生徒、一番評価しなかった生徒。そしてそのどちらにも属さない中間層。全てのグループに適用は出来ないでしょうけれど、その偏りは間違いなくあったと思います。この先々に影響を及ぼしやすい組み合わせにしたのでしょうね」

「その流れから、オレからも聞きたいことがある」

「それは嬉《うれ》しいお話ですね。私に聞きたいことがあれば何でも聞いてください」

「おまえは学年末試験のことをどう考えてる」

今回の修学旅行の各グループ分けには、後々必ず影響を及ぼしてくる。

坂柳《さかやなぎ》は嬉しそうに目を閉じ、２度３度と満足げに首を縦に振った。

「本当に綾小路くんとのお話は楽しいですね。常に同じ考えを抱いてくれています。学年末試験は去年以上に過酷なものになるでしょうね」

１人２人の退学者では驚かない。それくらいの予想を坂柳は立てているように見える。

「プロテクトポイントがある坂柳は安泰だろうが、土がついて失うクラスポイントは変わらない。これまでの独走態勢が崩されることに不安はないのか？」

「龍園《りゅうえん》くんとの直接対決で私が負けるとでも？　彼に勝つことは既定路線ですよ」

やはり坂柳も龍園同様、自らが負けることなど想像してもいないか。

「確かに彼は面白い動きをします。ジャイアントキリングという言葉がありますが、時に大物を狩ることが出来る力は持っていそうですね。ですが、それは私との対決では実現しません。少なくとも来年、綾小路くんのクラスと競い合うのは私です」

揺るぎない自信。

最終的に引き分けというケースもあるが、それは例外と見てもいいだろう。

学年末試験の舞台で、簡単に引き分けるようなルールを学校側が作るとは思えない。

それは去年のＡクラスとの戦いからも窺《うかが》えたことだ。

「それとも──私が負けると思っています？」

「さあどうだろうな」

試験内容も見えない段階では何とも言えない。

が、それを伝えれば坂柳は余計に不本意に感じることだろう。

内容次第では坂柳が負けるかも知れないと示唆していることに他ならない。

どちらが勝っても負けても──。

「綾小路くんにとって、私と彼がどう転ぼうとも計画に支障はない──ですか？」

思考がリンクするからこそ、坂柳もまたこちらの考えをよく理解している。

「しかし綾小路くん。未来が常にあなたの思い通りになるとは限らないものです」

「どういう意味だ？」

問い返したタイミングで、坂柳《さかやなぎ》が人差し指を口元にあてる。

どうやら予定していた来訪者が現れたようだ。

「待たせたな」

オレの存在は聞かされていなかったのか、やや驚きつつ神崎《かんざき》がオレの傍《そば》に立つ。

しかし神崎とは。今まで接してきた中で特別過去と繋《つな》がる印象はなかったが。

「これで必要な方々は揃《そろ》いましたので始めましょうか。早速ですが、神崎くんはこちらへ来ていただけますか？」

「一体何なんだ坂柳」

微笑《ほほえ》み手招きした坂柳が、理解していない神崎を自らの横に立たせる。

怪訝《けげん》そうに腕を組んでいる神崎には、まだ状況が呑《の》み込《こ》めていないらしい。

それはオレも同じで、この配置に意味があるのだろうか。

「まずは綾小路《あやのこうじ》くん。私と神崎くんの組み合わせを見てどう思いますか？」

「どう思う？」

「率直な感想をお聞かせください」

「違和感しかない。これまで坂柳と神崎の絡みは見たことが無かったからな」

こうして実際に並ばれてみると、それが如実に現れている。

「そうでしょうね。この学校の生徒にしてみれば、私と神崎《かんざき》くんには接点がない。リーダー同士という立場でもないですし、プライベートで交友を持った場面を見た方もいないでしょう。事実、この学校に入学してからの神崎くんとはほとんど話をしたことがありません」

つまり、入学前にはそれなりに話をしたことがあると言いたいようだ。

「あなたとこうしてお話しするのは何年ぶりでしょうか」

「さあな。誰かを介すことなくなら、少なくとも3年か4年は経《た》っているはずだ」

お互いにハッキリとした日時までは覚えていないらしい。

「どういう知り合いなのか聞いてもいいのか？」

「親同士の繋《つな》がりです。と言っても坂柳《さかやなぎ》家と神崎家に直接の繋がりがあるわけではありません。それなりに名の知れた親を持つとパーティーなどに呼ばれることも多いですから」

坂柳の父親はこの学校で理事長をしていること、そしてホワイトルームを知ることからもそれなりに名の知れた家系であることは疑いようがない。

「神崎くんのお父様は神崎エンジニアという企業の代表を務められているんです」

この2人の共通点、財界人という枠組で同じということか。

それなら神崎に対してオレが疑問を抱かないことにも納得がいく。

「一体何の話をしている。こんなことを綾小路《あやのこうじ》に聞かせる意味はなんだ。いや、それ以前に俺を呼び出した理由を聞かせてもらおうか」

「この話こそが呼び出した理由に関係しています」

「意味が分からないな」

「あなたには、我が校に在籍する石上《いしがみ》くんについて詳しく教えて頂こうと思いまして」

ここにきて神崎の表情が一層強張《こわば》る。

「石上のことについて……だと？」

石上？　2年生の中に思い当たる名前はなく、苗字が該当する生徒は1年生だけだ。

「……そういうことか。おまえも石上に興味を持ったと？」

「そう受け取って頂いても構いません」

「だが綾小路は何故《なぜ》だ。石上との接点などないだろう。あの男が無意味に他学年とかかわるとも思えない。あるとすればトラブルがあった場合くらいなもの。龍園《りゅうえん》ならまだしも綾小路がそんな無為なことをするとは考えにくい」

自分なりに状況を噛《か》み砕《くだ》き説明する。

「今ではなく、過去の接点ですよ」

「何……？」

「まだ分かりませんか？　あなたも綾小路という名前には深い思い入れがあるはず」

「どういう——いや、まさか……」

何かに気が付いたように、神崎《かんざき》は繰り返し坂柳《さかやなぎ》とオレを見る。

「随分と気づくのが遅れましたね。無論、それも無理もないことですが」

「……そういうことか」

坂柳の言葉に神崎は合点がいった様子だった。

そして頭を抱えるように天井を見上げた後、オレを改めて見てくる。

「綾小路《あやのこうじ》……か。おまえがあの人の子供だったなんてな」

その言葉から分かることは、ただ1つ。

神崎もまた綾小路という名前の人物に心当たりや面識があるであろうこと。

そしてそれがオレの父親であることは、もはや推察するまでもない。

あの男は財界人と強い繋《つな》がりを持っている。必然の流れというわけだ。

「私が綾小路くんと席を同じくしていることに対する違和感は拭えましたか？」

「ああ。単に綾小路の実力に興味を持ったのかとも思ったが、そうじゃなかったんだな。

おまえはいつから綾小路先生の子供だと知っていた」

「もちろん、この学校で目にした瞬間からです。神崎くんと違って私は小さい頃の綾小路くんを見たことがありますし。ね？」

ホワイトルームとは口にしないが、まるで幼馴染《おさななじみ》を気取るようにそう答えた。

「ただ者じゃないわけだ。あの人の息子なら……優秀でないはずがない」

合点が行ったのか、神崎は真っすぐな目をオレに向けてきた。

「俺の父が綾小路先生を慕っていて、パーティー等では何度か直接お会いさせて頂いたことがある。もっとも、ちゃんと話したことがあるのは1度だけだがな」

坂柳理事長から間接的に繋がってさえいればこういったケースも出てくる良い例だ。

それにしても、あの男に対して尊敬の念を抱いている様子。プライベートを全く知らないため、どんな対応を神崎の前でしたのかは想像もできないが認識のズレは否めない。

「おまえの評価が俺の中で二転三転していたが、ようやく定まった。堀北《ほりきた》のクラスに綾小路先生の子供がいたのなら手強《てごわ》いはずだ」

どこまでも父親に対する評価が高いようで、嬉《うれ》しそうに1人で納得している。

「さて。認識のズレも修正できたことですし話を進めましょう。石上《いしがみ》くんのことは、綾小路くんはご存じありませんよね？」

「初耳だな」

まさにその石上という生徒が、オレたちに接触してきた人物らしいが。

「綾小路くんのお父様を慕う青年の1人です。神崎くんは十分ご存じですよね？」

「……ああ。あいつは綾小路先生に心酔してるようだからな。俺には易々《やすやす》と話しかけに行く勇気もなかったが、石上は違った。いつ頃からか、本当に積極的に声をかけていた」

「石上くんの歳《とし》は私たちより1つ下で、今は1年生として学生生活を送っています」

あの男を慕う男がこの学校に入学してきて、そしてどういうわけだがオレに対して何度か連絡を取ってきたり、文化祭では間接的に八神《やがみ》排除の手伝いまでさせてきた。

その石上《いしがみ》という男の目的はまだ見えてこない。

「1年生に接する機会はあったと思うが、いつから石上には気づいていたんだ？」

「ＯＡＡを見てすぐに気付きました。ただ彼は表に出てくるタイプではないため、話す機会はありませんでした。Ａクラスとのやり取りは高橋《たかはし》くんを介してでしたし、意図して私との接触も避けていらっしゃるようでした」

坂柳《さかやなぎ》自身、無理に接触しようとは思わなかったようだな。

「優秀なのか？」

「その辺りは私よりも、彼と親しい神崎《かんざき》くんの方が詳しくご存じなのでは？」

説明を任された神崎だが、全く嬉《うれ》しそうではない。むしろその逆のようだ。

「別に親しいわけじゃない。俺はただ、石上と同じ塾に通っていただけだ。だが綾小路《あやのこうじ》の問いに素直に答えるとするなら、紛《まぎ》れもなく天才なんだろうな。俺には考えの及ばない発想を幾つもしている、それを近くで見てきたことだけは確かだ」

石上を気に入らないようだったが、事実を認めるように答える。

「だそうです。神崎くんの視点、考えではありますが参考程度にはなるかと」

「しかしだから何だというんだ。今の石上など放っておけばいいだけのことじゃないか」

「想像くらいは付きませんか？　彼は綾小路くんのお父様を尊敬されています。となればそのご子息の実力を確かめるためこの学校に入学してきたとしても不思議はないと」

ホワイトルームに関する情報を伏せたまま、坂柳が上手《うま》く話を誘導する。

「石上が綾小路の実力を確かめるため……？　無い、とは言い切れないのか」

自分の知る石上の像と照らし合わせ、一定の納得は出来ているようだった。

「私たちは2年生で競い合っている。神崎くんのクラスが一歩遅れているとしても、やはりまだまだ勝敗がどうなるかは不鮮明です。そんな中、これから先で石上くんが綾小路くんの実力を知るために、不必要な仕掛けを打ってくるのは不公平だと思いませんか？」

「言いたいことは分からないでもない。ただ何故《なぜ》そんなにも綾小路に肩入れする。ライバルとなるクラスの生徒がどうなろうとおまえには関係が無いはずだ」

放っておけば、石上が自動的にライバルクラスの生徒1人を妨害してくれる。

それは本来坂柳にとってプラス材料なのは誰の目にも明らかだ。

「純粋に楽しみたいだけなんです。彼を含めた堀北《ほりきた》さんのクラスを葬るのは私の役目。突然わき道から現れて目的を奪われてしまうのは悔しいじゃないですか」

フッと笑った後、坂柳は神崎にお礼を述べる。

「ありがとうございました神崎くん。ここから先、私は綾小路くんと2人で石上くんへの対応策を練ろうと思います」

お礼……ではあったが、邪魔者は退散しろという意味も強く込められていた。

「俺は石上《いしがみ》に関わるつもりはないからな、その方がありがたい」

神崎《かんざき》は迷わず答えて歩き出す。

「また近いうち話そう綾小路《あやのこうじ》。あの人のことについて色々と聞かせてもらいたいからな」

父親の話を熱望されるが、生憎《あいにく》とオレは何も知らない。

とりあえず、この場では軽く頷《うなず》いておくのが無難だろう。

「さて綾小路くん。本当に石上くんで正解かどうか、答え合わせといきましょうか」

「どうするつもりだ？」

「もちろん本人に直接聞いてみます。それが一番早いでしょう？」

携帯を取り出した坂柳《さかやなぎ》は、スムーズな手つきで11桁の番号を打ち込む。

下調べを済ませ、既に石上の電話番号を入手していたようだ。

スピーカーにして坂柳が電話をかけると、数コールもしないうちに通話が始まった。

『そろそろ電話が来る頃だと思ってた。坂柳』

電話に出るなり、予見していたかのような喋《しゃべ》り口調の石上。この声は紛《まぎ》れもなく、去年オレに電話をかけた人物であり、体育祭で接触してきた人物だ。

「随分と察知が早いんですね」

『1年生以外の誰かが俺の番号を求めてきたら、報告するように前もって伝えていた』

「流石《さすが》と言っておきましょうか。あなたの噂《うわさ》は内外から聞いていますよ」

蜘蛛《くも》の巣を張り巡らせるように、常にアンテナを張っていたということだ。

「もっと早く私に声をかけてくださっても良かったのではないですか？」

『あえて接触を避けていたんだ。おまえも俺に関わる必要はないんじゃないか？』

「そうは参りません。今後、あなたが綾小路くんの前に立ち塞がるのか否か、それだけは確認しておかなければならないと思いましたので」

『なら聞くが、立ち塞がったとしたらどうするつもりだ？』

「綾小路くんが私でない者に敗れるなどとは思ってもいませんが、横槍《よこやり》を入れられるのは不愉快ですし。介入してくるつもりなら私があなたを止めるしかないかも知れません」

『おまえが俺を止める？　そんな無駄なことをするくらいなら無視すべきだろう。俺は綾小路先生に勧められてこの学校を選んだ。普通の学生として過ごすためにな』

似たような考えを持ってこの学校に入って来た、そんな口ぶり。

『この学校で綾小路を消す可能性は今のところ無いと考えてもらって結構だ』

「今のところ、ですか。気にかかる言葉ですね」

『万が一、綾小路先生から排除するように指示が与えられればそうする。それだけだ』

常に落ち着いたその口調は、嘘《うそ》を並べ立てているようにも思えない。

「知らぬ間に随分と忠誠心をあげられたのですね」

『これ以上は踏み込むな坂柳《さかやなぎ》。綾小路《あやのこうじ》の傍《そば》にいたいと願うなら猶更《なおさら》だ』

火傷《やけど》では済まない、と強く警告していることだけは確かだろう。

『俺のことを伏せろというつもりはない。遅かれ早かれ綾小路は俺の存在を知る。だからおまえが警告しろ。この学校生活を守るために何が最善の選択であるのか。いや、今もし通話を聞いているのならその必要もないか』

確証などないだろう。だが、こちらが盗み聞きしている可能性を考慮している。

「気が向いたら伝えておきましょう。今度、学校でご挨拶させていただきます」

ここで坂柳は十分だと判断したのか、一方的に通話を終了させた。

「やはり彼でしたね。元々隠す気もそれほどなかったようですが」

「そうみたいだな。学生生活を満喫するためにこの学校に来たのなら、オレとしても今後関わっていくつもりはない」

少なくともこれまで感じた石上《いしがみ》とのやり取りで、危険性を感じたことはなく、今の電話でも同様だ。オレの父親が最初から退学を狙っていなかった可能性が出てきた以上慌てる必要もない。

「そうですか。綾小路くんがその選択をされるのなら私は尊重いたします」

「感謝はしておく。おまえのお陰で石上の存在を認識することが出来たからな」

「ある程度方向性も見えたことですし、長居させても申し訳ないですね。ただ、最後に先ほど言いかけた話を続けてもよろしいですか？」

「未来が常にオレの思い通りになるとは限らない、だったか」

そんな坂柳の言い方は、確かに気になっていたところだ。

「あ、綾小路くん！」

しかし間の悪いことに、同じ話の続きをしようとしたところで声をかけられた。

「あの、帆波《ほなみ》ちゃん見なかった？」

少し慌てた様子で廊下を早歩きしていた網倉《あみくら》にそう声をかけられる。

「いや見てないな。一之瀬《いちのせ》がどうかしたのか？」

「ほら、修学旅行ももう終わりじゃない？　だからクラスの皆《みんな》で集まって消灯までお喋《しゃべ》りしようってことになったんだけど、肝心の帆波ちゃんが見つからなくって」

結構な人数が捜索に当たっているのか、こう話している間にも網倉の横をＤクラスの女子が慌ただしく歩き去っていく。

「その様子じゃ風呂や部屋は調べたって感じだな」

「夕方思いつめたような顔してたって聞いて……それで、少し不安で」

心配する網倉の元に、同じクラスの女子が声をかけに来た。

「麻子《まこ》ちゃん。今調べてもらったんだけど帆波ちゃんの浴衣があるみたいで、外に出てるんじゃないかなって」

「え、外？　でももうすぐ9時だよ？　それにグループの人は旅館にいるよね？」

外出が認められているのは午後9時までだが、単独で外出しているのなら問題になる。

「もう1回、大浴場とか調べてみるね！」

これ以上立ち話をして時間を無駄にしたくないと、網倉《あみくら》は断りを入れ歩き出す。

確かに一之瀬《いちのせ》がこの時間に不在なのは引っかかるな。

「話の続きはまた今度に致しましょう。どうぞ一之瀬さんの捜索をなさってください。綾《あや》の小路《こうじ》くんにとって、今はまだ一之瀬さんの存在は欠かせないものでしょうから」

「悪いな」

坂柳《さかやなぎ》に別れを告げ、オレはロビーを後にする。グループ以外での単独行動が禁止されている以上、一之瀬は無意味に学校の指定したルールを破る生徒ではない。

悩み事があったとしても、その基本スタンスは変わらないだろう。

オレは旅館の廊下から外を見ると、雪がしんしんと降り注いでいる様子。

もし本当に旅館の外に出ているのなら————逆に行けるところは限られてくる。

部屋に戻り私服に袖を通したオレは旅館の裏庭から抜けて外へ向かった。

この先には高台があり、ライトアップされた景観を見ることができる。

まさに門限である午後9時に施錠されてしまう場所だ。あくまでも旅館の範囲内である裏庭なら、グループ行動が必要な条件を満たす必要はない。

足元は照明で明るくされていると言っても雪が積もっていて危ない。
多くの生徒たちは、この旅館に来た初日か2日目には高台に上っている。
そのため、雪の降る寒空の下もう1度見に行くような生徒は少ないだろう。
まして最終日。旅館でゆっくりと過ごしたいと考えるものだ。

○暗闇の先に灯《とも》る光

午後9時近くともなれば、外は随分と冷たい風が吹き込む時間帯だ。

階段の端々に設置されたライトが淡く足元を照らしているが、雪が降っていることもあって十分に安全が確保されているとは言い難《がた》い。

転ばないように雪を踏みしめながら、数十段ある階段を上っていく。

この時間、この場所に好き好んで来る物好きもそういないだろう。

自らの吐息も見えない暗闇の中、歩みを進め少し開けた高台に到着。

ウッドデッキの作りになっているその場所に……小さな背中を1つ見つけた。

景色を見つめているのだろうか、暗がりのせいもありやけに物悲しい。

周囲には当然、他の者の姿はない。

食事の時には姿を見かけたとのことだが、いつからこの場所にいたのだろうか。

風の音も強くオレが近づいていることには気づいていないようだ。

出来る限り驚かせないように、強く足を地面に踏みつける。

微《かす》かに耳元に届いただろうか。身体《からだ》が反応したところで声をかけることにした。

「隣、いいか？」

「え——あ、綾小路《あやのこうじ》、くんっ⁉」

「偶然だな」

「ぐ、偶然、だね」

気まずそうに視線を夜景へと逃がす一之瀬《いちのせ》。

「悪い、本当は偶然じゃない。網倉《あみくら》たちがおまえの姿が見えないって騒いでいた。消灯までお喋《しゃべ》りしようと思って声をかけたかったんだと」

「そう、なの？　ど、どうしよ。騒ぎになっちゃってる？」

「少しな。とりあえずチャットだけしておく。そうすれば網倉も安心するだろ」

「麻子《まこ》ちゃんと連絡先……交換してるの？」

「修学旅行じゃ同じグループだからな。何かと連絡し合うことは多い」

一之瀬を見つけたこと、9時までには戻るから心配しないようにとのメッセージを添えた。オレがメッセージを送るとすぐに既読がつく。

居場所が分かったことを知ると網倉は安堵《あんど》した様子のスタンプを2回送って来た。

「伝わった。とりあえずこれで騒動は治まるはずだ」

「ご、ごめんね」

「別にいいさ。ここは旅館の敷地内で門限を破ってるわけでもない。裏庭への立ち入りが認められている9時までに戻るなら、それは個人の自由だ」

「うん……ありがとう」

心配させたくないから帰る、と言い出さない辺り思うところがあるわけだ。

修学旅行は楽しい時間だが、どうしても多くの生徒との時間を共有しなければならないからな。

「1人になりたい時は誰にだってある。そういう意味じゃオレは邪魔なんだろうけどな」

その言葉に一之瀬《いちのせ》は何も返してこなかった。

ただただ、夜景を見つめ続ける。

「寒いな」

「……うん。寒いね」

手袋越しにも、風が吹くと突き刺すような痛みが襲ってくる。

「いつからここに居たんだ？」

「どうだろう……多分5分くらい前、かな」

そう答えたものの、すぐオレに見抜かれると思ったのかばつが悪そうに訂正する。

「ごめん。30分とか40分くらいいるかも知れない」

「だろうな。階段についた足跡はパッと見分からなくなってた」

上ってくるまで、ここに一之瀬がいるという確証は一切持てなかったほどだ。

もし数分前なら暗がりでも足跡がハッキリと分かっただろう。

降っていた雪が少しずつ弱まっていくものの、風はまだ依然として強い。

「わかりきってることを言うが、長居すると風邪を引くぞ」

「だね……」

どこか他人事《ひとごと》のように呟《つぶや》くが忠告に従うような素振りはない。

そしてほどなく、殆《ほとん》ど雪が降らなくなった。

ただこれは一時的なものだろう。予報から考えてすぐに強く吹雪《ふぶ》いてくるはずだ。

「野暮《やぼ》な話をする。1人で夜景を見つめて何を考えているんだ？」

大体の予想はついているが、それでも本人の口から聞いてみないことには分からない。

問いかけてはみたものの、一之瀬はすぐ答えてはくれなかった。

こちらを見ることもなく景色だけを見つめている。

「今は……1人になりたいかな」

軽い拒絶。話し相手は求めていないと立ち去るよう促される。

あるいはオレだけは近くに寄せ付けたくないと思っての発言だったかもしれない。

「流石《さすが》に今のおまえを1人で残して帰る気にはなれないな。下りは特に危ない」

「心配してくれてありがとう。でも、こんなところで私と2人でいるなんて知ったら軽井《かるい》沢《ざわ》さんが悲しむよ。私、そんなの絶対に嫌だから」

ここまで来る者は誰もない、そういった問題ではないのだろう。

こんな時にまで他者のことを気にかけるのが一之瀬《いちのせ》らしい。

「確かに恵《けい》に見られたら誤解されるだろうな」

「うん」

「本当にいいんだな?」

「うん」

もう1度同じように短く答えた一之瀬は、やっぱり景色から視線を逸《そ》らそうとしない。

オレは隣からスッと離れ背中を向けた。

「じゃあオレは戻る。ただ、9時までには戻ってくるようにな。鍵を閉められるぞ」

「ありがとう、気を付けるね」

オレが1歩を歩き出したとき、つかの間止《や》んでいた雪が再び降り出した。

止む前よりも、更に強い雪となって帰って来る。

1度振り返ってみた一之瀬の背中は、ここで見つけた時と変わっていない。

随分と小さく、そして弱々しくなったな。

入学した頃の溌剌《はつらつ》とした一之瀬帆波《ほなみ》の姿を最後に見たのは、いつの事だっただろうか。

何かが修学旅行であったというよりも、積み重ね。

亀裂の入ったコップに、溜《た》まり続けてきた水が溢《あふ》れだしそうなところまで来ている。

ここで立ち去るのは簡単だ。しかし、これは1つの分岐点。

蝕《むしば》まれてきた一之瀬の感情は、見る限り相当危ういところまで来てしまっている。

水が溢れるだけならまだいい。

亀裂が広がり、コップが砕けてしまえば元に戻すことは出来なくなるかも知れない。

即《すなわ》ち一之瀬クラスの終焉《しゅうえん》。Ａクラスへの道は閉ざされる。

彼女のクラスが没落するのは今この瞬間ではない。

それだとオレの計画に支障をきたす。

「ここで待つ」

オレはそう言い、旅館へと繋《つな》がる階段に腰を下ろすことにした。

「……どうして？」

「どうしてだろうな」

「私のことなんて綾小路《あやのこうじ》くんには関係がないよね。どうして……待つの？」

「さあな」

そう言って濁す。オレの口から伝えるべきことは今何もない。

追い返したいだろうが、強制力がない以上一之瀬も諦めるしかない。

どうしてもオレといるのが嫌ならここから立ち去るのが一番だ。

それから数分間。

本当に何もなく静かな時間が流れた。

「雑談……なんだけどね？」

2人きりの沈黙に耐えかねたのか、あるいは仕方がないと割り切ったのか。

考え事をしていたら聞き逃しそうな声量で、一之瀬《いちのせ》がぽつりと呟《つぶや》いた。

「実はずっと、綾小路《あやのこうじ》くんに聞きたいことがあったんだ」

残り時間までの間、無言で過ごされるよりはよっぽど良い。

お尻を襲う雪の冷たさを紛《まぎ》らわせることも出来るだろう。

「ホワイトルーム……って知ってる？」

この状況でどんな雑談が飛び出すのだろうと思っていたが、幾つか浮かべていた想定とは全く異なる、意外過ぎる単語が飛び出してきた。

何故《なぜ》、一之瀬からホワイトルームなんて言葉が出てくるのか。

一瞬脳裏には坂柳《さかやなぎ》の姿が浮かぶ。

最近はクラス間の協力など、リーダー同士で懇意にしている部分もあったからな。

ただ彼女が安易にそんなことを話すとも思えない。

とすると———。

無人島試験では月城《つきしろ》サイドに脅しを受けていたようだったからな。

そちらからホワイトルームのワードを記憶していたとしても驚きはない。

「何のことかよく分からないな」

「そう……綾小路くんが分からないなら気にしないで。聞き間違いだったかも」

そう言うと寒空の下、そこで一之瀬の言葉がぱたりと止《や》む。

そしてフーッと白い息を吐いた。

完全にこちらの回答を信じたかどうかは微妙なところか。

念のため、こちらからも多少切り込んでおいた方がいいだろう。

「どこで耳にした言葉なんだ？」

全く身の覚えのない単語であることを意識づけるため、そう切り込む。

素直に答えなければ、それはそれで追及を止めればいいだけだ。

「無人島試験の時に、理事長代理だった人と司馬《しば》先生が話してるのを聞いたの。ハッキリと聞き取れた部分は少なかったけど、綾小路くんを退学させたいってことと、ホワイトルームって言葉は聞き取れた。気になって検索してみたりもしたけど、それらしいのは引っかかったりもしないし、やっぱり聞き間違いだったのかな？」

「どうかな。少なくとも似たようなワードで思い当たることはない」

自分で検索までかけたのなら、記憶との整合性も半信半疑になっていそうだ。

「でもどうして綾小路くんを先生たちが退学させようとしていたの？　もう平気なの？」

それもずっと聞きたいと思っていたんだろう。

だが恵《けい》とのこともあり、一之瀬は疑問を心の中に押し込んでいたようだ。

「その件は片付いた。詳しくは話せないが問題はない」

ホワイトルームとは切り離し、また別の秘密があることはあえて匂わせておく。

前者の事情が外部に漏れる方が、後々面倒だからだ。

「そっか……」

話せない、そう答えた部分は少し心に引っかかったかも知れない。

誰にも話せないのか、一之瀬《いちのせ》には話せないのか。それで受け取り方は大きく変わる。

秘密を共有できない相手と思われているかも知れないことへのショックが見て取れた。

これらの話題を続けても一之瀬に得はないため、今度はこちらから話を振る。

「こっちからも質問だ。オレの知ってる一之瀬はこんなところで孤独と共に身体《からだ》を震わせているようなヤツじゃない。仲間に囲まれ、仲間と共に笑い励まし合うような生徒だ」

いつまでここに居るつもりだと、そんな意味を込めて問う。

「十分楽しんでる。楽しんでるよ」

「さっき横顔を見た時、そうは見えなかったな。楽しいことばかりの修学旅行で見せていいような顔とは思えなかった」

こんなやり取りでも、今の一之瀬にとっては必要なものだろう。

本来は胸の内にしまっておきたい、誰にも語れない部分を曝《さら》け出すこと。

クラスのリーダーとして重圧を受け続ける一之瀬が、抱え続けていること。

「どうしても、そこで待つつもり？」

「そうだな。降りるときはおまえと一緒だ」

「……そっか。じゃあ、せめてこっちに来て。お尻冷えちゃうよ」

「それはありがたい誘いだ。もう既に尻が凍り付きそうなところだった」

急いで立ち上がり、尻についた雪を払って一之瀬の隣に戻る。

横目で見た一之瀬の横顔は先ほどと変わっていない。

先ほど携帯で確認した時の時刻は8時40分ほど。戻りの時間も計算すれば、ここに留《とど》まれるのはあと10分ほどか。

タイムリミットまで無言で過ごすのなら、それもまたいいだろう。

最後まで付き合うつもりで、一之瀬の反応を待つことにした。

風が吹くたびに雪が舞う。

そんな中、数十秒経《た》った頃に一之瀬は唇を開いた。白い息がフッと空中に散る。

「私のやり方じゃ……もう、どのクラスにも勝てない。そんなことを考えてた」

意図していないであろう涙が一之瀬の頬《ほお》を伝う。

「勝てない、か。ありのままの自分で迷わず突き進むんじゃなかったのか？」

「だけどそのせいで――」

言《い》い淀《よど》んだものの、一之瀬は言葉を紡ぐ。

「そう、そうだね。だけど……結果がついてこない。私たちのクラスは確実に、Ａクラスから遠ざかってしまってる。これは誰の目にも明らかなことだから」

「その原因が自分の考えにあると」

「もし私が坂柳《さかやなぎ》さんのようにクラスメイトを指揮出来たら。龍園《りゅうえん》くんのように力強く引っ張ることが出来たら。堀北《ほりきた》さんのように連携することが出来たら……そんな風に考えずにはいられないの」

「それは無い物ねだりだ。自分は自分でしかない、他人の誰かになることは出来ない」

こんなことは言わなくても分かっている。

分かっていても、言わなければならない時がある。

「無い物ねだり。うん、そうだね。私は今……そんな手に入らないものが欲しい」

「自分を変えてでもか？」

「勝てるなら……それでもいい」

一之瀬《いちのせ》は変化を求めている。それが正解か不正解かは二の次で、打開するために必死になっている。本来なら、まだここでオレが手を差し伸べる場面じゃなかったはず。

だが無人島での一之瀬から受けた告白の流れから、こちらにとっても予想外の出来事が幾つか起こってしまったことが、ここまで衰弱してしまった一番の原因だ。

一之瀬との約束の時まで、まだ3ヵ月以上ある。

果たしてそれまで何の手助けもなく乗り越えていけるだろうか。
いや、希望的観測など持ち込むべき状況ではない。
まさに今、一之瀬《いちのせ》の心は折れかかってしまっている。
オレの予想よりも早く、服毒の効果が表れ全身に回りだしている状況。
彼女のオレに対する恋心と、軽井沢恵《かるいざわけい》の存在。
クラスは下降線を辿《たど》り浮上するきっかけを見いだせない。
神崎《かんざき》、姫野《ひめの》が動き出してはいるものの、仲間の成長は間に合わないと見るべきだ。
生徒会役員として、この先どうなってしまうかの先行きも見えない。
前途多難。四面楚歌《しめんそか》。五里霧中。
「悔しい……悔しいなぁ……」
自分の無力さ。
それが強烈な罪悪感となって一之瀬を襲う。
「悔しい、よ……」
これが自分1人だけの問題なら、落ち込むだけでいい。
だがクラスを率いている一之瀬にはそれが許されない。
クラスの失敗は全て自分の責任。
そう考えてしまうからこそ起こってしまう現象。

「ごめんね綾小路《あやのこうじ》くん……」

震える声が、その悔しさを強く物語っている。

「それは何に対する謝罪なんだ？」

「色々、色々だよ……。こんな風に泣いたって、困らせるだけなのに……」

もっと賢く、聡明《そうめい》であるはずの一之瀬。

その秘めたポテンシャルは、すっかり鳴りを潜めてしまっている。

あまりに脆《もろ》く弱い心。

致命的なまでの弱点。

堀北《ほりきた》も龍園《りゅうえん》も、そして先頭を歩く坂柳《さかやなぎ》も立ち止まってはくれない。

もがき、苦しみ、その場に倒れるのは耐えがたい苦痛だろう。

もう頑張る必要などないのだと、優しく声をかけてやればそれで重責から解放される。

しかし、同時に一之瀬はその両足を失うことになる。

それはまだ早い。

おまえが倒れるのはもう少し後。学年末試験、2年生の命運を分かつであろうその時まで、歩みを止めさせるわけにはいかない。

壊れることは許さない。

学生としての生か死か、その時と場所を決めるのはおまえであっておまえじゃない。

オレは一之瀬《いちのせ》との距離を詰め、惨めさを堪《た》える一之瀬の背中から腕を伸ばす。

そして、右肩に手を置き自身の方へと抱き寄せた。

「っ!? あ、綾小路《あやのこうじ》、くんっ!?」

「辛《つら》い時は泣けばいい。苦しい時は助けを求めていい。誰にでも弱い部分はある」

「……だ、だけど……」

薄青くなり始めた唇を噛《か》みしめ、言葉を飲み込む一之瀬。

身体《からだ》が反対方向へと逃げようとするが、その力は弱々しい。

「おまえには欲しいものがあるんじゃないのか?」

「……ダメ。私が欲しかったものは、もう……」

「手に入らなくなってしまった——か?」

喉の奥、いや心の奥底から溢《あふ》れる言葉を必死に抑えようとする。

それでも一之瀬は、肯定するつもりはなかったのだろうが僅《わず》かにだけ頷《うなず》いた。

「そんなものはどうにでもなる。と、オレはそう思うけどな」

「だって——」

「踏み出す一歩に勇気が持てないのなら手を貸すことも出来る」

頬《ほお》を伝う涙を指先で拭うと、凍ってしまいそうなほど冷たくなっていた。

もう、逃げる力は残っていない。

むしろオレに全てを預けるように力を抜き、身を委ねてきた。
遠い地、雪の降る夜景を見つめながら。
この日オレたちは寒空の下、肩を寄せあうことで互いの温《ぬく》もりを知った。

あとがき

やあ。僕衣笠《きぬがさ》。君たちの友達さ！

元気にしてたかい？　うんうん、4ヵ月ぶりだねっ。

そんな僕から、早速だけど皆《みんな》に大切なお話があるから聞いてくれると嬉《うれ》しいな。

……はい。1つ謝罪が御座います。これまで何度か2年生編で登場している1年Aクラスのキャラクター『石上京《いしがみきよう》』ですが、正しい苗字が『石上』で『石神《いしがみ》』は大間違いです。

これまでご報告が遅れ大変申し訳ございませんでした。

詳しい原因は――多分、疲れていたからでしょう！　それなら仕方ない！

人間誰にでも間違いはあるものなので、温かい眼差《まなざ》しで許してくださいね。

これを読んで、読者の皆が優しく笑って許してくれたのでこの話はお終《しま》いです。

以後改めて石上くんのことも衣笠くんのこともよろしくお願いします。

さて今回は修学旅行編ということで、7・5巻の冬休みじゃないの?という流れなど一切感じさせない8巻となりました。と言っても、休みのストーリーみたいなものかも知れませんが今後の物語に繋《つな》がる重要な部分だったりもします。

次回はいよいよ2学期最後12月の物語の9巻になるかと思います。

そしてその後、冬休みのストーリーに続いていく予定です。

2年生編以降は1年生編よりも短くなる、なんて昔どこかでお話ししたこともあるのですが、同じくらいかちょっと増えてしまうかも知れません。

人間誰にでも間違いはあるものなので、温かい眼差しで許してくださいね。

そしてアニメの方も少しだけお話しさせてください。

夏の第2シーズンは如何《いかが》だったでしょうか?

5年ぶりのアニメーションが一人でも多くの方に楽しんでいただけていたら嬉しいです。

自分は、早くも次の3期が楽しみで、それを励みにまた執筆を頑張って続けております。

本年も残り僅《わず》かとなって参りましたが、引き続きよう実を多方面から応援してくれると嬉しいです。

少し早いですが、また来年も元気に皆様とあとがきでお会いできますように。

MF文庫J

ようこそ実力至上主義の教室へ 2年生編8

2022年10月25日　初版発行
2024年7月25日　7版発行

著者　衣笠彰梧

発行者　山下直久

発行　株式会社 KADOKAWA
〒102-8177 東京都千代田区富士見 2-13-3
0570-002-301（ナビダイヤル）

印刷　株式会社広済堂ネクスト

製本　株式会社広済堂ネクスト

Printed in Japan　ISBN 978-4-04-681833-1 C0193

【 ファンレター、作品のご感想をお待ちしています 】
〒102-0071 東京都千代田区富士見2-13-12
株式会社KADOKAWA　MF文庫J編集部気付「衣笠彰梧先生」係　「トモセシュンサク先生」係